LEA SINGER
LA FENICE

ROMAN

K
A
M
P
A

Für den Blick hinter die Verlagskulissen:
www.kampaverlag.ch/newsletter

KAMPA POCKET
DIE ERSTE KLIMANEUTRALE TASCHENBUCHREIHE
Gedruckt auf säurefreiem und chlorfrei gebleichtem Papier zur Unterstützung verantwortungsvoller Waldnutzung, zertifiziert durch das Forest Stewardship Council. Der Umschlag enthält kein Plastik. Kampa Pockets werden klimaneutral gedruckt, kampaverlag.ch / nachhaltig informiert über das unterstützte CO_2-Kompensationsprojekt.

Der Kampa Verlag wird in der Schweiz vom Bundesamt für Kultur mit einem Strukturbeitrag für die Jahre 2021–2024 unterstützt.

Veröffentlicht im März 2024 als Kampa Pocket

Covergestaltung: Lara Flues, Kampa Verlag
Covermotiv: © Kuzin Design Hamburg, Kamil Kuzin
Satz: Tristan Walkhoefer, Leipzig
Gesetzt aus der Stempel Garamond LT / 240130
Druck und Bindung: GGP Media GmbH, Pößneck
Auch als E-Book erhältlich
ISBN 978 3 311 15080 0

www.kampaverlag.ch

Für Ferri

Eigenartig, wie er ging. Ich stand auf dem Balkon und ärgerte mich, dass ich noch immer hinstarrte. Es war diesig, aber hell um sieben Uhr abends. Der kleine Platz, über den er sich entfernte, war menschenleer und nackt, nichts, was blühen oder grünen konnte. Fast alle Plätze hier verschwiegen, ob es Frühling war oder Spätherbst. Auffallend langsam ging er, nicht schleppend, nicht wie jemand, der erschöpft ist, enttäuscht oder traurig. Geduckt, ohne die Knie durchzudrücken, schlich er mit großen Schritten und rollte bei jedem Schritt den Fuß von der Ferse bis zum Ballen ab, als wollte er das geringste Geräusch vermeiden. Sein Nacken, ein kräftiger Nacken für einen Mann Anfang zwanzig, der nicht arbeitete, wirkte angespannt, auch sein Rücken. Er ging wie jemand, der sich anpirscht aus dem Hinterhalt, alle Sinne auf ein einziges Ziel gerichtet und darauf bedacht, dass keiner vorzeitig wittert, was er vorhat. Lächerlich sah das aus auf dem nackten Platz, als hätte sich einer, der nicht bei Verstand war, aus dem Röhricht auf Rebhuhnjagd in die Stadt verirrt.

Er pirschte sich nirgends an. Weggeschickt hatte ich ihn, von hier oben, vom Balkon aus, nachdem er unten mit einem Stiefel gegen die Tür getreten hatte. Die meisten Nachbarn hatten an diesem Abend ihre Fenster noch offen stehen und ließen den lauen Märzwind aus dem

Süden herein. Vielleicht hatten sie mich gehört: Nein, ich werde nicht aufmachen, bestimmt nicht, ich habe heute keine Zeit für dich.

Als ich mich umwandte und in den Schatten des Zimmers trat, legte sich das Nein beruhigend auf meinen Unterleib, verschaffte mir Luft, ließ meinen Hals in die Länge wachsen und hob mein Kinn, als wollte es meinen Kopf in eine andere Position bringen.

Der Mann, der diese Nacht in meinem Bett verbringen sollte, saß im einzigen Sessel, einen Ellbogen auf die Lehne gestützt, die Schläfe in der Handfläche, und beobachtete mich aus der Schräge; bis auf die Schuhe war er nackt. Vom Adamsapfel abwärts hatte er etwas von einem alt gewordenen Säugling, seine Hände aber waren die einer Hebamme, fast weiß, als hätten sie durchs ständige Waschen ihre Farbe verloren, nicht zu groß und geschickt, die Knochen weich verpackt. Mein Körper und seiner verstanden sich wortlos, redend wären wir nie zu etwas gekommen; er konnte Sätze bilden, die länger waren als meine Haare, ohne sich zu verheddern. Trotzdem, jede andere hätte wohl *ihn* weggeschickt und den eingelassen, den ich weggeschickt hatte.

Es ist dein Recht, sagte er, sonst nichts, er konnte auch kurze Sätze. Seine Augen schauten melancholisch, so schauten sie immer, und schon das machte ihn für mich begehrenswert. Er wusste nicht, wie gut mir der Abstand tat, den einem die Schwermütigen lassen. Seine Schuhe, teure Schuhe aus weichem Leder, vermutlich Ziege, standen auf einem der blau-roten orientalischen Teppiche, die gerade Mode waren, der Spiegel über seinem Scheitel war eindrucksvoll, trotz des feinen Sprungs, der den Preis auf ein Fünftel gesenkt hatte, der intarsierte Tisch, auf dem er sein Weinglas abgestellt hatte, stand so ähnlich in gutbürgerlichen Wohnzimmern, meiner musste aber neu verleimt werden; ich hatte das meiste Geld für die Matratze ausgegeben, die war wichtiger.

Was du für dein Recht hältst, ist das, worauf du dich niemals verlassen solltest. Falls du es tust, rechne mit allem, hatte mein Vater gesagt und sich geräuspert. Er war bei der Geheimpolizei; seit er dort arbeitete, räusperte er sich ständig, die feuchten Räume seien daran schuld.

Ursprünglich war mein Vater Schreiber bei der Stadtverwaltung gewesen, hatte jeden Platz in der Mitte überquert und war jede Treppe in der Mitte hinaufgestiegen. Die Einsicht, was das Recht betraf, hatte ihm leider zu spät gedämmert.

Stell dir vor, sie wollten mir zu Weihnachten einen Kapaun schenken, wenn ich ihnen helfe, das Baugesuch durchzubringen, erzählte er meiner Mutter früher beim Abendessen. Sie freute sich. Natürlich habe ich abgelehnt, sagte er. Warum das natürlich sein sollte, habe ich nicht kapiert. Egal was genehmigt oder untersagt werden sollte, das Lied blieb gleich und sein Refrain auch. Manchmal war es Bargeld, manchmal ein Gemälde, ein Ring oder ein Teppich, manchmal ein Boot oder ein Fass Wein, meine Mutter hatte die Vorfreude längst weggepackt.

Er war der einzige Heilige in meinem Leben, sonst nahm ich keinem diese heldenmütige Unbestechlichkeit ab, im Nachhinein lässt sich viel erzählen. Ich wollte keinen anderen Vater haben, damals nicht. Aber er war im Büro aufgewachsen, seit er mit zwölf Aktenstapel mit gezwirbelten Schnüren, die, wie er sagte, zum Erhängen getaugt hätten, zu binden und gewissenhaft zu verknoten gelernt hatte; er war dort zu Hause, ich auf der Straße und hätte ihm schon als Kind sagen können, dass so etwas hier in Venedig schiefgehen musste. Der brave Onkel der Metzgerstochter aus unserer Pfarre Sant'Andrea della Zirada hatte ein Messerfutteral gefunden, leer lag es auf dem Pflaster, er hatte es eingesteckt, um es abzugeben, und war als Mörder gehenkt worden. Mit dem Messer, das fehlte, hatte ein anderer einen Mord begangen, gesehen worden war nicht er, nur der Futteralfinder beim Aufheben, und weil brave Menschen meistens schlechte Nerven haben, hatte er den Mord schließlich gestanden. Als der echte Täter gefasst wurde, streckte der falsche schon den Spaziergängern auf der Piazzetta seine schwarze Zunge heraus.

Geradeaus kam man hier nirgendwohin. Nur den Fremden, wenn sie sich verlaufen hatten und nach dem Weg fragten, sagte ich: Immer geradeaus. Leider wurden die Fremden trotzdem nicht weniger.

Mich hat es also nicht gewundert, dass die Kollegen es schafften, meinen Vater wegen Bestechlichkeit feuern zu lassen. Er war gebrochen und wuchs dann krumm wieder zusammen, das eröffnete neue berufliche Perspektiven. Zu seinen vielen Aufgaben bei der Geheimpolizei gehörte es von da an, Denunziationen aus den dafür in der ganzen Stadt eingerichteten Briefkästen zu sortieren und weiterzuleiten an die Justizbehörde. Die Briefe mussten zwar mit Namen unterzeichnet sein, der aber werde geheim gehalten, hieß es; eins der wenigen Versprechen, an die sie sich hielten, weil sie jede Anschuldigung brauchen konnten, um jemanden loszuwerden, der sie störte. Mein Vater kehrte immer später von der Arbeit nach Hause zurück, es störten offenbar viele. Als Erstes fragte er dann: Was war heute dran? Er fragte das so, als erhoffte er sich von der Antwort eine Art Erlösung.

Schulunterricht bekamen Mädchen bei uns nur, wenn sie sich lebenslang ins Kloster einsperren ließen. Es gab da ein paar Ausnahmefamilien, wo die Väter Privatlehrer für ihre Töchter anstellten, vielleicht wollten sie sich über die Schande hinwegtrösten, keine Söhne zustande gebracht zu haben. Dass mein Vater sich so etwas leistete, konnte nur einen Grund haben: Wenigstens zu Hause wollte er noch eine aufrechte Figur machen. Das tröstete mich, bis meine Mutter mir diesen Satz zusteckte, heimlich, wie die Großmutter etwas Geld mit der Bemerkung *Zum Verschwenden*. Das mit dem Lehrer hab ich durchgesetzt, sagte sie, die selbst kein Wort lesen konnte. Ich weiß, wo du eigentlich hingehörst.

Den letzten Satz drehte und wendete ich in meinem Kopf herum, als wäre es ein Brocken Melone im Mund, vielleicht süß, aber zu groß zum Zerbeißen und zum Hinunterschlucken zu sperrig.

Mein Lehrer war ein Geistlicher.

Sie haben ihn mir als einen gründlichen Mann empfohlen, sagte mein Vater. Gründlich war er. Beim Gesangsunterricht überprüfte er meine Atemtechnik, indem er meine frisch gesprossenen Brüste abtastete, und ich erfuhr durch das tiefe Atmen vieles: dass er seinen Unterleib nicht wusch, daheim einen Ofen hatte, der nicht zog, und Knoblauch liebte. Es grauste mir, ich schrie aber nicht. Während er rezitierte, was große Astronomen und Naturforscher über den Ursprung der Welt geschrieben hatten, suchte er zwischen meinen Schenkeln danach. Es grauste mir noch mehr. Ich schrie noch immer nicht. Weißt du eigentlich, was dein Vater sich abspart und versagt, damit du etwas lernst?, hatte meine Mutter mich gefragt. Es war keine Frage. Das, sagte sie, ist ein großes Geschenk in Gottes Namen. Vielleicht war mein Vater deshalb blasser als alle anderen Männer, die ich kannte, nur seine Fingerkuppen waren immer gerötet, als würden sie von dem, was er täglich anfasste, wund. Schon als er Mitte dreißig war, verliefen seine Falten im Gesicht von oben nach unten, sogar in den Augenwinkeln.

Außerdem, man schreit nicht um Hilfe, wenn man etwas geschenkt bekommt. Sicher, ich wehrte mich gegen meinen Lehrer, schlug ihm ins Gesicht, trat ihm gegen das Schienbein und in den Unterleib, aber nur nachts, wenn ich allein im Bett lag und er sogar noch meine Träume befingerte.

Meine Mutter war eine fromme Frau, auch äußerlich ein ideales Modell für Muttergottesbilder, da waren sich alle einig, die sie kannten, und zu glauben, dass ein Geistlicher sich an ihrer Tochter vergriff, wäre ihr todsündig erschienen, eine Misstrauenserklärung an Gott. Sie war Dienstmädchen gewesen und konnte nicht anders als dienen. Widerspruch war in ihrem Kopf nicht vorgesehen.

Frech hatte meine Mutter meinen Blick genannt, auch anderen gegenüber. Er machte ihr Sorgen; als ich den Lehrer dreist nannte und durchblicken ließ, warum, gab sie diesem Blick die Schuld. Damit hätte ich rechnen können, das musste sie tun, um den Mann Gottes zu entlasten. Sonst wäre ihr mit Weihen und Wundern vollgerammeltes Glaubensgebäude in sich zusammengebrochen und hätte das mühsam erbetete und erkniete Seelenheil unter sich begraben.

Ich musste mich nach jemand anderem umsehen, wenn ich beschützt oder verteidigt werden wollte.

Auf einmal merkte ich, wie zugig unser Haus war und dass keine meiner Freundinnen im Ernstfall zu gebrauchen sein würde.

Meine Freundinnen fanden es ungerecht, dass ich mehr lernte als sie, nicht weil sie etwas lernen wollten, nur weil das meine Chancen erhöhte, einen besseren Mann zu heiraten, einen, der im eigenen Haus wohnte, ein eigenes Unternehmen hatte, Hausmädchen finanzierte und alles, was bei anderen Frauen Neid erweckte. Wohin dann mit dem gesammelten Neid, in eine Neidbüchse zum Sparen aufs Alter, wenn nichts mehr reinkam? Für solche Fragen hatten meine Freundinnen keinen Kopf, sie waren mit ihrem einen einzigen Ziel voll beschäftigt.

Ich hatte drei Ziele. Das erste: mir niemals das nehmen zu lassen, was mein Vater für einen sicheren Posten verkauft hatte, nennen wir es Würde, es ginge aber auch kleiner, Selbstachtung vielleicht. Die Folge seines Verkaufs war wohl auf meiner Stirn eingebrannt: Alle nannten mich hier La Zaffetta, weil mein Vater für sie ein

Zaffo war, ein Spitzel; mir war klar, dieser Name würde nicht mit ihm sterben. Allmählich musste ich anfangen, über einen anderen Vater nachzudenken, wollte ich nicht lebenslang die Tochter eines Mannes sein, dem keiner über den Weg traute.

Zweites Ziel: mein Geld selbst zu verdienen, zu erben war keins, es zu heiraten kam eine Frau hier teuer zu stehen.

Drittes Ziel: blond zu werden.

Vorsatz Nummer eins hätten meine Freundinnen für überflüssig gehalten, sie meinten wohl, Würde sei etwas, das Greise einklagen, und die Freiheit komme über sie wie der große Regen im November. Vorsatz Nummer zwei musste ich ihnen verschweigen; sie hätten kein Wort mehr mit mir gewechselt, mit so jemandem redeten anständige Mädchen nicht. Außerdem hätten sie doch selbst beobachten können, wie die Männer, die Sorte, von der meine Freundinnen träumten, hier ihre Frauen wegsperrten, bis sie sich zu Tode langweilten; nicht einmal auf die Straße durften sie schauen, ausschließlich hinten hinaus, wo nichts los war. Die Fremden, die rund ums Jahr unsere Stadt begafften, fragten sich, warum hier außer an Festtagen öffentlich nichts zu sehen war von den schönen Venezianerinnen, die sie von Bildern und aus Reiseführern kannten, nur schwitzende und schnaufende Frauen, die schleppten und schrubbten, verkauften und verpackten, weil ohne die nichts lief.

Ich würde jedem, der zum ersten Mal nach Venedig reist, raten, seinen Kopf vollständig leer zu räumen und auszuräuchern, als hätte jemand mit einer hoch ansteckenden Krankheit darin gewohnt. Die eingeschleppten Vorstellungen von dieser Stadt machen die klügsten Besucher zu Trotteln. Sie benehmen sich, als wären sie berauscht und umnebelt von einem Liebeswahn. Alles, was an Venedig ekelhaft, brutal und hässlich ist, übersehen sie. Dabei ist es eigentlich als Station zum Ausnüchtern ideal geeignet.

In Venedig wurde schon immer gerechnet, nicht geträumt. Es gab hier keinen Berufsverband der einheimischen Kaufleute, die ganze Stadt war einer, jede Bäckersfrau handelte und spekulierte nebenher mit irgendetwas. Mittlerweile standen rund um den Rialto über dreißig Bankhäuser. Das Einzige, was Menschen hier zum Träumen brachte, war, wie sie das Geld in Schönheit umsetzen konnten, damit man es auch sah; für Männer gehörte dazu der Erwerb einer schönen Frau. Das Heimtückische an dieser Anschaffung war, dass sie nicht vor Diebstahl sicher war. Die bis auf Sonntage, Feiertage und Feste inhaftierten Frauen wurden in ihrem Luxusgefängnis mit schweineteurer Garderobe und Schmuck behängt, das sparte Steuern, die nach dem letzten verlorenen Krieg ein paar Jahre vor meiner Geburt steil angestiegen waren und auf jedes Bankguthaben zu entrichten waren.

Meine Freundinnen teilten nur mein drittes Ziel, blond zu werden, weil sie wussten, dazu brauchte es Geld, also den angepeilten Mann. Das Bleichmittel war nicht kostspielig und mühelos zu beschaffen, aber nur wer einen Dachbalkon besaß, konnte es richtig anwenden. Man zog einen Hut auf, der aus nichts als einer breiten Krempe bestand – das Gesicht durfte keinerlei Farbe annehmen –, breitete die mit Bleichmittel eingestrichenen Haare auf der Krempe aus und setzte sich auf der Altana ein paar Stunden in die Sonne. Warum ich blond werden wollte, hätten sie allerdings niemals verstanden. Ein ängstlicher Mann taugte nicht als Liebhaber, und eine blonde Frau machte den meisten Männern weniger Angst, Albinos wirken auch so, als wären sie nicht recht überlebensfähig. Meine Patentante hatte ihren Mann früher Adler genannt, er war auch einer gewesen; längst hatte sie ihn in gesalzenen Bemerkungen über seine fehlende Manneskraft zum Suppenhahn verkocht. Dabei hatte sie ihn selbst kastriert mithilfe ihrer Sippe, gegen die seine nur Schrott war, ihr Vater war der Größte und ihr Bruder der Beste.

Ich war in jenem Dezember zur Welt gekommen, als die gesamte Lagune zugefroren war. Pferdegespanne fuhren Fleisch, bretthart Stockfische, Rüben und Kohlköpfe von der Terraferma oder Torcello oder Chioggia übers Eis, jeder Feind hätte ein leichtes Spiel gehabt, die ungeschützte Stadt zu stürmen. Es passierte ihr nichts. Von Kind an war ich überzeugt, dass auch mir nichts passieren würde, und hatte niemals Angst im Dunkeln.

Mit sechzehn Jahren hatte ich Ziel zwei und drei erreicht und nun an diesem Abend im April um halb acht Uhr abends Ziel Nummer eins verteidigt.

Ich hatte zum ersten Mal einen Mann weggeschickt, obwohl ich wusste, wer und vor allem was er war. Er stammte aus einer Familie, bei deren Name jeder erst mal verstummte und dann etwas von altem Geld raunte, als würde Geld durchs Alter vornehmer. Den Palast, in dem er wohnte, kannte jedes Kind, seine Verwandten saßen in der Regierung, hatten schon einmal den Dogen gestellt und ich weiß nicht wie viele Prokuratoren und Admiräle. Von seinem Schneider, Nachbar meiner Eltern, wusste ich, dass das Pelzfutter seines Wintermantels doppelt so viel kostete, wie mein Vater im Jahr verdiente, warum auch nicht. Was kaum jemand verstand, der davon wusste, war sein Ziel. Er, der in einer Marmorbadewanne voll Reichtum, Ruhm und Einfluss saß, wollte ausgerechnet als Schriftsteller bekannt werden.

Ich heiße Angela, das ist nicht mein offizieller Vorname, ich habe ihn mir selbst gegeben, als Gegengift zu La Zaffetta, nachdem ich darauf gekommen war, dass Wünsche wie Parfums überzeugen können, gerade wenn sie zu groß bemessen sind. Überirdisch war an mir gar nichts. Mein Hals etwas zu kurz, die Beine ebenfalls, die Füße stabil genug für lange Fußmärsche, die Oberarme kräftig, die Hände zupackend, geeignet, um Fische zu schuppen, Hühner zu rupfen, Böden zu schrubben; das konnten sie auch. Trotzdem galt ich als schön. Was andere Frauen auf glatt und rosarot schminkten – Karmesin wurde sogar auf die Brustwarzen gepudert –, war bei mir glatt und rosarot, mein Fleisch war so prall, dass man kaum hineinkneifen konnte, meine Brüste fest und, was angesagt war, nur so groß, dass eine kräftige Männerhand sie verdecken konnte; das wäre aber bestenfalls als Aphrodisiakum gehandelt worden, nicht als Schönheit. Mein Kapital war mein Gesicht, so offen für Deutungen, dass jeder in mir sehen konnte, was ihm verboten war oder für ihn unerreichbar, jeder sich einreden konnte, ich wäre seine Göttin, nur für ihn nach seinen Vorstellungen hergestellt. Mein Gesicht war wohl in dieser Stadt der Rechner eines der Reservate, wo ein Mann Träume haben durfte, Träume, in denen er zum Helden wurde, und das machte mich begehrt. Schon immer war das eigentliche Geschlechtsorgan der Venezianer ihr Auge. Als beliebteste unter allen Strafen, für machtlüsterne Dogen, für Diebe und Betrüger jeder Art, hielt sich daher das Ausstechen der Augen. Damit wurden sie gleichzeitig entmannt.

Der Mann mit dem schwermütigen Blick, der sich schon auf meine gute Matratze gelegt hatte, sagte noch einmal: Es ist dein Recht.

Jetzt kam es an. Hör auf die Stimme der Vernunft, hatte meine Mutter mir eingeschärft. Sie hatte damit nicht das gemeint, was ich jeden Morgen tat, schon aus Gründen der inneren Sicherheit, wenn ich mich abhörte vom Scheitel bis zu den Fußsohlen, ob nichts zog, nichts pochte, stach, brannte, ausfloss oder juckte. Die Stimme, die sie gemeint hatte, hätte mir in diesem Fall befohlen, den Mann, den ich weggeschickt hatte, einzulassen. Überall.

Es war meine Wut, die jede Art von Reue verbellte, die Wut darüber, dass als unvernünftig galt, was ich getan hatte.

Zwischen sechs und sieben war ich, als ich sie kennenlernte, fast genau zehn Jahre bevor das geschah, was ich jetzt mit überreifen dreiundzwanzig endlich aufschreibe. Ähnlichkeiten mit lebenden Personen sind übrigens kein Zufall, und dass alle Beteiligten noch am Leben sind, macht meine Geschichte spannender.

Ich lungerte vor der Haustür herum und probierte im Schatten, auf den Fingern zu pfeifen. Sie war mager und fahl wie ein Straßenhund, der seit Wochen nichts gegessen hatte, ein Sack voller Knochen, der zu klappern schien, und lief mit Büchern unter dem Arm vorbei, die ihr beinahe aufs Pflaster gekracht wären. Direkt bei mir blieb sie stehen, stöhnte nicht, versuchte aber angestrengt, den Griff um die Bücher zu ändern.

Warum schleppen Sie die schweren Bücher?, fragte ich.

Ich setze meine Studien fort, sagte sie, ging in die Hocke, erstaunlich schnell, zerrte mit der freien Hand ein Tuch von den Schultern, ließ es auf den Boden fallen, schob die Ecken auseinander, legte die Bücher drauf und packte sie in das Tuch ein.

Mir war gleich klar, dass sie log. Frauen studieren nicht.

Sie musste etwas jünger sein als meine Urgroßmutter, noch keine sechzig.

Als sie das Bündel am Knoten hochziehen wollte, knickte sie um.

Mein Mann ist letzte Woche gestorben, sagte sie, griff wieder nach dem Buchpaket und wankte davon.

Als ich meinem Vater von der Lügnerin erzählte, die wahrscheinlich gestohlene Bücher zu einem Hehler geschafft hatte, sagte er: Das kann nur die alte Fedele gewesen sein. Sie war einmal berühmt und hat anscheinend noch immer rund ums Jahr mit Briefschreiben zu tun, weil alle möglichen Adligen und Gelehrten mit ihr korrespondieren. Wenn ein weiblicher Staatsgast kommt, wird sie manchmal geholt, um die Begrüßungsrede zu halten.

Er wusste ihren Vornamen und schüttelte sich, wie ein Vater nur auf so etwas verfallen konnte – Cassandra.

Dass eine Frau, die einmal berühmt gewesen war, wie ein Straßenhund daherschlich, niemanden kannte, der ihr half, und nichts Besseres zu tun hatte, als Bücher nach Hause zu schleppen, ratterte in meinem Schädel, bis er wehtat.

Keine Woche später kam sie wieder vorbei. Ich hatte zum Spielen eine aufgeblasene getrocknete Schweinsblase gekriegt, aber es war niemand da, dem ich sie auf den Kopf schlagen konnte, also schlug ich damit gegen die Hauswand und langweilte mich.

Ich bot der alten Frau an, zwei Bücher zu tragen. Hätte ich geahnt, wie weit es zu ihr nach Hause war, ich hätte es bleiben lassen. Nah am Ghetto waren die Mieten fast so niedrig wie die Zimmer. Das Haus am Rio della Misericordia sah schon von außen krank aus. Im Eingang roch ich den Schimmel in den Wänden. Die alte Fedele wohnte im Erdgeschoss. Sie öffnete die Tür ohne Schlüssel. Bücher stiehlt hier in dieser Ecke keiner, sagte sie. Modergeruch wehte mir entgegen. Die alte Fedele dankte und kickte mit dem Fuß die Tür hinter sich zu.

Selbst schuld, dass ihre Möbel im Hochwasser geschwommen sind. Im Erdgeschoss wohnt man in Venedig nicht. Meine Mutter wusste, was sich gehörte.

Ich hätte ihr besser verschwiegen, wie die alte Fedele hauste, nun roch sie es, wenn ich bei ihr gewesen war. Meine Mutter misstraute ihr, als wäre sie eine Versucherin.

Was habt ihr geredet?

Nichts, log ich, sie hat mir vorgelesen.

Die alte Fedele besaß drei Wände voll Bücher, eine Leiter, ein Bett, einen Schreibtisch, einen Stuhl und einen Herd; ich saß immer am Fuß der Leiter, sie hinter ihrem Schreibtisch. Von dort schoss sie Fragen ab wie Walnüsse, sie aufzuknacken war meine Sache.

Was macht diese Stadt?, fragte sie.

Ich wusste es nicht.

… diese Stadt mitten im Wasser.

Sie spiegelt sich.

Wann und wie oft?

Dauernd.

Was passiert, wenn ein Mensch tagaus, tagein in den Spiegel starrt?

Ich denke, er wird verrückt.

Antworten gab sie so gut wie nie.

Irgendwann warf sie sich auf die Männer von Venedig.

Was fällt dir zu ihnen ein?

Sie sind mutig.

Warum sind sie mutig?

Weil sie alles riskieren, um Venedig stolz und reich zu machen, also weil sie zum Beispiel die Reliquie von San Marco aus Alexandria hierhergebracht haben.

Das hatte mein Vater mir erzählt. Erst durch die Gebeine von Marco konnte sich das Bistum Venedig gegen das von Aquileia behaupten; die Venezianer hatten zwar schon die Reste von Tòdaro, irgendeinem griechischen Krieger und Märtyrer, aber nun endlich etwas Exklusives, einen der vier Evangelisten. Ich fand es schwachsinnig, dass durch ein paar alte Knochen ein Ort wichtig wurde, trotzdem, die Kerle hatten ihrer Heimat damit eine Art Heiligenschein verschafft.

Wem gehörte die Reliquie zuvor?, fragte die Fedele.

Alexandria ... also vermutlich den Ägyptern.

Wie haben die Venezianer die Reliquie in ihren Besitz gebracht?

Zwei Männer namens Rusticus und Tribunus haben sie erbeutet.

Aber die Venezianer führten doch keinen Krieg dort.

Dann eben den Muslimen abgekauft.

Hätten sie die Gebeine in diesem Fall unter Schweinefleisch, das kein Muslim berühren darf, außer Landes geschmuggelt?

Dann können sie die Knochen nur gestohlen haben.

Die Fedele war zufrieden.

... im Auftrag der Regierung.

Mit acht konnte ich dank der alten Fedele lesen, mit neun wusste ich dank der alten Fedele, was Venedig ausschließlich seinen eigenen Söhnen zu verdanken hatte.

Sie hatten die Methode erfunden, eine Stadt im Wasser zu bauen, die Einkommensteuer, die offizielle Denunziation, die Herstellung von flachen Spiegeln, die schnellste Druckerpresse und die schnellste Galeere, die totale Kontrolle eines Staatsoberhaupts, den Suezkanal, den der Sultan allerdings nicht baute, das mundgeblasene Glas, Schuhe mit derart hohen Absätzen, dass keine Frau ohne Hilfe von zwei Begleitern darauf gehen konnte, den Patentschutz, die Großproduktion von Brillen und eine internationale Fahndungskommission mit Lizenz zum Töten flüchtiger Geheimnisträger. Sie hatten aus Jaffa die Überreste des heiligen Nicolò geraubt, weil auch die Seeleute einen Schutzpatron zu Hause haben wollten, und aus Byzanz die des heiligen Tòdaro; den, sagte Fedelè, brauchte man in ihrer Kindheit noch, weil er für die Rückführung entlaufener Sklaven sorgte, mit denen die venezianischen Händler damals ordentlich Geld machten.

Die Venezianer, sagte die alte Fedele, handelten immer nach dem Vorsatz: Venedig zuerst. Das kam gut an. Sie stahlen aus Tiryns auf der Peloponnes Schiffsladungen von Reliquien und bestückten die Markuskirche mit dem, was sie in Konstantinopel nach der Abschlachtung der Einwohner hatten mitgehen lassen. Die Pferde aus dem Hippodrom, die seit Langem die Fassade schmücken, die Ikone der Madonna Nicopeia, die als wundertätig galt, ein Stück des Wahren Kreuzes, das Kaiser Konstantin gehört haben sollte, die beiden frei stehenden Säulen auf dem Markusplatz, zwischen denen gefoltert und hingerichtet wurde, außerdem alles, was man für den Domschatz so brauchen konnte an Gold, Edelsteinen, Kelchen und Emailarbeiten.

Die alte Fedele sah Venedig anders als die übrigen Venezianer, weil sie es jahrelang von Kreta aus betrachtet hatte – gehörte zwar zum Staat Venedig, hatte aber nichts damit gemeinsam. Auf dem Rückweg von der Insel hatten sie und ihr Mann, ein Arzt, ihren gesamten Besitz durch einen Schiffsunfall ans Meer verloren, die gewonnenen Einsichten aber waren nicht mit abgesoffen. Kam ich zu ihr, nahm sie die Brille ab. Damit ich dich unscharf sehe, sagte sie.

Als ich zehn war, begann sie ihre Spaziergänge mit mir in die Druckereien der Stadt, nirgendwo auf dem Kontinent gab es mehr als hier, hundertfünfzig ungefähr. Die Fedele machte sich darüber lustig, dass in Venedig Jahr für Jahr dreimal so viele Bücher gedruckt wurden wie in Mailand, Rom und Florenz zusammen, ausgerechnet in Venedig, wo es die besten Maler des Landes gab, aber kaum einen namhaften Schriftsteller oder Dichter.

Nach Harz und Ruß und Öl roch es in den Gewölben der Drucker, gesprochen wurde nichts, nicht einmal geflucht. Männer, deren Hemden wie Insektenflügel an den Leibern klebten, bedienten hölzerne Winden, drehten Kurbeln, drückten Hebelarme herunter, um armdicke Schrauben zu bewegen, wuchteten bleischwere Setzkästen und Papierblöcke, schoben Karren an, schmierten Gewinde, wechselten ihre Plätze, schnaubten und hoben den Blick nicht. Was drucken Sie?, fragte ich jedes Mal. Viele Druckereien boten etwas Besonderes. Wir drucken Arabisches mit arabischen Lettern, hörte ich dann, oder:

Wir drucken Griechisches mit griechischen oder Glagolitisches mit glagolitischen, Armenisches mit armenischen, Hebräisches mit hebräischen Lettern, und die Lettern gießen wir selbst. Wir drucken Musiknoten und erotische Gedichte, wir drucken Landkarten und Kochrezepte, Reiseberichte und Ablassformulare, mathematische Abhandlungen und Handzettel zum Verteilen, Bücher über schwarze Magie und Gesetzestexte, jüdische Gebetbücher und politische Satiren, Heiligenlegenden und Schmähschriften.

Sie druckten alles, jedenfalls wurde alles irgendwo gedruckt.

Die Fedele fragte auch hier bis zum Anschlag.

Nein, abgelehnt wird kein Auftrag, kein einziger. Wenn *wir* es nicht machen ... Sie verstehen? Die Auftraggeber von Schmähschriften zahlen am besten, hieß es, umso mehr, je schneller wir drucken.

Schmähschriften gegen wen?

Egal, sagten alle, der Inhalt geht uns nichts an, die Korrektoren haben sich um Satzfehler und Rechtschreibung zu kümmern, basta. Fürs Verbieten und Verbrennen sind die Gerichte da, die von der Zensur oder die von der Inquisition, wir sind für den Kunden da. Für den zählt, dass unterwegs ist, was er verbreiten will. Für immer unterwegs.

Für immer? Auch wenn das Gedruckte im Feuer landet oder im tiefsten Kanal versenkt wird und kein einziges Exemplar mehr aufzutreiben ist?

Ja, auch dann. Hast du jemandem ein tödliches Gift verabreicht, kannst du es nicht mehr zurückholen.

Es war der älteste der Druckereibesitzer, der mir das gesagt hatte, so gelassen, dass ich zu schwitzen begann.

Wie Traubenmost gärte es in mir. Als ich mit der alten Fedele allein war, schoss es den Spund heraus: Das kann doch nicht wahr sein, dass Lügen und Gerüchte nicht totzukriegen sind!

Was weißt du über Marin Falier?, fragte die Fedele.

Was jeder in Venedig über ihn weiß: dass er der dritte Doge aus der Familie Falier war und nicht mehr vom Rat kontrolliert werden wollte.

Was wollte er?

Alleine herrschen.

Wie versuchte er das?

Durch Hochverrat.

Woher weißt du das?

Davon, wie es ausging, und das habe ich oft gehört. Die Mitverschwörer wurden gehenkt, Falier wurde geköpft, der Kopf zwischen seine Füße gelegt.

Wie sah Falier aus?

Wie ein Verräter.

Gibt es ein Bildnis von ihm?

Es hängt golden gerahmt im Dogenpalast neben den Porträts der anderen Dogen, aber es wurde mit einem schwarzen Tuch übermalt.

Warum?

Damit jede Erinnerung an ihn auf immer und ewig gelöscht ist.

Gibt es Prozessakten?

Auch die wurden vernichtet oder verschwanden, weiß jeder in Venedig.

Woher weiß dann jeder in Venedig, dass er wie ein Verräter aussah und des Hochverrats schuldig war?

Weil es seit seinem Tod vor hundertundsoundsoviel Jahren weitererzählt wird.

Obwohl niemand weiß, ob es stimmt?

Als ich dreizehn war, fing die alte Fedele an, nach meinen Zielen zu fragen.

Ich kam nicht bis zum Blondsein. Als ich von einem freien und unabhängigen Leben in den eigenen vier Wänden redete, brach aus ihrem knochigen Körper ein Lachen, das ich ihm nie zugetraut hätte; es hatte Brüste wie unsere Geflügelhändlerin am Rialto, die sprangen aus dem Ausschnitt, wenn sie einer Gans den Kopf abschlug. Mit großer Geste wies einer von Fedeles dürren Armen auf ihren Hausrat; so sähe das dann aus, sagte sie, das freie unabhängige Leben. Mit der Sorte Illusion hatte sie Erfahrung.

Als Sechzehnjährige hatte sie jede Unterhaltung auf Latein führen können, als Siebzehnjährige auf Altgriechisch, worüber und mit wem auch immer. Als sie achtzehn war, hatte einer der Bellini-Brüder sie als Madonna verewigt, und ihr Vater hätte sie am liebsten auf eine Leistungsschau mitgenommen, die gab es jedoch nur für Hengste und Zuchtbullen. Berühmt wurde sie mit zweiundzwanzig; ihr Cousin Lamberto hatte in Padua sein Examen bestanden, sie wurde eingeladen, eine Lobrede auf die Wissenschaften zu halten, selbstverständlich lateinisch, die Rede wurde mit Ovationen gefeiert, zwei Jahre später gedruckt und in Europa verbreitet.

Ich kam damals wie gerufen, sagte die Fedele.

Sie passte ins Konzept von prominenten Wissenschaftlern und Gelehrten, die das Mittelalter zur Welt der Finsternis erklärten, bevölkert von dumpfen, übel riechenden, grausamen, menschenverachtenden Monstern. Die Zeit jetzt, ihre Zeit, verkauften sie als erhellt von Geist, Humanität, Erneuerung und Erkenntnisdrang.

Neu war offenbar die Erkenntnis, dass eine junge Frau denken konnte, und Männer, die ihr das zubilligten, bewiesen damit Geist und Humanität.

Die venezianische Regierung fand, dass ihr Cassandra Fedele ausgezeichnet stand; sie zeigen immer alles her, worauf sie sich etwas einbilden, die ganze Szenerie um den Dogenpalast wirkt wie aufgestellt für die Ankömmlinge, auf dass ihnen die Spucke wegbleibe. Man führte die Fedele bei offiziellen Anlässen vor, vergaß aber über aller Begeisterung nicht, dass sie eine Frau war, also weder Geld noch eine Zukunft brauchte. Als Königin Isabella von Kastilien ihr an ihrem Hof beides bot, untersagte der Doge Cassandra Fedele, die Republik Venedig zu verlassen. Von da an wurde sie nicht mehr für öffentliche Vorführungen engagiert, sie hätte vielleicht gepetzt.

Cassandra heiratete so spät, dass ihre Familie sie auslachte, nicht mehr gebärfähig, was sollte das, und sie haute ab samt Mann nach Kreta.

Ihr Vater sei weise gewesen, sagte die Fedele, als er sie auf den Namen der Seherin aus Troja taufte, die sah, was kommen würde, der aber kein Mensch glaubte.

Mit meiner Mutter redete ich nicht über meine Zukunft, sie glaubte an die göttliche Vorsehung und hoffte, dass ihre unerfüllten Wünsche durch ihr Kind in Erfüllung gingen. Vermutlich hoffen das alle Eltern, die zu kurz gekommen sind. Von den venezianischen Malern, deren Helfer auf der Suche nach einem Madonnenmodell sämtliche Sestieri abgrasten, ob da nicht mitten im Steinernen eine Rose blühte, hatte keiner meine Mutter entdeckt, kein einziger, und das, obwohl der Bedarf an Madonnenbildern in keiner Stadt höher ist als hier. Sogar die lausigen Pinsler, Madonnieri schimpft man sie, werden ihr Zeug los, als Souvenir an Fremde und für den Hausgebrauch.

In jeder Kirche hier gibt es mindestens eine gemalte Muttergottes, in manchen bis zu fünf, und meine Mutter wusste bei denen, die noch nicht zu lange dem Verkündigungsengel zuhörten, im Stallgeruch auf den Säugling starrten, am Kreuz heulten oder auf Wolken gen Himmel fuhren, wer sie waren: die Frau des Dachdeckers hinter Zanipolo, die Tochter des Fischers bei den Zattere, die Nichte des Leichenwäschers am Campo della Bragora.

Verheiratet mit einem der gefragten Maler, hätte ich meiner Mutter vielleicht doch noch zu einem Platz auf irgendeinem Hochaltar oder wenigstens einer Nebenkapelle verhelfen können. Der Tod Mariens wurde auch verewigt, und mit Mitte dreißig wäre sie dafür dann als Modell im richtigen Alter; Maria muss zwar beim Sterben Mitte fünfzig gewesen sein, aber die Maler litten an Jugendsucht wie alle Männer in Venedig; zumindest, wenn es nicht um sie selbst ging. Für Dogen fing die Karriere meistens erst mit achtzig an.

Kluge Frauen bemerkten, dass sich die Jugendsucht

in manchen Fällen wie Trunksucht auswirkte und sogar Künstler unzurechnungsfähig machte. Zu Marias Himmelfahrt, obwohl die erst nach dem Tod möglich war, wurden bestenfalls Neunzehnjährige zugelassen, in wenigen Jahren war auch für mich diese Chance vorbei. Ich selbst hatte von meiner Mutter allerdings nichts geerbt, was madonnenhaft war, schon gar nicht den schamhaften Blick, und der lässt sich nicht lernen. Er buckelt und tastet sich dann von unten nach oben. Eigentlich ist der unschuldige Blick schuldbewusst, wer ist schon unschuldig, ich war mir aber nie einer Schuld bewusst.

Es gäbe nichts zu beichten, erklärte ich jedes Mal vor dem Spitzenbortengitter, hinter dem einer saß, der ähnlich wie mein Lehrer herausstank; offenbar beschwerte er sich bei meiner Mutter. Sie wusste, was ich verschwieg. Als ich dann beichtete, von meinem frommen Lehrer an den Brüsten und meinem Geschlecht befingert zu werden, wurde ich wegen Verleumdung zu so vielen Rosenkränzen verdonnert, dass ich mir neue Knie hätte kaufen müssen. Trotzdem führte das Erlebnis zu einer inneren Läuterung: Ich beschloss, meiner Mutter nie mehr etwas anzuvertrauen. Wir bewohnten von da an zwei Kontinente, die nichts teilten, schon gar nicht die Sprache, nur wusste sie davon nichts. Legte sie ihre sahnigen Arme um mich und ich atmete ihren Duft ein, diese Mischung aus schwarzer Seife, ein wenig Schweiß, eingekochten Früchten, einem warmen Bett und Rosmarin, war ich manchmal nahe dran, umzufallen, hinein ins weiche Herz ihrer Dummheit. Doch ich blieb standhaft.

Mein Vater setzte, was meine Zukunft anging, auf eine

Heirat mit einem Richter, der dafür sorgen könnte, jene Kollegen, die ihn denunziert hatten, mit einer Anschuldigung aus den Briefkästen zur Strecke zu bringen; auch er träumte offenbar in meinem Gesicht. Altersarmut wie bei Cassandra Fedele kam in den Gedanken der beiden nicht vor.

Die Sorge meiner Mutter steckte in dem Satz, den sie mir mit jedem Frühstück auftischte: Verschenk dich nicht, Kind, verschenk dich bloß nicht an einen, der dich nicht verdient.

Ich sah die alte Fedele vor mir. Ihr Mann hatte sie wohl verdient, das hatte aber nicht gereicht.

Irgendwie kam ich an dem Punkt nicht weiter, auch nicht mit der klugen Fedele.

Seither, seit ungefähr drei Jahren, hatte ich sie nicht mehr gesehen, und das war mein Fehler.

Ich war ihr abtrünnig geworden, seit ich ihm begegnet war.

Die alte Fedele hatte mich vor ihm gewarnt, und sie wusste vieles von mir, nicht aber, wie Warnungen auf mich wirkten. Kein Vorbild, der Mann, aber verantwortlich für die wesentliche Entscheidung meines Lebens.

Er kam mir um die Ecke herum entgegen auf dem Campo von San Zanipolo, wo ich gerade mal wieder nichts gebeichtet hatte. Ich hörte ihn, seine maronenbraune Stimme, bevor ich ihn sah.

Mein Bett wäre unter ihm zusammengebrochen, und sein Mantel mit den goldenen Borten hätte einen Wandbehang abgegeben, für den bei uns zu Hause keine

Wand breit genug gewesen wäre. Das schwarze Bartgestrüpp reichte bis zu den Schlüsselbeinen, und die langen schwarzen Haare hatte er mit einem orientalischen Schal hochgebunden. Auf der Brust glänzte ein fettes Goldmedaillon, an einem Ohr baumelte ein Klunker, so groß und so rot wie eine Kirsche, Glas war das nicht. Er brachte den Platz zum Dröhnen.

Erst eineinhalb Jahre war es damals her, dass Aretino nach Venedig gezogen war, das Pflaster in Rom war ihm zu heiß geworden. Längst kannte ihn hier jeder, er galt als so etwas wie ein Gegen-Doge, fürstlicher, weil er prächtiger war, Geld verschenkte, anstatt es zu kassieren, und weil keiner ihn kontrollieren konnte. Einen Satz von ihm reichten sich die Venezianer weiter wie den Klingelbeutel in der Kirche. *Ich bin wirklich ein König, ich kann mich selbst beherrschen.* Ich hatte den Satz eingepackt und trug ihn mit mir herum, ohne zu wissen, was ich damit anfangen sollte, doch ich war sicher, irgendwann würde ich ihn brauchen können.

Alles, was ich über Aretino wusste, verdankte ich der alten Fedele.

Sein Woher war noch weniger beeindruckend als meines. Sein Vater, hieß es, sei ein Schuster im toskanischen Arezzo gewesen, der aus gutem Grund fast nichts verdiente; seiner Mutter hatte man, nach Ansicht der Fedele ohne jeden Beweis, einen zweifelhaften Ruf angehängt. Schulbildung besaß er angeblich überhaupt keine, und gelernt hatte er den Beruf des Buchbinders, was ehrenwert war, dafür schäbig bezahlt und aussichtslos, das schien typisch fürs Ehrenwerte zu sein. Aber schon mit

Ende zwanzig hatte er sich zu einem Schriftsteller hochgearbeitet. Seinen Künstlernamen leitete er von seiner Geburtsstadt ab.

Aretino gelang der Durchbruch, hatte die Fedele erzählt, als das Lieblingstier des Papstes starb, ein Elefant; er starb an Halsentzündung und Durchfall nach einer Überdosis Abführmitteln. Papst Leo X. hatte ihn seinen Leoparden und sogar den Chamäleons vorgezogen. Aretino gab blitzschnell *Das Testament des Elefanten* heraus, eine Schlüsselgeschichte über die Zustände im Vatikan. Der Schlüssel lag bei.

Fast jeder in Rom ahnte, dass es dort abartig zuging, Aretino überraschte sie alle. Die Ahnungen waren Heiligenlegenden gegen das, was er haargenau berichtete. Er wusste, welcher Würdenträger in welchem Bordell Stammgast war, welcher Kardinal sich durch welche Korruptionsgeschäfte, Unterschlagungen oder Geldwäschen bereichert hatte und wer von den Bischöfen sich nach seinen Predigten mit angelieferten minderjährigen Knaben erholte. Aretino wurde mit Inbrunst geliebt und bis aufs Blut gehasst, also mehr gelesen als irgendein anderer seiner Generation. Das sei wohl das Erfolgsrezept der Zukunft, schwante der Fedele, Aufmerksamkeit erregen, egal mit welchen Mitteln. Hauptsache, möglichst viele zerreißen sich das Maul über dich. Eine Figur musst du sein, kein Charakter. Es wird nur noch zählen, prophezeite sie, wie viele hinter dir dreinrennen, nicht welche. Kein Zweifel, sie würde nicht hinter Aretino herrennen, auch nicht, wenn sie vierzig Jahre jünger wäre.

Als das *Testament* erschien, war Aretino bereits bekannt wie ein bunter Hund. Dank einer Statue, nach der sich ohne ihn und ein paar andere mit messerscharfen Zungen kein Mensch umgedreht hätte. Eh ein Wunder, dass man diese Figur aus dem Bauschutt gezogen hatte, sie war so verstümmelt, dass keiner sagen konnte, wen sie zeigte, nur dass es ein nackter Bewaffneter war.

Seit der Mann ohne Arme und Beine an der Nordwestecke des Palazzo Braschi stand, nahe der Piazza Navona, stauten sich jeden Tag die Leute um ihn. Den Kriegskrüppel nannten ihn seine Feinde, alle anderen sagten Pasquino zu ihm, angeblich nach einem Lehrer dieses Namens am Gymnasium, der auf Handzetteln seine Kommentare zu Politik und Kirche verbreitete. Die waren derart brenzlig, dass sie sich wie ein Lauffeuer unter den Leuten aus dem Volk verbreitet hätten, aber die Leute aus dem Volk verstanden die Kommentare nicht; sie waren auf Latein verfasst. Die Männer da oben erklärten denen unten, Pasquino sei ein schamloser Lügner, wie angstvoll sie aber seinen Einfluss fürchteten, bekam jeder mit. Pasquinos Leiche muss noch warm gewesen sein, schon ließen sie sein Haus mit allem drin abreißen. Half nichts. Einem Bauarbeiter fiel beim Wegschaffen des Schutts auf, dass die Türschwelle der Rücken einer antiken Statue war. Pasquino feierte Auferstehung. Der Torso wurde aufgestellt und machte in seinem Namen für ihn weiter. Wer etwas gegen die da oben zu sagen hatte, konnte daran Zettel mit neuesten Skandalnachrichten und Schmähschriften festkleben. Keiner klebte mehr als Aretino, nicht auf Latein, sondern auf Italienisch. Jeder verstand seine Texte, jeder erzählte sie weiter.

Damit die Wahrheit endlich wieder nackt war, nur dann kann jeder ihre angeborenen Schwachstellen erkennen, schön muss die Wahrheit ja nicht sein und ist sie oft nicht, sagte die alte Fedele, riss Aretino ihr alles vom Leib, womit die Stellvertreter Gottes und ihre Verbündeten sie kostümiert hatten.

Das imponierte ihr, das Übrige weniger oder gar nicht.

Man könne sich ausrechnen, sagte sie, warum Aretino trotzdem Stammgast war auf den Gartenfesten der Bankdirektoren, den Galaveranstaltungen der Fürsten und beim Papst. Es sei das kleinere Übel, ihn zum Freund zu haben, als zum Feind. Er verdiene sein Geld nicht nur damit, dass er unliebsame Wahrheiten verbreitete, sondern genauso damit, dass er sie gegen Bezahlung zurückhielt. Man könnte das auch Erpressung nennen.

Du wirst ungefähr sechs gewesen sein, sagte sie, als der Elefantenpapst überraschend starb, angeblich an einer fiebrigen Erkrankung. Wie es um den päpstlichen Haushalt stand, zeigte sein Begräbnis. Es mussten sogar halb heruntergebrannte Kerzen verwendet werden. Er hatte den Etat der drei nächsten Päpste bereits aufgebraucht.

Verse, schlüpfrig wie Austern, und Gerüchte, direkt aus der Küche, hatten dem Elefantenpapst und seiner Tischgesellschaft am meisten Appetit gemacht. Als bevorzugter Lieferant des Elefantenpapstes hatte auch Aretino zum Bankrott beigetragen. Jeder dachte, jetzt sei es mit seiner Karriere vorbei.

Es kam anders; mit Aretino ging es steil aufwärts. Der neue Papst war eine vernünftige Lösung: ein Mann aus Utrecht, der erste nicht italienische Papst der Geschichte, sparsam, ehrlich, gelehrt, auch noch fromm; die meisten Römer fanden: Der passt nicht hierher. Aretino lästerte darüber, dass ausgerechnet so ein Musterknabe den mit Korruption, Lügen und Hurerei verdreckten Stall ausschwemmen sollte. Zuversicht erweckte in Aretino nur, dass der neue Papst fast dreiundsechzig war, als er antrat. Nach einem Jahr und acht Monaten war er tot.

So etwas kannte ich von hier, zu Dogen wurden ja auch nur Greise gewählt, in der Hoffnung, sie machten es nicht zu lange, aber offenbar konservierte Venedig im Allgemeinen und das Amt des Dogen speziell, die meisten waren hornalt geworden.

Nachfolger des Utrechters wurde wieder ein Medici, Vetter des Elefantenpapstes, Clemens VII. nannte er sich; es war der, für den Aretino zuvor im Wahlkampf geworben hatte.

Leider, sagte die alte Fedele, habe Aretino jedoch übersehen, dass nicht jeder aus dem Haus Medici wie er selbst den Liebesakt in allen Varianten für die wahre Offenbarung Gottes hielt. Einig war er sich darin mit dem hoch gehandelten Giulio Romano. Während der tagsüber einen Prachtsaal im Vatikan fertig ausmalte, zeichnete er abends Mann und Frau in …

Da hatte die Fedele gezögert; ich wusste, dass ich in solchen Fällen nur lange genug schweigen musste.

Was soll's, sagte sie schließlich, in Venedig wissen alle längst über alles Bescheid, bevor das Schamhaar wächst. Also … er zeichnete Mann und Frau in sechzehn Stellungen, detailgenau, und er wollte die Freude daran mit vielen anderen teilen.

Die Zeichnungen hatte er Marcantonio Raimondi übergeben, dem besten Kupferstecher des Landes, damit sie ein großes Publikum erreichten. *I Modi* stand auf dem Titelblatt der Stiche, sie wurden unter dem Ladentisch zu Liebhaberpreisen verkauft. Giberti, der Zensor des Papstes, ließ sämtliche Exemplare der *Stellungen*, die er zu fassen bekam, verbrennen und erklärte, man müsse Raimondi dafür foltern und hängen. Weil keiner diese Arbeit übernehmen wollte, warf er ihn ins Gefängnis. Dass Raimondi freigelassen wurde, hatte er Aretino zu verdanken, der als ehemaliger Wahlhelfer beim Papst noch etwas guthatte. Bilder, für die einer ermordet werden sollte, interessierten Aretino. Kaum hatte er Raimondis Stiche zu Gesicht bekommen, verfasste er zu jedem ein Gedicht und gab beides zusammen unter dem Titel *Unzüchtige Sonette* heraus.

In einer Hochsommernacht wurde Aretino auf offener Straße niedergestochen, Stiche in die Brust, von einem, der das geübt hatte. Aretino überlebte. Durch ein Wunder, meinten seine Bewunderer, durch seine Dickleibigkeit, sagte die Fedele. Es hieß, Giberti habe den Täter beauftragt und bezahlt. Der Papst weigerte sich, den Täter und seinen Auftraggeber zu belangen. Aretino suchte das Weite und landete schließlich in Venedig.

Wie sie über Aretino dachte, war Cassandra Fedele anzumerken. Während der ganzen Geschichte hielt sie den Rand ihres Schreibtischs umklammert. Es gab aber ein paar Bemerkungen von Aretino, die der alten Fedele gefielen.

Christus hat, soviel wir wissen, keine Gefängnisse, keine

Folterinstrumente und keine Henkersstricke hinterlassen, hatte er an die Inquisition geschrieben und den Brief wie fast alle seine Briefe öffentlich gemacht.

Aretino sei immer stolz darauf gewesen, sagte die Fedele, dass er alles beim Namen nannte, ganz gleich wie grob der war, im Interesse der Deutlichkeit, erklärte er. Alles andere sei etwas für gelehrte Langweiler, denen höre kein Mensch zu. Odysseus habe bestimmt nie um den heißen Brei geredet.

Sie ließ ihren Blick über die Regale wandern und aufatmend immer wieder innehalten.

Wie das Eindeutige bei Aretino klang, wollte ich wissen. Dass die Haut der Fedele, gelblich blass und pergamentartig wie meine Schweinsblase, von innen heraus rot leuchten konnte, erlebte ich da zum ersten Mal.

Sie verschwieg es mir, und Verschweigen löste bei mir das Gleiche aus wie Warnungen, Heißhunger, als stiege der Geruch von Röstzwiebeln in meine Nase nach drei Tagen Fasten.

Als mir Aretino dann ein paar Wochen später auf dem Campo von San Zanipolo wie eine Bugwelle entgegenrauschte, groß und wuchtig und prächtig, sah ich ihn an mit einem Blick, für den meine Mutter mich geohrfeigt hätte. So stellte ich mir einen vor, der mich verteidigen konnte. Er blieb stehen und sah mich an mit einem Blick, für den meine Mutter ihn geohrfeigt hätte, obwohl – nein, das hätte sie sich nicht getraut, und zu klein war sie dafür außerdem.

Du kommst aus der Kirche, sagte er. Hast du gebeichtet?

Ja, sagte ich.

Was hast du gebeichtet?

Nichts, sagte ich.

Bist du so brav?

Nein, sagte ich, so vernünftig.

Was sagt deine Mutter dazu?

Sie sagt immer nur: Verschenk dich nicht.

Er strich mir über den Kopf, und ich roch, dass er seinen Unterleib wusch und gutes Parfum benutzte.

Deine Mutter hat recht, sagte er, du solltest Geld dafür nehmen, und zwar nicht zu wenig.

Lächle mal.

Warum?

Du gefällst mir, also: Zeig mir die Zähne.

Sie freuten ihn, es seien die Zähne eines Marders, und die bissen sich überall durch, sagte er.

Von diesem Tag an hielt er seine Hand über mich, ja, nur über mich, nirgendwo sonst hin, und kümmerte sich um meine Fortbildung. Mein Lehrer kam weiterhin ins Haus, aber als ich ihm sagte, dass ich Aretino kennengelernt hatte, ließ er die Finger von mir.

Aretino war im Abseits geboren worden, auf dem Abfallhaufen der Gesellschaft, sagte er, und hatte dort, mit knurrendem Magen und klammen Fingern Bücher bindend, einen Stern glitzern sehen: die wahnwitzige Idee, sich mit Schreiben seine Freiheit zu erobern.

Wie das ohne Schreiben ging, wollte ich von ihm lernen. Ohne so dick zu werden wie er und ohne meine Ermordung herauszufordern.

Ich hatte trotz der guten Matratze miserabel geschlafen in der Nacht, die ich mit dem alten Säugling verbracht hatte und nicht mit dem Mann, der davongepirscht war. Die Wut war schneller müde geworden als ich, aber ein ungemütliches Gefühl wachte mit mir auf.

Der Tag war schon in der Frühe durchsichtig wie das Wasser der Kanäle nie, trübe war nur mein Kopf. Der Wein war nicht daran schuld. Ich wusste nicht, ob mein Nein noch Folgen haben könnte. Das Nächstliegende schien, Aretino beim Klären um Hilfe zu bitten. Ich hatte mir mit seiner Hilfe eine Wohnung, die erste eigene, am Campo San Giovanni Crisostomo in Cannaregio gemietet, obwohl die Kirche ein Neubau war, der mir nicht gefiel, und der Glockenturm noch eine Baustelle. Er wohnte im Palazzo Bolani, Canal Grande, linkes Ufer, dort, wo der Rio San Giovanni Crisostomo in den Kanal mündet, keine zwei Minuten entfernt von mir.

Ich verließ das Haus am späten Nachmittag. Eine Viertelstunde würde ich brauchen; nicht zum Palazzo Bolani ging ich, sondern zum Rio della Misericordia, zur alten Fedele. Mein Grund dafür hatte einen Namen: den des Mannes, den ich am Abend zuvor weggeschickt hatte. Lorenzo Venier.

Er war ein Freund von Aretino.

Sie machte einen Schritt zurück in ihre Höhle, aus der es mich modrig anwehte, als sie mich vor der Tür stehen sah. Der Geruch beruhigte mich.

Es ist fast drei Jahre her, sagte ich.

Drei Jahre, zwei Monate und ungefähr sechs, sieben Tage, sagte die Fedele und ließ mich ein.

Bei alten Menschen werden die Augen meistens stumpfer und blasser, tiefbraune werden ockergelb, azurblaue immer wässriger. Ihre glänzten nach wie vor saftig und prall wie schwarze Oliven. Alles andere an ihr war rissiger und trockener geworden. Ich saß am Fuß der Leiter, sie hinter dem Schreibtisch.

Sie nahm die Brille ab und musterte mich langsam von oben bis unten, als müsste sie ein Gutachten über mich erstellen. Mein neues Kleid schien Lärm zu machen in diesem Zimmer.

Bestens, sagte sie. Alles bestens, schnell sind die Knospen aufgegangen, arg schnell. Also: Warum auf einmal wieder hier bei mir? Hat er dich hinausgeworfen aus seinem Kreis?

Irgendwoher wusste sie das mit Aretino, von ihm selbst bestimmt nicht und von mir auch nicht.

Reglos wartete sie ab, den Hals gereckt, den Rücken durchgedrückt, die Unterarme auf der Schreibtischplatte, genau parallel. Unmöglich, vor dieser Wachsamkeit davonzulaufen. Ich ergab mich und zog im Kopf alles aus, was ich hatte anbehalten wollen. So stellten die hinter den Spitzenbortengittern sich vermutlich eine richtige Beichte vor.

Nur die Augen musste ich schließen beim Erzählen, damit ich mich auf dem weiten Weg zurück nicht verlief.

Ca' Bolani, hatte Aretino mir gesagt, Samstagmorgen um halb zwölf. Er sagte nicht Palazzo Bolani, wie die meisten hier, seit er drin wohnte, nur Ca'.

Ich kannte es von außen, das Haus, irgendwann mal ochsenblutrot angestrichen, aber längst verblichen. Die Front zum Kanal hinaus machte Eindruck und war halbwegs in Ordnung, an der Rückseite blätterte der Putz.

Die Bolani hatten das Haus vermietet, beim derzeitigen Wohnungsmangel in Venedig war in dieser Lage einiges herauszuholen. Mein Vater wusste – woher, war leicht zu erraten –, dass Aretino deutlich weniger zahlte als dort üblich, weil er etwas in der Hand habe gegen die Bolani, wurde geraunt, ungewohnt leise geraunt; Beweise fehlten. Das wäre kein Hindernis gewesen, ihn reinzuhängen, aber Aretino war eins; niemand wollte sich mit ihm anlegen, nicht einmal anonym. Aretino findet alles heraus, hieß es. Mein Vater bedauerte, dass er keinerlei Interesse an einer Stelle bei der Geheimpolizei zeigte.

Ich kam von der Rückseite, von der Wasserseite her kamen nur die Wichtigen und die Lieferanten. Im Treppenhaus roch es nach Hühnersuppe, von oben fiel ein Schwarm von Stimmen über mich her, Frauenstimmen, Mädchenstimmen, nichts Tiefes. An den Wänden hingen

Gemälde in Goldrahmen, Goldrahmen im Treppenhaus! In den Nischen zwischendrin standen bemalte Keramikvasen, groß wie Fünfjährige. Auf dem Treppenabsatz im ersten Stock erwartete mich eine, die eher zur Hühnersuppe als zu den Goldrahmen passte. Ihre Schürze sah nach blutiger Arbeit aus, die Hand, die sie daran abwischte, auch. Hinter ihr tauchte eine Zweite in einem weißen bodenlangen Unterkleid auf, die bei den Malern sofort als Magdalena posieren konnte, dafür waren lange offene wellige Haare und schwere Brüste gefragt, es störte nur die schiefe Nase; dann eine Dritte, vielleicht fünfzehn, mit Kindergesicht und Melonenbauch. Da hörte ich ihn. Sein Hausmantel raschelte, Seide vor dem Mittagessen. Die Frauen fassten ihn an, als wäre er ein Wunderheiler, die Magdalena lehnte ihren Kopf an seine Schulter, er zog mich in den Portego.

Wer aus Verhältnissen wie meinen kam, wusste bestenfalls, dass sich der große zentrale Raum in solchen Häusern von der Vorderseite bis zur Rückseite erstreckte; von innen kannte ich nur zwei solche Säle, einer gehörte dem Vater der kastrierenden Patentante, einer ihrem Bruder. In beiden Porteghi hingen ausgestopfte Tierschädel, verstaubte Fahnen, ein paar alte Schwerter und andere Waffen an den Wänden, dazwischen schwarz gewordene Porträts irgendwelcher Ahnen. Offensichtlich fanden Männer das nett, denn Frauen hatten dort wenig bis gar nichts zu suchen, die hielten sich in den kleinen Räumen rechts und links davon auf, in denen Küche, Wirtschaftskammern und Schlafzimmer untergebracht waren, oder, wenn es eines gab, im Stockwerk darüber. Düster waren diese offiziellen Hallen wohl immer, nur an der Schmalseite Fenster und dann der lange Schlauch, auf den noch eine Balkendecke oder Kassettendecke drückte. Die teuren Terrazzoböden waren eiskalt, kälter als unsere billigen Holzböden, bei den Reichen lagen unter dem Portego Vorratskeller mit Zuckersäcken, Salzsäcken, Gewürzkisten, Öl- und Weinfässern, Gewölbe, in die es vom Kanal her hineinzog.

Aretino hatte die Teppiche auf dem Terrazzo übereinandergeschichtet. In seinem Vorzeigezimmer leuchtete und blinkte und glänzte es. Von den Balken hingen gleich drei Muranolüster, die Kerzen brannten am helllichten Tag. Aretino musste mit einem Spiegelhersteller verwandt sein, anders war nicht zu bezahlen, was hier in sämtlichen Formaten dafür sorgte, dass die Beleuchtung sich vervielfachte.

Schöner als ausgestopfte Tierschädel, Fahnen, Waffen und Ahnenporträts fand Aretino anscheinend Gemälde mit nackten Menschen. Engel und Jesuskinder, sonst waren mir bisher auf Bildern Nackte oder fast Nackte kaum begegnet, nur als Büßer in einer felsigen Einöde oder als Sünder in der Hölle, beides ungemütlich, die einen froren, die anderen schwitzten, die einen sahen verbittert aus, die anderen verzweifelt.

Was auf den Gemälden hier los war, hatte ich noch nie gesehen. Nackte Frauen rannten vor sonnengebräunten Männern davon, einige hatten Bocksbeine und Bocksohren, einem nackten schlafenden Mädchen wurde die Decke weggezerrt, eine nackte Schönheit wurde von einem Schwan zwischen ihren Schenkeln überwältigt, vielleicht geschwängert, was immer dabei herauskam, eine andere von einem Stier über einen breiten Fluss getragen, offensichtlich gegen ihren Willen; eine reckte auf der Flucht vor einem gut gebauten Verfolger, so nackt wie sie selbst, die Arme gen Himmel und bestand bauchabwärts aus Lorbeerzweigen.

Meine Mutter hätte sich bekreuzigt.

Nicht nur deswegen fühlte ich mich hier wohl. Weder das Büßen noch die Hölle leuchteten mir ein; wozu hätte Christus so entsetzlich sterben müssen und alle Sünden der Menschheit auf sich nehmen, wenn die Sünden hinterdrein wieder jedem Einzelnen aufgerechnet wurden. Mir erschien das blödsinnig. Schlimm geprügelt hatte meine Mutter mich, und sie prügelte fast nie, da war ich keine drei, als ich in ihren Korb mit frischer Wäsche gepinkelt hatte. Die ganze Mühe umsonst, hatte sie geschrien, die ganze Mühe, wozu das alles!

Aretino bemerkte, dass ich auf die Gemälde glotzte, legte seinen Arm um meine Schultern und sagte, es gehe hier um Mythen, um Geschichten von Göttern und Menschen, die sich die Griechen schon vor zweitausend Jahren erzählt hätten, fürs Leben entschieden nützlicher als Heiligenlegenden.

Warum hatte mein Lehrer sie mir dann verschwiegen? Nur von Odysseus und Aeneas hatte er geschwafelt, dass diese Helden Feiglinge seien, verglichen mit den christlichen Märtyrern, und ihr Leben in keiner Weise vorbildlich; schon deswegen interessierten sie mich.

Die Hühnersuppe wurde eine Etage drüber serviert.

Dort war es heller. Drei hohe Fenstertüren mit Spitzbögen führten auf einen langen, aber schmalen Balkon hinaus. Aretino nahm mich mit ins Freie. Nach rechts schaute man hinaus auf den Fleischmarkt und den Fischmarkt, nach links zur Niederlassung der deutschen Kaufleute, ein Riesenbau, den die Venezianer auf eigene Kosten nach dem Brand vor ungefähr fünfundzwanzig Jahren hatten neu errichten lassen. Sogar die Fassadenbemalung von Giorgione und Tizian haben sie finanziert, sagte Aretino, das war drin bei den Wahnsinns-Zöllen, die sie abkassieren.

Direkt gegenüber lag der Rialto-Markt, daneben die Rialto-Brücke.

Das ist mein Theater, sagte Aretino, Aufführungen täglich und kostenlos.

Der Rialto-Markt wurde bereits abgeräumt. Der Boden war bedeckt mit Gemüseresten, zerdepperten Eiern und geplatzten Früchten; was nicht verkauft worden war, schleppten die Marktleute in Kisten und Körben zu den Lastkähnen. An der Brücke drängelten sich wie üblich die Bankleute, die Großhändler und die Fremden, sie hatten vermutlich dasselbe Ziel; direkt am Rialto lagen die Absteigen der Käuflichen, der billigen, die ihre Kunden schneller zufriedenstellten, als eine halbe Kerze herunterbrannte.

Um den Rialto kam keiner herum, also auch nicht ums Aufklären der Kinder. Eine Ecke weiter, am Ponte delle Tette, konnte außerdem jeder bei fast jedem Wetter sehen, wie Haus für Haus, Etage für Etage, Fenster für Fenster die Mieterinnen ihre Brüste vorzeigten, mit den Händen unter der Ware, als wären sie Marktfrauen mit frisch gerupften Wachteln.

Sogar der Himmel ist hier an manchen Tagen ein Spektakel, spannender als jedes Stück auf der Bühne, sagte Aretino, wenn die Wolken sich bedrohlich jagen oder auf einmal in Flammen stehen, als wäre ein Weltenbrand ausgebrochen. Er richtete seinen Blick aber nicht nach oben, nur auf die Holzbrücke, die als einzige über den Kanal führte, vor vier, fünf Jahren zusammengebrochen, durch dieses lumpige Provisorium ersetzt worden war und nach wie vor in einer Stunde mehr Leute aushalten musste als andere Brücken in einem Monat. Seit Jahrzehnten war von der Regierung eine Steinbrücke an dieser Stelle beschlossen und geplant, aber nicht mit allem waren die Venezianer so schnell wie mit dem Erfinden und dem Stehlen. Früher hatte die Familie Rampani geflucht, wusste ich von meinem Vater, nichts wert ihre Immobilien in dieser Gegend, laut, dreckig, überlaufen; längst schickten sie Dankgebete an die Märtyrerin Corona, Schutzpatronin des Geldes, der Schatzgräber und der Fleischer. Mein Lehrer hatte mir erzählt, dass sie auf Sizilien an zwei heruntergebogenen Palmen festgebunden worden war, die sie emporschnellend in zwei Teile rissen. Mit Tranchieren hatte das vielleicht zu tun, aber mit Geld? Weil man damit andere zerlegen konnte? Stinkreich waren die Rampani geworden mit Stundenhäusern in den Carampane rings um den Rialto.

Die Huren des Geldes suchen ihresgleichen.

Aretino sah mich an

… sagt meine Mutter.

Recht hat sie. Bei euch in Venedig gibt es mehr Bankhäuser und mehr Huren als sonst wo, Geldgeschäft und

Liebesgeschäft sind nirgendwo besser organisiert als hier. Es kommen auf stark siebzigtausend Venezianerinnen achttausend, die ihr Geld mit diesem Gewerbe machen, dazu kommen um die dreitausend von auswärts, von Kreta oder von der Terraferma, aus Spanien, der Türkei, Albanien. Aber nur höchstens dreihundert von ihnen können ein Leben führen, das diesen Namen verdient. Die anderen verenden erbärmlich wie herrenlose Hündinnen, nur langsamer und vor Zuschauern.

Die Brühe, in der das Geflügel badete, war stark, roch nach Rosmarin, Nelke und Lorbeer, und oben schwammen Granatapfelkerne.

Aretino mochte offenbar nichts Schwaches, zeigen mochte er es jedenfalls nicht. Der Wein in seinem Glas war schwarzrot, mit den Ringen an seinen Fingern konnte man Scheiben einschlagen oder auch Zähne.

Während wir die Hühnersuppe löffelten, malte er mir das Dasein der zehntausendsiebenhundert übrigen Käuflichen so genau aus, wie das nur einer konnte, der es gründlich studiert hatte, haarklein und läuseklein.

Wie schön sie ist, wie wunderschön; für meine Mutter war bei Altarbildern nur wichtig, wie die Madonna aussah. Mir war die Madonna egal, ich mochte Gemälde, die von Carpaccio und den Bellini vor allem, wo nichts ausgelassen wurde. Die malten bei den Alten jede Runzel im Gesicht und jede Warze, bei den Büßern die gedörrten Bäuche, bei den Stiftern das feiste Doppelkinn, bei den Dogen dieses Trostlose im Blick. Die pinselten auf Altäre und andere Kirchenbilder die Wirtshausschilder, das Gedränge hässlicher Kamine auf den Dächern, das Fell der

Schoßhunde, die starken Schultern der Negersklaven am Ruder, und die trauten sich auch mal eine Muttergottes, die wie eine Wasserleiche aussah, wenn sie ihren toten Sohn anstarrte mit dem räudigen Verwesungsbart und den blutigen Löchern durch die Handrücken.

Aretino schaffte etwas Ähnliches mit Wörtern.

Die Gebäude in den Carampane waren verwahrlost, die Balkone vom Absturz bedroht, die Treppen abgetreten, die Geländer rostig, dass man rote Finger davon bekam, die Böden morsch, von den Fenstersimsen bröckelte es herunter, in den Wänden saß der Hausschwamm, und alles aus Stoff – Kleider, Decken, Wäsche – stank muffig. Mäuse, Wanzen und Kakerlaken krochen durch die Ritzen und Spalten. Die Matratzen waren durchgelegen, ein sauberes Laken war schon Luxus, der Geruch in den Zimmern beißend. Wegen der hohen Nachfrage konnten die Vermieter Wucherpreise von den Frauen abzocken; von den Frauen? Von den Mädchen, irgendetwas zwischen zwölf und achtzehn. Erwachsen waren die Kupplerinnen, meistens die Mütter der jungen Käuflichen, die selber mit dreißig, fünfunddreißig viel zu alt für den Beruf waren oder zu krank. Manche schafften es nur ächzend hinauf in den zweiten oder dritten Stock, die Beine, das Kreuz, die Füße, mein Gott, manche waren verfault von innen heraus wie ein schlechter Kürbis, dem man außen noch nichts ansah, der dann auf einmal zu übel riechendem Matsch zusammenfiel. Die Matrosen und die Fremden aus aller Welt rückten meistens im vollen Saft, schwitzend und ungewaschen bei den Mädchen an und brachten immer wieder etwas Neues mit, um sie anzustecken, und die Franzosenkrankheit hatte schnell Italienisch gelernt. Trotzdem dachte die Regierung nicht im Traum daran, das Ganze zu verbieten; von dem, was hier eingenommen wurde, griff sie sich Steuern, und zwar nicht zu knapp.

Aretino zog mich wieder ins Freie und zeigte auf die Arkaden des neuen Fleischmarkts.

Obendrüber, du siehst die Fensterreihe, sitzen sechs piekfeine Herren aus piekfeiner Familie in piekfeinen Büros. Sie richten über die Käuflichen und die Kupplerinnen, männliche Zuhälter haben sie verboten, die waren zu oft in Schlägereien verwickelt, und das mag man hier nicht, schadet dem Fremdenverkehr. Die Aufgabe macht ihnen Spaß, den piekfeinen Herren. Sie arbeiten eng zusammen mit den Kriminalbeamten fürs Nachtleben, Signori di Notte al Criminal nennen die sich, denen und ihren Handlangern überlassen sie die grobe Arbeit und erfreuen sich an den Berichten. Auf diese Weise erfahren sie, zu welchen Veilchen man besser nicht geht, und mit solchen Tipps machen sie sich beliebt.

Veilchen sagen eigentlich nur die Einheimischen zu den Huren. Aretino war zugezogen, er hatte offenbar rasch gelernt. Mein Vater musste immer dringend etwas Wichtiges erledigen, sofort, wenn ich ihn befragt hatte zu diesen Herren der Nacht. Aus Aretino sprudelte es ungefragt heraus.

Die sind zuständig für die allgemeine Sicherheit, schwärmen nachts mit ihren laternenbewaffneten Agenten aus, fangen ein, wer ihnen verdächtig erscheint, Glücksspieler, Taschendiebe, Gotteslästerer, Einbrecher,

Hurengänger, die angeblich Ärger machen, und verhören sie sofort. Ihr Büro liegt im Dogenpalast, und zwar dort, wo das Seil aufbewahrt wird, mit dem diejenigen erwürgt werden, die man unauffällig beseitigen will. Die Herren der Nacht haben die Oberaufsicht über die Folterkammern und das Recht zu Hausdurchsuchungen. Ihre Stellen sind begehrt, trotzdem sind die Chancen dranzukommen nicht schlecht, die Stellen sind zeitlich befristet. So einfach kann man sich bei den Leuten beliebt machen.

Als ich meinen Teller leer gegessen hatte, sah ich ein Paar beim Liebesakt.

Odysseus mit der Zauberin Kirke, sagte Aretino, gute Majolika aus Faenza.

Ich öffnete die Augen. Die Fedele hatte sich nicht bewegt. Was ist?, fragte sie.

Da dachte ich daran, was Sie mir über Aretino erzählt haben, er sei stolz darauf, wie Odysseus nie um den heißen Brei herumzureden, nur deswegen hörten ihm so viele zu und rissen ihm alles Gedruckte aus der Hand. Wie Odysseus, erinnern Sie sich?

Die Fedele nickte, mehr nicht.

Das habe ich Aretino serviert. Stimmt, hat er gelacht, sie versteht was, die Alte.

Dann verraten Sie mir, was diese drei Frauen in Ihrem Haus zu suchen haben.

Drei? Er fiel vor Lachen schier vom Stuhl. Hier leben immer um die sieben, acht Frauen, manchmal noch mehr, die Besetzung wechselt, und ab und zu schleppen sich zwischendrin ein paar Männer herum, aber ausschließlich kranke oder flüchtige ohne Geld und Bett, die wieder auf die Beine kommen müssen.

Die mit der Schürze sei seine Köchin, sie habe die beste Zunge, aber nur zum Schmecken, taubstumm seit Geburt. Die mit dem Melonenbauch sei von einem Mann geschwängert worden, der ihr die Heirat versprochen hatte, sich daran aber nicht mehr erinnern konnte; die Magdalena sei eine Ehefrau, die ihr Mann krankenhausreif geprügelt habe, aus Eifersucht auf einen Priester, dem sie angeblich zu inbrünstig zugehört hatte.

Hast du ihn auch gefragt, wollte die Fedele wissen, warum er dich eingeladen, mit Hühnersuppe und diesen … Berichten gefüttert hat?

Ich brauchte nicht zu fragen.

Die Bilder unten zeigen Götter und Halbgötter, sagte er; jede Frau, die sie erregte, griffen sie sich, besonders gern, wenn die Frau nicht wollte. Ran kamen sie immer, entweder durch Gewalt oder durch Tricks wie Verwandlung in ein Tier, bei dem sich keine Frau etwas Böses dachte, einen Schwan zum Beispiel. Zeus verwandelte nicht nur sich, er verwandelte auch mal seinen Samen einfach in Goldstücke, und schon machte die vom Vater weggesperrte Danaë ihre Beine breit. Ein Entkommen gab es für die Mädchen nur, wenn sich jemand anderes aus dem Olymp einschaltete und die Verfolgte in etwas verwandelte, das man nicht …

Nicht ficken konnte, hatte Aretino gesagt, in eine Krähe oder Schilf, einen Stern oder einen Lorbeerstrauch. Hätte ich das hier gesagt, hätte ich genauso gut furzen können.

Die Fedele verschränkte ihre Finger, dass es knackste.

Das man nicht was?

… in etwas, das man nicht vergewaltigen konnte, in eine Krähe oder …

Ich kenne die Geschichten. Hast du drüber nachgedacht, was die sogenannten Rettungsaktionen bewirkten? Dass die Opfer danach nicht mehr sprechen, also nicht mehr aussagen konnten?

War Aretino nicht aufgefallen, mir auch nicht.

Er hatte mich nur vorbereitet auf Venezianer, die sich wegen ihrer besonderen Herkunft etwas einbildeten, deswegen als Götter, wenigstens Halbgötter fühlten, menschlich aber nichts Besonderes und schon gar nichts Besseres seien. Sich um eine Frau zu bemühen, hielten sie für unter ihrer Würde. Ein Gott wirbt nicht.

Was das bedeutete, hatte Aretino ziemlich einfach übersetzt:

Die kaufen sich lieber eine, und zwar eine, die nicht billig zu haben ist. Davon kannst du leben, mehr als gut leben, auch ziemlich ungefährdet, wenn du so schlau wirst, dass dir keiner deine Schläue anmerkt. Du musst auch verinnerlicht haben, was die von dir wollen. In unserer Regierung sitzen verheiratete Männer, nicht mehr die Allerjüngsten, und sie wissen genau, dass ihre ledigen gelangweilten reichen Geschlechtsgenossen, solange sie Junghengste sind, ihren Trieb ausleben wollen, bei ihnen war es ja genauso. Das Hurenmilieu ekelt die jungen Verwöhnten an, nicht nur, weil dort, wo die Preise niedrig sind, die Ansteckungsgefahr verflucht hoch ist, auch weil es dort stinkt und schlimmer ausschaut als bei ihnen im Haus die Kammer des Dienstmädchens.

Im Visier, sagte Aretino, haben sie also die jungen gelangweilten reichen Ehefrauen der anderen. Wegsperren ist eine beliebte Lösung, sicher ist sie nicht. Personal kriegt immer zu wenig Geld. Außerdem machen es alle Männer gleich: In den sechs Monaten Karneval legen sie, wie du weißt, die Masken nicht ab. Die Verheirateten unter den Kunden, die wollen nichts anderes als das, was sie von zu Hause kennen, Perlenkette, Parfum, feine Unterwäsche, gute Manieren, sie wollen nur nicht dasselbe. Die Junghengste wollen vor der Ehe ohne Verpflichtung in angenehmer Umgebung eine Frau …

Eine Frau vögeln, hatte Aretino gesagt, auch dieses Wort hätte in der Stube der Fedele gestunken. Besitzen, sagte ich, eine Frau besitzen, die alles bietet, worum man sich sonst bemühen muss. Die Politiker, sagte Aretino, engagieren sich für die Gutbezahlten, gestehen ihnen zu, dass sie sich, anders als die Huren, in der ganzen Stadt bewegen dürfen, auf Bälle gehen, in den Salons von Belesenen verkehren und mitreden. Auf diese Weise verhindern sie, ständig gehörnt zu werden von Junghengsten, die sich bei ihren Ehefrauen bedienen. Deswegen dürfen diese oberen zwei- bis dreihundert unter den Käuflichen sich auch Kurtisanen nennen, sogar ehrenwerte Kurtisanen. Sie tun schließlich etwas für den sozialen Frieden.

Und er, fragte die Fedele, was tat Aretino für dich, dieser Wohltäter der Menschheit?

Versprach, mir das Notwendige beizubringen, um eine von den höchstens dreihundert zu werden.

In praktischen Übungen, für die er sich selbst aufopferte?, fragte sie.

Eine halbe Stunde lang verteidigte ich Aretino.

Er hat mich ausgebildet, ohne etwas dafür zu verlangen. Er hat mir Bücher geliehen mit den Geschichten aus der Mythologie, hat mir große Texte vorgesprochen. Er ist stolz auf sein klares Toskanisch, hat mir aber verraten, dass die meisten Männer von auswärts vernarrt sind in das venezianische Nuscheln, allerdings nur bei den Frauen. Er hat mir gezeigt, was die Kurtisanen von den einfachen Huren unterscheidet. Wochen hat er sich das kosten lassen.

Ich merkte, dass meine Wörter schneller waren als ich.

Überallhin hat er mich mitgenommen, wissen Sie, Wohnungsbesichtigungen bei den Erfolgreichen. Keine wohnte in der Nähe der einschlägigen Gegend um den Rialto, auch keine am Canal Grande, das ist ihnen verboten. Ich sollte mir merken, was unverzichtbar war. Es ging nicht nur um die Auswahl von Betten, Kissen, Matratzen, Teppichen oder Kleinmöbeln.

Die richtige Beleuchtung, die zählt, sagten die Gutbezahlten, mit nur einer Lampe an der Decke, wenn sie auch noch in der Mitte hängt, siehst du käsig und alt aus, und wenn der Mann in deinem Bett dich so sieht, weiß er, wie er selbst aussieht. Stille halten die meisten Männer schwer aus, aber reden wollen sie auch nicht unbedingt, also musst du singen können und brauchst mindestens ein Musikinstrument zum Selbstbegleiten, Gitarre oder Laute oder Mandoline, bis sie in Stimmung sind, und auch hinterher, wenn sie müde herumliegen. Spiegel sind wichtig, aber richtig platzieren musst du sie und überlegen, wer sich darin wie anschaut. Zwei, drei gute Gemälde musst du dir leisten – bewährt hatten sich die bekannten Szenen von Göttern und nackten Mädchen –, und ein, zwei Singvögel für angenehme Hintergrundgeräusche. Alle Frauen, bei denen wir waren, verfügten über einen Weinvorrat, empfohlen wurden Süßweine wie Malvasier, nicht zu stark und nicht zu viel, die Blase dürfe nicht voll sein.

Das haben sie dir alles frisch von der Leber weg erzählt?, fragte die Fedele.

Haben sie.

Glaubst du daran, dass Frauen zusammenhalten?

Was sonst!

Was hat Juno gemacht, wenn ihr Göttergatte Nymphen oder Königstöchter vergewaltigte?

Sie hat die Nymphen und Königstöchter verfolgt, bestraft oder ermorden lassen.

Die Garderoben der Gutbezahlten waren Apotheken. Auf den Kommoden Phiolen und Tiegel und Töpfe. Wer sollte das alles abstauben, und wozu das Ganze?

Arbeitsmaterial, wusste Aretino, Massageöle, Parfums, Raumdüfte, stärkende Elixiere, Medikamente und Pulver, vor allem eine Büchse mit der Lieblingsdroge der Reichen, Theriak. Laut Aretino enthält dieses Zeugs, das als Heilmittel gegen alles verkauft wird, von Husten bis Impotenz, von Malaria bis Franzosenkrankheit, um die dreihundert Ingredienzien, Opium ist dabei; ich hatte bisher nur gehört, dass Venedig damit die größten Umsätze in Europa machte und aus der Herstellung ein großes Spektakel.

Hilft, hilft absolut zuverlässig – wenn du dran glaubst,

sagte Aretino, sonst hilft es nicht. Das ist sowieso das Wichtigste in deinem Beruf, glauben, an dich, an dein Können und deine Wirkung. Dann wird daraus etwas Wirkliches, du kannst andere glauben machen, was du willst. Wollen musst du das, was sie brauchen. Dafür zahlen sie. Du kannst Schwächlinge mit eingesunkener Brust in Muskelhelden verwandeln und Dummköpfe in Weise. Einer, dem sein Vater jeden Tag vorhält, was er selbst in dem Alter schon alles erreicht hatte, oder seine Frau, er werde niemals irgendwo der Erste sein, der will sich bei dir als Herkules fühlen. Der Glaube ist das Einzige, was einen schlappen …

Bitte?, sagte die Fedele. Steil aufgerichtet saß sie hinter ihrem Schreibtisch. Meinst du, ich merke nicht, dass du mir die Worte deines großen Lehrmeisters unterschlägst?

… was einen schlappen Schwanz aufrichtet. Tut mir leid.

Ihm sollte es leidtun. Was richtet ihn denn auf, deinen Aretino?

Ich weiß nicht, welche ihm am nächsten ist.

Habe ich wer gefragt?

Was. Das, worauf er stolz ist.

Worauf ist er stolz?

Auf seinen Aufstieg.

Den erkennt man woran?

Aretino hat Macht.

Woher?

Er hatte mir erklärt, dass alles, was an Hintergrundwissen und Geld aus weißderteufelwasfür Kanälen bei ihm einlief, nur dem Briefeschreiben zu verdanken sei, jeden Tag an Gottunddiewelt und über alles. Wer wen besticht und wen wie nahm, er sagte selbstverständlich etwas anderes und freute sich, wenn ich noch immer zusammenzuckte; wer was malt und wie geil oder göttlich, wer sich worüber das Maul zerreißt, wer der große Abzocker sein wird und wen es demnächst über die Kante haut. Der Vorrat an Wörtern und Wendungen müsse ein Keller sein, in dem es alles gibt, Lorbeersirup bis zum Erbrechen und jede Sorte Säure, von delikat bis ätzend.

Ich war gerannt beim Erzählen, aber auf keinem Wort mehr ausgerutscht, das nicht hierhergehörte.

Es ist wie beim Kochen, sagte Aretino, es braucht immer das Spitze und das Stumpfe; wenn eines fehlt, wird es fad. Man muss es können, das Briefeschreiben, was du schreibst, soll den Leuten schmecken wie dir meine Hühnersuppe. Stark und heiß und gut gewürzt soll es sein und hungrig machen auf mehr.

Die Fedele stand auf.

Zu spät, ich wusste es doch, sie schrieb seit Jahrzehnten an Hochadlige, Regierende, Gelehrte, vermutlich Kondolenzbriefe oder Gratulationen, von Macht und Geld keine Spur, zu spät. Sie würde mich hinauswerfen, bevor ich losgeworden war, was ich von ihr wollte. Sie kam nicht auf mich zu, sie blieb einfach stehen und ließ die Arme hängen, als wären sie zu schwer.

Wie viele Leute sind an einem Brief beteiligt?

Zwei. Absender, Empfänger.

Wie kommt es, dass Hunderte im ganzen Land und drüber hinaus Aretinos Briefe kennen?

Er lässt sie abschreiben.

Reicht das?

Vermutlich lässt er die Abschriften verteilen.

An wen?

Er sagt, er sei der Fischer mit dem größten Netz des Abendlands, und dieses Netz sei das dichteste. An jedem Knotenpunkt sitze einer, der sein Freund sein wolle.

Wäre dir das recht, wenn er über dein Liebesleben schreibt, über Spezialitäten, die mit der Todesstrafe geahndet werden? Wie Aretino in einem Brief an Michelangelo, dem er vorwarf, dass er es mit Männern treibt, Männern, die er beim Namen nannte, beim Vornamen, aber jeder wusste, wer es war.

Nein, niemals.

Aber du vertraust diesem Mann?

Die Bücherrücken in den Regalen hinter der alten Fedele und neben ihr sahen mich an wie sie, abwartend.

Ach ja, ich habe bei der Einrichtung und Ausstattung etwas vergessen, Bücher sollten auch vorhanden sein.

Damit der Besucher sie sieht oder damit du sie liest?, fragte die Fedele. Dein verehrter Aretino hat dir viele Verwandlungsmärchen erzählt, die meisten hat Ovid gedichtet, sie sind aber alle viel älter, war auch das von einer jungen Frau namens Caenis dabei?

Caenis war nicht vorgekommen, in bald drei Jahren nicht.

Die Fedele schien das nicht zu erstaunen.

Caenis war jung; ob sie schön war, wissen wir nicht, jung reichte. Allein ging sie am Strand spazieren. Neptun, als Meeresgott in Strandnähe, sah sie und vergewaltigte sie. Als er sie blutend liegen sah, bot er zur Wiedergutmachung an, ihr einen Wunsch zu erfüllen. Caenis wünschte sich nur eins: Mach einen Mann aus mir, damit mir so etwas nie mehr widerfährt. Von da an hieß sie Caeneus.

Personal, sagte ich, das Personal hatte ich vergessen. Die Bestverdienenden leisten sich vier, fünf Leute, aber mindestens drei, eine Frau für Empfang und Bedienung und eine fürs Putzen, und einen athletischen Mann, der sich auch als Rausschmeißer und Leibwache einsetzen lässt.

Wenn du dir den nicht leisten kannst?

Das Vibrieren kam aus dem Bauch von weit unten, wie gestern Abend, als ich ihn davongehen sah. Mit seinem eigenartigen Gang pirschte er durch meine Eingeweide, jeden Schritt spürte ich, wie er abrollte von der Ferse bis zum Ballen.

Was hast du?, fragte die Fedele und stand auf und legte ihre Hand auf meinen Kopf.

Ein ungutes Gefühl, sagte ich.

Die Hand der Fedele kroch über meinen Scheitel wie ein Mauergecko.

Wegen Aretino?

Er wird immer mein Beschützer sein.

Wie der liebe Gott?

Nein, er vergleicht sich nur mit Jesus. Die da oben, sagte er, können jeden im Namen Gottes oder des Gesetzes niedermachen. Aber ich kann wie Jesus dafür sorgen, dass Totgesagte wieder auf die Beine kommen.

Also weshalb dann?

Wegen einem dieser Halbgötter. Ich nannte Lorenzos Namen und sagte, dass er Schriftsteller werden wollte.

Warum redest du nicht mit Aretino darüber?

Als die Fedele alles wusste, nahm sie die Hand von meinem Kopf.

Was weiß dein Vater?

Der war im Glauben, ich würde Aretino beim Briefeabschreiben helfen.

Nichts, sagte ich.

Deine Mutter?

Noch weniger. Menschen, die nicht lügen, lassen sich so leicht anlügen.

Erst beim Hinausgehen stellte sie mir ihre letzte Frage.

Während es dämmert, alleine durch die Stadt zu gehen, ohne Angst, ohne Misstrauen, ganz leicht: Vielleicht war es vor allem das, was ich von meinem Leben wollte.

Die Dämmerung war mir die liebste Zeit des Tages, sie enthielt so viele Möglichkeiten wie ein Hühnerei. Du kannst es weich, golden wachsweich oder auf kleinster Flamme schwarz kochen, in der Pfanne zum Auge braten oder mit Milch zum Rührei verkleppern. Du kannst das Eiweiß mit Zucker steif schlagen und im Ofen backen, das Eigelb tropfenweise mit Öl in eine dicke kalte Sauce verwandeln oder wie Tizian und sämtliche Kollegen mit Farbpigmenten vermischt zum Malen verwenden. Du kannst das Ei ohne Schale pochieren, mit Schale in Salzlake einlegen oder es roh aussaugen wie ein Marder. Du kannst es ausblasen und damit Töne erzeugen. Du kannst es auch jemandem an den Kopf werfen.

Hundertsoundsoviel Mal war ich um die Uhrzeit schon durch Cannaregio spaziert, nie zuvor hatte ich mit zusammengezogenen Augenbrauen in jedes Männergesicht gestarrt. Ich hatte Herzklopfen, was ich nicht einmal vom Lügen kannte, und war sauer auf den Halbgott, der mir, obwohl er sich in diese Gegend bestimmt nie verirren würde, die Freude versaute, während es dämmerte, allein und ganz leicht durch die Stadt zu gehen.

Die Häuser drängten sich verwachsen und verwahrlost eng aneinander, als hielten sie zusammen gegen die Attraktiven vier Brücken weiter. Hier wohnten mehr Menschen als in jedem anderen Teil der Stadt, doch es war dunkler, keine Gäste, keine Gelage, keine Feste abends, und lesen konnten wenige in dieser Ecke. Es hörte sich auch anders an als in San Marco oder auf dem Dorsoduro. Das Lachen war greller, es klirrte und schepperte und dröhnte sogar um diese Uhrzeit. Kräftige Arme ragten aus den Fenstern und kippten den Inhalt von Kübeln und Eimern in die hier besonders engen, tiefen Kanäle; Karkassen, Fischköpfe und -gräten, Schalen und Krallen, Urin und Kohlstrünke, Kot, Käserinden und Knochen, Verfaultes und Verkochtes. Das war unter Strafe verboten, doch hier scherte das keinen, niemand konnte das Bußgeld bezahlen, und die Kontrolleure erwischten lieber dort die Übeltäter, wo etwas zu holen war.

Schwein, schrie sie aus dem Fenster zur Gasse hinaus. Du Schwein …

Die Stimme, gläsern und hauchdünn, brach weg, vermutlich war sie ganz zerbrochen, nicht zum Schreien gemacht. Frauen, die nicht schreien konnten, taten mir leid, ich hatte es geübt, draußen in der Lagune, wenn ich auf Verwandtenbesuch war, sogar in den Nebel hatte ich hineingeschrien.

Der Mann, der gemeint war, ging in knöchellanger Lederweste wenige Meter vor mir her, es riss ihn herum, bei der Kehrtwendung wäre er ums Haar über die eigenen Füße gestürzt, mit einem Sprung brach er krachend in das unverschlossene Haus ein, aus dem sie geschrien hatte. Die Tür blieb offen stehen, draußen war zu hören, wie er das Treppenhaus hinaufrumpelte.

Wie aus dem Pflaster geschossen umringten mich ein Dutzend Leute, die hinauf zum Fenster starrten. Er stand jetzt dort, hatte ihr langes dunkles Haar auf dem höchsten Punkt des Schädels zusammengerafft, hielt ihren mondweißen, nur kindsgroßen Kopf im Dreiviertelprofil in die Fensteröffnung. Es sah aus, als hätte er den Kopf aus dem Korb des Henkers gezogen. Mit der Rechten schlug er, wohin es ging, auf die Stirn, die Nase, auf die Ohren, auf den Mund, er schlug mit fast geschlossenen Augen im Rhythmus eines Lauts, der stoßweise von tief innen kam, ein Laut, den ich von Holzhackern kannte, vom Schmied und vom Schlachter.

Blut lief von den Augenbrauen, aus der Nase, aus dem Mund, das mondweiße Gesicht wurde rot überschwemmt, aber von dort kam nicht einmal ein Wimmern. Zu hören war nur er.

Die auf der Straße, Frauen, Männer, von siebzehnjährig bis siebzigjährig, sahen zu, reglos und andächtig. Gott segne seine Hand, rief einer heiser. Die anderen, auch die Frauen, stimmten ein, Gott segne seine Hand, Gott segne seine Hand.

Als ich mich auf die Tür zubewegen wollte, wurden von beiden Seiten meine Oberarme umklammert, meine Leibesmitte von hinten umschlungen. Sie dampften vor Erregung.

Misch dich nicht ein, es ist seine Frau, sie hat es verdient, vor allen hat sie ihn …

Ich riss mich los, sie ließen mich entkommen, aber kaum

machte ich nur einen Schritt auf das Haus zu, mauerten sie. Der Mann im Fenster schlug noch immer im Rhythmus dieses dumpfen tiefen Grunzens. Die Andächtigen beteten ihn noch immer an. Ich konnte nur weitergehen.

Wenn etwas mit ziemlicher Sicherheit nichts bringen würde, ließ ich es bleiben und war es los. Gelernt hatte ich das durch das Vorbild meiner Mutter. Meine früheste Erinnerung war die an den langen weißen Winter, als ich an ihrer Hand bei einer Schneeballschlacht zusah, die Männermeute wollte damit, wie ich Jahre später erfuhr, nur einen Sieg Venedigs feiern; über zwanzig Schneeballkrieger waren bereits tot umgefallen, als wir heimgingen, aber meine Mutter, kaum angekommen, war wieder losgezogen, weil sie sich einbildete, eine Haarspange verloren zu haben. Sie wurde von einem Schneeball, vermutlich mit einem Kieselstein geladen, getroffen und lag dann ohne Haarspange zwei Wochen hellgrün im Bett. Gut, dass ihr nie ein Geldstück in den Kanal gefallen war, sie hätte danach getaucht und wäre ertrunken.

Das Bild im Fenster, ich wurde es nicht los und ärgerte mich, dass ich wie an einer Schnur gezogen weiterging, um etwas zu tun, was mit Sicherheit nichts bringen würde.

Ich suchte eine Stelle am Canal Grande, wo man auf der Höhe von Santa Maria del Giglio direkt hinübersehen konnte zu dem einzigen Haus auf dem gegenüberliegenden Ufer des Dorsoduro, das mit sechs Spitzbogenfenstern an der Front protzte, zu seinem Haus. Fast überall standen in diesem Abschnitt des Canal Grande die Gebäude direkt am Wasser, dazwischen ein paar wenige enge Bäche, die nicht Kanäle hießen, kaum mal eine

Gasse. Die Reihe der Häuser bildete oberhalb und unterhalb des Kanalknies, wo der Grund am meisten kostete, eine Schranke, nahezu ohne Zwischenraum, und das war kein Zufall. Durchkommen sollte in dieser Region möglichst keiner.

Mich dort hinzupflanzen, kurz bevor es dunkel wurde, war zwecklos, sinnlos –?

Anderen fiel das Beten leichter, wenn sie auf einen Gefolterten blickten, der später heiliggesprochen wurde; ich hoffte, mir würde mehr einfallen zu Fedeles letzter Frage, wenn ich den Palast der Venier vor Augen hatte.

Er lag neben einem Garten, von dem zum Wasser hin nur hohe Mauern zu sehen waren, über die ein paar Baumwipfel ragten. Angeblich hatten die Venier dort einen Löwenkäfig aufgestellt, Leute vom Dorsoduro behaupteten, man höre die Löwen brüllen, und was dort täglich von den Schlachtern und Jägern angeliefert werde, sei gewaltig. Nachdem die Venier als ebenso geizig wie ehrgeizig galten, das fällt oft zusammen, war es bestimmt nicht für eine große Feier gedacht.

Dass um die verschlossenen Gärten Gerüchte wucherten und dass sie umso dichter wucherten, je größer die Gärten waren, fand ich normal. Schließlich wurde uns das Paradies als Garten ausgemalt. Wenn sich wie hier die wenigsten ein Paradies leisten konnten, mussten die Besitzer mit allen Mitteln Eindringlinge abschrecken. Von manchen Gärten hieß es, dort würden tödlich giftige Kräuter und Sträucher gezüchtet, von anderen, dort würden Vipern in Bassins gezogen. Der Großteil der Venezianer hielt solche Gerüchte für wahr. Ich hätte an der Stelle der

Garteninhaber ebenfalls so etwas in Umlauf gesetzt, denn die Vorstellung eines hoffnungslos überfüllten Paradieses erschien mir bedrängend, und das stand zu erwarten, wenn meine Mutter recht hatte; für sie war eine Auferstehung des Fleisches, und zwar jedes menschlichen Fleisches, so selbstverständlich wie Knoblauch am Hammelbraten. Als ich ihr erklärt hatte, wenn ein Toter in dem Zustand auferstehe, in dem er gestorben war, müsste sie sich mit dem Sterben beeilen, schöner und gesünder würde sie bestimmt nicht mehr, fing sie an zu weinen.

Auf dem Kanal waren die letzten Boote unterwegs. Der Palast der Venier war nur müde erleuchtet, bewirtet wurde dort an diesem Abend jedenfalls nicht. Alle, die dort wohnten, waren wichtig genug, um sich woanders durchfressen zu können. Lorenzos ältestem Onkel stand als Senator sicher das größte Angebot offen, dessen Bruder hatte eine Akademie gegründet, nur für Privatgelehrte, die zwischen Austern, Langusten, Hasenbraten, Käseplatten und Erdbeereis über Weltentsagung diskutierten, reine Männervereine, klar. Lorenzo fraß sich am liebsten bei Aretino durch.

Was wollen die Männer auf keinen Fall verlieren?, hatte die Fedele mich beim Hinausgehen gefragt. Die meisten jedenfalls. Was wollen sie niemals aufgeben?

Ich stand am Ufer, glotzte auf das Haus der Venier und die hohe Gartenmauer und wartete, ob sich in mir etwas meldete.

Es war eine Männerstimme.

Wir heiraten dich, sagte sie. Wir heiraten dich zum Zeichen unserer wahren und immerwährenden Herrschaft.

Ich wusste sofort, wo ich das herhatte. Gehört hatte ich es nie, aber diesen Satz kannten wohl sämtliche Venezianer: Den wurde der Doge beim größten Fest des Jahres los, am 17. Mai, wenn er mit seinem Prunkschiff, derart überladen mit goldenen Dekorationen, dass ich mich als Kind gewundert hatte, warum es nicht absoff, hinausgefahren war in die Lagune, Richtung Lido, und einen goldenen Ehering ins Wasser warf.

Wir heiraten dich zum Zeichen unserer wahren und immerwährenden Herrschaft. Er sagte das zum Meer. Offenbar glaubten er und der Rest der Republik daran, sie könnten das Meer durch diese Zwangsheirat an unerwünschtem Verhalten hindern, sonst würde das Spektakel nicht seit Jahrhunderten durchgezogen, Jahr für Jahr und wider besseres Wissen, die Hochwasser blieben natürlich nicht aus.

Bildeten sie sich ernsthaft ein, auf diese Weise könnten sie beherrschen, was kein Mensch jemals beherrschen würde? Was trieb Männer, die angeblich Spitzenkräfte unserer Republik waren, zu diesem schwachsinnigen Manöver? Niemand schien sich darüber zu wundern; vermutlich fanden die Venezianer den Satz des Dogen deshalb in Ordnung, weil er auch bei jeder Eheschließung mit dem Trauring verabreicht wurde: Ich heirate dich, damit du dich so benimmst, wie ich will. Drei meiner Freundinnen hatten dazu bereits mit fünfzehn, sechzehn und betagten achtzehn Ja und Amen gesagt.

Eine Gondel steuerte direkt auf das Haus der Venier zu, das Verdeck war geschlossen, bei dem wenigen Restlicht wäre eh niemand zu erkennen gewesen.

Der Gondoliere band das Boot am Pfosten fest, eine mittelgroße Gestalt mit schwarzem Haar bestieg den Steg, konnte er sein, dann ein zweiter Mann, ohne Mantel, dessen Schädel direkt aus dem Rücken wuchs, bestimmt einer seiner Leibwächter. Jeder aus den sogenannten besseren Familien hielt sich mindestens zwei davon, obwohl in Venedig auf hundertfünfzig Einwohner ein Polizist kam, angeblich Rekord. Wenn man mich fragt: weil diese besseren Familien schlechter waren, menschlich, warum hätten sie sich sonst vor Überfällen gefürchtet? Aretino spazierte zu jeder Tages- und Nachtzeit ohne Leibwächter selbst durch die finsteren Winkel der Stadt und brüstete sich damit, dass er dem erstbesten Bettler seinen Kopf in den Schoß legen konnte, ohne dass dem Kopf etwas geschah.

Ich kann mir kaum vorstellen, hatte mein Vater mir gesagt, dass es irgendwo mehr einzelne Gesetzesverordnungen gibt als in Venedig. Für Fremde wirkten die bizarr. Es war festgelegt, dass eine Frau nicht mehr als eine Reihe Perlen um den Hals tragen durfte und keinen Schmuck im Haar. Den Reichen war es verboten, die Gondeln innen mit teuren Stoffen auszufüttern. Jeder Käuflichen war es verboten, abends mit verschlossenem Verdeck Gondel zu fahren oder beim Spazierengehen einen Pelz zu tragen, und Händlern jeder Art, Waren direkt aus dem Boot heraus zu verkaufen.

Die Wahlordnung für den Dogen, sagte mein Vater, sei mit Sicherheit die umständlichste auf der ganzen Welt mit ich weiß nicht wie viel hundert Vorschriften, angeblich bis hin zum Wasserlassen. Während der Wahl wurden wie bei einem Papst-Konklave die Tore des Dogenpalastes hermetisch versiegelt, die Ratsmitglieder mussten dort übernachten und ihr Bett selber machen. Der Doge wurde von Verboten und Gesetzen geknebelt, durfte niemals private Briefe schreiben, ohne sie absegnen zu lassen, musste für jeden Schritt über die Stadtgrenzen von Venedig eine Erlaubnis einholen und seinen Ratgebern wie ein Schoßhund folgen, sonst fuhren sie ihm vor versammelter Mannschaft übers Maul, das hatte mein Vater miterlebt. Der Doge durfte in seiner Gondel nicht mehr als zwei Polster mitführen, auch wenn seine Knie schon neunzig waren. Fluchen war verboten, und wer fluchte, dem wurde die Zunge abgeschnitten. Es war verboten, außerhalb des Hauses echte Edelsteine zu tragen, um keine Räuber herauszufordern oder warum auch immer, und es war verboten, falsche herzustellen. Es war verboten, bei einer Hochzeit mehr als vierzig Gäste einzuladen, obwohl Geistliche mit zweimal so vielen Gästen fünfzig Gänge lang feierten, und es war verboten, dem Brautpaar mehr als einen Becher zu schenken. Den Salumieri war es verboten, etwas anderes als eingesalzten und getrockneten Fisch zu verkaufen, und Ärzten war es verboten, zu verschweigen, wenn jemand mit Verletzungen um den After herum bei ihnen zur Behandlung kam; das konnte ja ein Schwuler sein, und die galten als Schwerverbrecher, die man in einem Käfig am Campanile hochzog und dort ein paar Wochen ausstellte, es sei denn, sie ließen sich schnell noch eine Tonsur schneiden und datierten den Ordensbeitritt zurück. Dass es Juden verboten war, Grundbesitz zu erwerben, ohne gelben

Fleck herumzulaufen oder mit Christen eine Beziehung einzugehen, war vermutlich auch anderswo üblich, nur warum war es ihnen hier verboten, irgendjemanden, der nicht jüdisch war, zu unterrichten, auf der Gitarre zum Beispiel? Es war verboten, mit Kupfer Geschäfte zu machen, Kupferhandel war Staatsmonopol, und es war verboten, Orangen außerhalb der dafür zugelassenen Gasse zu verkaufen.

Unser Staat ist der stabilste auf Erden, hieß es offiziell, durch nichts zu erschüttern. Aber die venezianischen Gesandten betrieben Spionageringe, in Konstantinopel, in Kreta, in Rom. Die Geheimpolizisten jagten jeden, der die Republik verlassen hatte mit dem venezianischen Rezept fürs Glasblasen im Kopf. Mir sah es danach aus, als gäbe es auf Erden keinen Staat, der misstrauischer war als dieser. Offenbar litten die Venezianer an einem Verfolgungswahn.

Die beiden Männer drüben waren auf dem Steg stehen geblieben und spähten zurück über den Kanal. Hatten sie Angst, es könnte ihnen jemand auf den Fersen sein?

Erst als die Wasserfläche vor ihnen völlig leer war, verschwanden sie im Eingangstor der Ca' Venier.

Der Gondoliere machte sich auf den Rückweg, es wurde Zeit, die Luft begann milchig zu werden. Ich sah den Mann und sein Boot nur verschwommen; scharf sah ich in meinem Kopf das Ruder, mit dem er ins Wasser stach, und das Messer des Leibwächters, das sich ins Fleisch, in die Kehle oder ins Herz bohrte.

Was wollen die Männer hier auf keinen Fall verlieren?

Nicht aus der Hand geben wollten sie genau das, Ruder

und Messer, ich rede nicht vom Küchenmesser. Für ihre Ruder und ihre Messerklingen sind die Venezianer berühmt, daran feilen und schleifen sie mit Engelsgeduld, während Frauen Körbe flechten und Spitzen klöppeln. Männer durften von jeher steuern und drohen, bestimmten die Richtung und trafen die Entscheidungen; kein Wunder, dass sie glaubten, das Wasser und die Frauen oder zumindest deren Geschlechtsleben unter Kontrolle zu haben.

Und ich hatte Nein gesagt.

Wie viel Winter noch im Frühling steckte, hatte ich unterschätzt, krank war ich noch nie in meinem Leben gewesen, das übernahm meine Mutter für mich; durchscheinend und jungfräulich sah sie dann aus, richtig heilig. Mir war aufgefallen, dass Mädchen und Frauen, die oft krank waren, niemals Nein sagten, vielleicht waren sie auch oft krank, weil sie niemals Nein sagten.

Feuchtigkeit hatte sich in meinem Haar eingenistet und sickerte von oben in mich hinein, mir war klamm, aber heim zu mir wollte ich nicht. Es war nicht die Stille, die mir meine Wohnung abspenstig machte, nicht das Alleinsein. Der Gedanke an Lorenzo Venier saß seit gestern in meinen vier Wänden wie ein Hausschwamm. Das hätte keine meiner Kolleginnen gestört, im Gegenteil.

In meiner Branche galt Venier als Goldfisch. Haben konnte er jede, die ihm gefiel, das glaubten so ziemlich alle, und er selbst glaubte es auch. Anfang zwanzig erst, aber es war nichts Milchfleischiges mehr an ihm, der Bartschatten schwarz, der Körper sprungbereit, das Haar dick und glänzend, die Nase kräftig mit wulstigen Nüstern, die ganze Erscheinung hatte etwas von einem Vollblutpferd. Er war ein Fürst, der Messer und Ruder und ziemlich viel Geld regierte, er hatte für mich nur überhaupt nichts Fürstliches. Ich musste erst noch dahinterkommen, warum nicht. Wann anders, frierend dachte es sich schlecht.

Die warmen Sahnearme meiner Mutter, ich hatte sie abgeschüttelt und keine Lust, jetzt drum zu betteln. Gegen Abend wurde sie außerdem oft weinerlich wegen der Schande, dass sie nur ein einziges Kind geboren hatte. Wenn ich ihr versicherte, dieses eine sei dafür besonders prächtig gelungen, sagte sie: Ja, du bist deinem Vater wie aus dem Gesicht gerissen.

Ich wartete dann jedes Mal drauf, dass mein Vater zu meiner Mutter sagte: Ich mache mir Sorgen, dass du zu erblinden anfängst. Oder wenigstens: Du solltest eine Brille kaufen. Sagte er aber nie. Als Spitzel verlernt man wahrscheinlich Sätze, die geradeaus gehen. Mein Pfirsichgesicht, so nannte es Aretino, aus diesem senkrecht gefalteten Papierkopf gerissen, dessen wasserhelle Augen sich bei mir braunschwarz verfärbt hatten? Das Feinste an mir waren meine Ohren, Perlmuttlöffelchen lobte Aretino sie, mein Vater hatte riesige Ohren, und das einzig Fleischige an seinem Gesicht waren die überlangen Ohrlappen.

Ich hatte Aretino zu meinem Vater gemacht, vom Alter her in Ordnung, dreiundzwanzig Jahre vor mir geboren, hören wollte er das trotzdem nicht; er beherrschte die Kunst, in den Spiegel zu blicken, ohne sich zu sehen, und hielt sich für eine jugendliche Erscheinung. Ich kannte Männer, die anfallartig mit vierzig in ihrem Spiegelbild erkannten, dass sie vierzig waren, und panisch versuchten, etwas dagegen zu unternehmen, Aretino gehörte nicht dazu.

Aretino war ein Fürst ohne Reich, seine Lebensgesetze, was gut oder schlecht war, sinnvoll oder sinnlos, bestimmte er alleine. Denen, die den Verschwender warnten, er werde früher oder später selber zum Bettler, erklärte er, Geld zu sparen sei so falsch wie die Erfindung des Vatikans. Geld müsse in Bewegung bleiben. Wenn ihm die Pyramiden von Gizeh gehörten, sagte Aretino, er würde sie verflüssigen und den Erlös verschenken, versaufen und verfressen oder für ein paar schöne Objekte ausgeben, auf denen täglich sein Auge ruhe. Warf ihm jemand vor, bestechlich zu sein, gab er das sofort zu und galt deswegen als unbestechlich.

Fürstin ohne Reich zu werden, wo sollte ich es lernen, wenn nicht dort und von ihm.

Abend für Abend versammelte sich um Aretinos Tisch seine Hofgesellschaft, eine Mischung aus Schützlingen, ob sie krank oder pleite waren, misshandelt oder verstoßen worden waren oder von Gläubigern, Ehemännern, Polizisten verfolgt wurden. Es gehörten immer ein paar Studierte dazu, angeblich auch Gelehrte, Maler oder Bildhauer und eine Bande von jungen Männern, die Schriftsteller waren oder werden wollten, mit Aretinos Hilfe. Seine beiden prominentesten Freunde, Tizian und Sansovino, Fürst der Malerei und Fürst der Architektur, hielt Fürst Aretino aus dem Alltagsgeschäft heraus; mit denen hatte er eine eher unheilige Dreieinigkeit gebildet, die sich vom Vierten im Bunde, einem junger Venezianer namens Lodovico Dolce, feiern ließ. Er schrieb vor allem über Kunst und wusste so viel, dass ihm manchmal die geballten Wörter im Mund stecken blieben. Dieser ganze Zinnober mit Künstlerfürsten hatte in Venedig erst mit Aretino angefangen; vorher hatte Tizian, wie vor ihm die Bellini, Carpaccio oder Giorgione, still und bescheiden vor sich hin gemalt, und Sansovino, hieß es, sei früher in Rom auch niemals aufgefallen durch große Gesten.

Aretinos Plan war einfach: Er ahmte das adlige Modell des Hofes nach und machte es dadurch lächerlich. Er brauchte keinen Adelstitel, sie behandelten ihn ohnehin als Fürsten, wie auch Tizian und Sansovino. Das Recht, sich anzuziehen wie ein hoher Würdenträger, nahm er sich einfach. Wozu brauchte er altes Geld? Er verfügte über junges. Macht musste er nicht erben, er hatte sie sich selbst erobert. Er dachte nicht daran, Cortigiani durchzufüttern, Höflinge mit Manieren, die er selbst nie gelernt hatte. Er hielt sich Cortigiane wie mich. Trotzdem, auch dieser Gegen-Hof eines Gegenfürsten hatte seine Regeln, und selbst wenn mir jemand öffnen würde, unangemeldet einzufallen war um diese Uhrzeit eigentlich unmöglich.

Noch immer spürte ich die Hand der Fedele auf meinem Scheitel, wie eine Eidechse. Erst in der Dämmerung werden die Eidechsen wach, nachts leben sie auf, gehen auf die Jagd, finden die Wege und kennen die Verstecke, wo ihnen ihre Feinde nicht gefährlich werden können. Von Kind an hatte ich reglos die Geckos in den Mauerritzen beobachtet, ein kleiner Kopf, elegant und hart;

nicht scheu, aber schnell und schlau waren sie, wendig, unberechenbar, deswegen schwer einzufangen. Aufgeregt war ich wieder und wieder Zeuge geworden, wenn die zu eng gewordene alte Haut der Eidechse zu platzen anfing, sie danach schnappte, um die Fetzen abzuziehen, und sie dann einfach auffraß. Gefährlich wirkten Eidechsen nicht, bestenfalls Fliegen, Spinnen, Zikaden und Käfer fürchteten sich vor ihnen, aber sie waren stark als Überlebenskünstler. In kein anderes Tier wollte ich verwandelt werden.

Was hieß schon *eigentlich unmöglich*? *Eigentlich* war eins der Wörter, mit denen mein Vater gern seine Sätze polsterte, nichts für mich. Ich spuckte es in den Kanal.

Jetzt spürte ich, wie bei mir die einengende Haut platzte, meine Beine und Füße bewegten sich leicht, wie von selbst.

Ich als Eidechse und ich als Marder, so sah mich Aretino, war mein eigener Feind, besser konnte ich nicht gerüstet sein. Einer wusste über den anderen Bescheid. Ich lachte in die leere Gasse. Was sollte mir passieren?

Vor dem Hintereingang zu Ca' Bolani lungerten sogar jetzt noch Bettler. Sie rechneten damit, dass Aretino spät ausgehen würde und jedem ein paar Münzen zuwerfen. Keiner der Bettler nahm mich wahr, sie würfelten auf dem Boden und waren ganz Würfel.

Eine Frau, die friert, sieht bestenfalls trostbedürftig aus, das Gegenteil von verführerisch. Egal, sogar gut, ich hatte jetzt keine Lust zu verführen. Nur ein Mal hatte ich den Bronzering mit dem Satyrkopf auf die Eichentür fallen lassen, schon ging sie auf.

Eine Frau mit kahlem Kopf stand da, ich kannte den Kopf mit einem Pfund buttergelber Zöpfe. Ein gutes Gesicht braucht keine Haare, aber aus ihrem Gesicht war mit den Haaren alles verschwunden, was an eine Frau erinnerte.

Du hier?, sagte ich.

Und du?, kam es zurück.

Kloster kam für dich nie infrage, was ist passiert?, redete ich beim Hinaufgehen in ihren Rücken.

Sie ging weiter, ohne sich umzuwenden. Das war mein Verlobter mit zwei Freunden, sagte sie. Er hat mich mit seinem Cousin erwischt.

Wobei erwischt?

Bei nichts. Er hat mir nur ein Buch mit Bildern gezeigt.

Die Stellungen von Aretino?

Was für … was für Stellen?, stotterte sie und stieg die Treppe hoch, als ginge sie in die Kirche.

Weißt du, nichts macht Männern mehr Angst als die Vorstellung, ein Liebhaber könnte mit seiner Frau Stellungen ausprobieren, von denen er selbst keine Ahnung hat. Wenn einer dir die Bilder in diesem Buch zeigt, ist das verdammt ähnlich. Wollte ich sagen, sagte ich aber nicht, sie roch tausend Meter gegen den Wind nach Unschuld.

Wir waren oben angekommen. Aus dem Portego rollte mir Wohliges entgegen, alles war rund, die Geräusche, die Gerüche, nichts drohte mit Kanten oder Klingen. Als ich eintrat, drehte sich keiner nach mir um, sie hockten vor halb vollen Gläsern und weitgehend geleerten Tellern, eine satte Friedlichkeit lähmte die Zungen. Es war, als wäre ich aus einem Sturmgetöse in eine windstille Wirtschaft eingekehrt, in der niemand etwas von dem ahnte, was draußen los war. Alles war gesichert, niemand musste Durst oder Hunger oder Angst haben.

Als Aretinos Blick auf mich fiel, sagte er: Wer war das?

Niemand, sagte ich. Ich habe zu lange am Kanal gestanden.

Er sah mich an, schüttelte den Kopf, murmelte etwas wie: Dann nicht, und ließ mir ein Handtuch bringen; meine kahle Freundin stellte sich hinter mich und rubbelte meine Haare.

Ihr kennt euch?, fragte Aretino.

Wir kannten uns, bis sie sich entschloss zu heiraten, sagte ich.

Die kahle Freundin, die für mich noch immer die satten Zöpfe aus Kindertagen trug, rieb mit aller Kraft, sie schnaubte vor Anstrengung, mir war, als wollte sie mir die Haare vom Schädel rubbeln.

Nicht alle sind so schlau wie du. Aretino goss mir mein Weinglas derart voll, dass ich es, ohne etwas zu verschütten, nur mit ruhiger Hand bis zu den Lippen hätte bringen können. Das tat er sonst nie.

Die Stumme kam herein, nickte mir zu, stellte mir einen Teller mit Saubohnentorte hin, die nach Safran und Speck roch, und fing an, bei den anderen abzuräumen.

Vom Vulgären redeten sie, die Schriftsteller hatten das aufgebracht.

Sie sind der Pate des Vulgären in der Literatur, fiel Niccolò Franco, kaum älter als ich, jetzt Aretino an. Kommen Sie mir bloß nicht mit: *vulgus* heißt das Volk, wo Sie bekanntlich nicht mal die Grundlagen in Latein draufhaben. Definieren Sie es einfach.

Das Vulgäre definieren? Keiner kann sagen, was es ist. Aber durchaus, was es nicht ist. Es hat nichts zu tun mit gutem Geschmack. Es ist nicht zurückhaltend. Es ist niemals indirekt oder schwer zu verstehen. Es ist nie sauber, Aretino leerte sein Glas auf einen Schwung, und es ist nie trocken.

Sein Blick tastete Gast für Gast für Gast die Gesichter ab. Jeder spürte es, keiner sagte ein Wort, bis Aretino weitermachte.

Und das Vulgäre grenzt keinen aus, sagte er.

Er machte sich grinsend breit in der Pause.

Ihre wollüstigen Sonette zu Giulio Romanos Bildern sind in Venedig nachgedruckt worden, nicht mit Kupferstichen, Holzschnitt, kleiner Block, kleiner Druckstock, ein Buch für die Tasche, verkauft wird es auf dem Schwarzmarkt, freut Sie das?, fragte der neben Franco.

Allerdings, sagte Aretino. Der Buchdruck macht endlich alles für alle verfügbar, früher konnten sich nur Menschen mit Geld Bilder gönnen, bei deren Anblick die Möse feucht wird und der Schwanz steif.

Das war der Augenblick. Ich führte mein Glas ruhig zu den Lippen, kein Tropfen lief über. Ich brauchte nicht hinzuschauen, um zu wissen, dass Aretino mich beobachtete.

Hatte ich doch von ihm: *Ich bin wirklich ein König. Ich kann mich selbst beherrschen.*

Ein anderer junger Kerl am entgegengesetzten Tischende, der offenbar nie in der frischen Luft unterwegs war und aussah wie verstaubt, fixierte Aretino: Ihr sogenannter Hof ist nur eine schlechte Kopie eines echten Hofes.

Zweifellos. Aretino lehnte sich so weit zurück, dass sein Stuhl knarzte und wahrscheinlich auch sein Rücken. Doch die schlechte Kopie öffnet oft den Weg zu etwas Neuem. Vulgär zu werden ist eine Chance für Menschen, die von etwas zu wenig haben. Zu wenig Bildung, zu wenig Erziehung, zu wenig Familie, zu wenig Schönheit oder zu wenig Aufmerksamkeit.

Der Käsige hatte eine erstaunlich muskulöse Stimme. Gut, bei Ihnen haut das hin, Bildung haben Sie sich selber angeeignet, aber das mit dem adligen Vater, dessen Bastard Sie sein wollten, kaufte Ihnen keiner ab. Sie hatten also keine Familie, keine Beziehungen und kein Geld.

Aretino saß da mit verschränkten Armen und weinfeuchtem Bart und leuchtete ihn an. Ich kann Ihnen nur zustimmen. Mein Problem war: Keiner bemerkte mich, kein Schwein. Dabei bin ich nicht leicht zu übersehen. Kaum wurde ich vulgär, wurde ich wahrgenommen.

Bildete ich es mir ein, oder bekam der Käsige etwas Farbe?

Bei Ihrem Busenfreund Lorenzo Venier geht Ihre Theorie aber nicht auf: Der hat alles und will trotzdem unbedingt vulgär sein.

Er schoss von seinem Stuhl auf, ging um den Tisch, griff sich ein Buch, das neben Aretinos Weinglas lag, und hielt es hoch. *La puttana errante* stand drauf. Die herumirrende Hure.

Das Buch ist gerade erschienen, sagte er. Es geht um

eine Hure, die weit reist und immer weiter herunterkommt, mehr weiß ich nicht.

Vielleicht reicht das auch, sagte Aretino.

Der andere war nicht zu besänftigen. Warum hat Lorenzo sich dann derart darüber erregt, dass die Leute dieses anonyme Machwerk Ihnen zuschreiben? Wir haben es ja alle miterlebt, wie er ausrastete und schließlich wütend davonrannte, weil jeder hier am Tisch überzeugt war, das könne nur aus Ihrer Feder stammen, dabei behauptet Lorenzo, er selbst sei der Verfasser. Was fehlt diesem Kerl? Nichts, gar nichts!

Aretino wartete ab, bis der andere, dieser junge Verstaubte, sich wieder hingesetzt hatte.

Sind Sie da ganz sicher, fragte er, dass Venier nichts fehlt?

Er war also vorhin da gewesen und vorzeitig aufgebrochen. Von mir war wohl kaum die Rede gewesen. Seine Autorschaft trieb ihn um, der Ärger darüber, dass sie nicht erkannt wurde. Alle hier regten sich auf, die einen fragten sich, warum Venier seinen Namen nicht auf das Buch hatte drucken lassen, wenn ihm das so wichtig war, die anderen empörten sich darüber, dass Venier unbedingt als Schriftsteller Eindruck schinden wollte. Er hatte finanziell ausgesorgt und sollte das Schreiben denen überlassen, die es konnten und die das Geld brauchten.

Mich freuten die Nachrichten über Veniers Eitelkeit. Für Rachepläne hatte er jetzt keinen Kopf, er war voll damit beschäftigt, seinen Ruhm als Schriftsteller einzuklagen.

Magdalena mit der schiefen Nase kam herein. Unten steht eine Frau, die nicht von der Schwelle zu vertreiben ist. Ich will Herrn Aretino sprechen, sagt sie, und er wird mich nicht los, das schwöre ich beim Augenlicht meines Kindes. Sie sagt, sie heiße del Moro, Maria Giustina del Moro.

Da stand sie bereits unter der Tür zum Portego. Meine Mutter.

Sie trug ihren besten Mantel, doch sie sah schrecklich aus. Blaugraue Ringe um die geröteten Augen und Flecken im kalkweißen Gesicht, der Rotz lief ihr aus der schönen Nase, der Speichel rann ihr das Kinn hinab.

Sie haben aus meiner Tochter eine Hure gemacht, schrie sie. Ihre Stimme überschlug sich und gickste, sie wusste doch, dass sie nicht schreien konnte.

Ich habe aus Ihrer Tochter gar nichts gemacht, sie ist aus eigener Kraft zu einer freien jungen Frau geworden.

Aretino stand auf und machte ein paar Schritte auf meine Mutter zu.

Fassen Sie mich nicht an mit Ihren dreckigen Händen, da klebt alle Sünde der Welt dran. Fassen Sie mich bloß nicht an!

Es war nur ein heiseres Keifen, sie tat mir leid. Immerhin, sie weinte nicht, und sie gab nicht auf. Sie reckte den Kopf und holte tief Luft.

Wissen Sie, wer sie ist? Wissen Sie das?

Ihre Tochter, sagte Aretino, und die des Spitzels, mit dem Sie verheiratet sind.

Die Tochter eines Grimani. Eines Grimani, verstanden? Meine Mutter wankte, als wäre sie angetrunken, vielleicht war sie es auch. Es musste sie gewaltige Überwindung gekostet haben, allein hierherzukommen und vor allen zuzugeben, dass sie mein Leben lang gelogen hatte.

Ich kniff die Augen zu. Auf einmal war ich den Schandfleck los, die Tochter eines Spitzels zu sein. Mir war, als hätte das Geständnis meiner Mutter den Fleck herausgerissen und dort ein Loch hinterlassen.

Franco lachte. Wenn es Antonio war, dann muss er mit Anfang achtzig, ein paar Jahre, bevor er als Scheintoter Doge wurde, noch gut drauf gewesen sein. Respekt! Aber …

Der Blasse fiel ihm ins Wort. Antonio Grimani hatte fünf Söhne, und die Männer dieser Familie sind bis heute bekannt für ihren Hang zum Personal.

Wenn es gut aussah und gesund war, sagte Franco, nur vernünftig, den guten Grimani-Samen nicht verkommen zu lassen.

Der Oberkörper meiner Mutter kreiste, sie drohte umzufallen, suchte mit den Armen fuchtelnd irgendwo Halt, fand keinen, fing sich gerade noch.

Was würde geschehen, wenn ich aufstand, um sie heimzubringen?

Würde sie mir ans Schienbein treten, mich wegstoßen oder ohrfeigen oder anzuschreien versuchen mit dem letzten Rest ihrer Stimme? An der Hand nehmen – nein, das würde sie mich nicht.

Ich starrte sie an, ihr verrotztes Gesicht mit der fleckigen Haut und den geröteten Augen in blauschwarzen Ringen, und war zum ersten Mal stolz auf sie.

Nebel ist ein gutes Wetter bei Problemen. Wer gar keine Aussicht hat, verfällt auf die Idee, nach innen zu schauen. Ich konnte am frühen Morgen vom Balkon aus nicht einmal die Hauswand auf der anderen Seite des Platzes erkennen.

Mein einziger schlauer Onkel verdiente sich etwas dazu als Jagdgehilfe, wenn die mit dem alten Geld auf einer der Lagunen-Inseln auf Pirsch nach Niederwild gingen, Pfeifenten, Rebhühner, Fasane, Bekassinen. Er war dort aufgewachsen, sie brauchten ihn. Gefährliche Jagdgründe, sagte er. Keine Erhebung hilft dem Jäger, sich zu orientieren, kein Hügel, kein Hang, kein Fels, nichts als mannshohes Gebüsch und Schilfrohr. Du weißt nie, was im nächsten Augenblick auf dich zukommt. Deine Sinne fangen an verrücktzuspielen. Das Treibholz knackst, der Morast gluckert, die Sumpfwiesen schmatzen, der Boden wankt unter den Füßen, du fürchtest auszurutschen, und gleich daneben raschelt das dörre Gras. Schwarzer Schlamm frisst das Licht, wandernde Sandbänke verändern den Horizont, und plötzlich behext ein schillernder Farbenzauber am Himmel deinen Blick. Du weißt nicht mehr, woran du dich halten sollst.

So sah es in mir aus.

Halbwegs scharf glaubte ich nur zu erkennen, was meine Mutter heute vorhatte. Acht Uhr vor Santa Maria delle Vergini, hatte sie mir heiser befohlen, bevor sie hinkend und schief wie verprügelt im Treppenhaus von Aretino verschwunden war.

Zuerst einmal beichten und beten, das war klar. Danach büßen.

Die Kirche der Santa Maria Maddalena hätte ich passender gefunden als ausgerechnet die Kirche der Jungfrauen. Das Beichten würde ich mitmachen und als gebranntes Kind nur ein paar lächerliche Verfehlungen breittreten, damit meine Mutter nicht misstrauisch wurde. Das Beten konnte ich ohne Anstrengung hinter mich bringen, abgesehen vom Knien auf diesen Brettern, das war ich nicht mehr gewohnt; es gab genug, was ich mir, während ich die Handflächen aneinanderdrückte, durch den Kopf gehen lassen konnte, auch eine Art Beten. Aber was sich meine Mutter unter Büßen vorstellte, lag ganz im Nebel. Für mich bedeutete es schon Buße, diese kellerdunkle muffige Kirche auf dem hoch ummauerten Klostergelände zu betreten. Bis zum Ostersonntag am 9. April war sowieso Fasten angesagt; falls es meine Mutter beruhigte, wenn ich in der Zeit keinen Wein trank und bei ihrer Schwester freitags diese schleimige Graupensuppe hinunterwürgte, würde ich ihr den Gefallen tun. Doch konnte ich nicht ab jetzt, wo sie dahintergekommen war, dafür büßen, dass sie meinen Beruf für Sünde hielt.

Santa Maria delle Vergini lag weit draußen in Castello, ungefähr beim Arsenale, mir war das recht. Du musst ein Gespür kriegen für die Lagune, hatte mein Onkel gesagt. Du kriegst es nur, wenn du alle Gewissheiten und Absichten aufgibst und wachsam bist. Wachsam, als wärst du das Wild, das seinen Mördern entkommen muss.

Der Nebel half, ich musste ganz Fußsohle und ganz Ohr sein, gut für meine Lagune. Nichts war absehbar, nichts sicher und keins der Geräusche eindeutig. Tausend Fragen knisterten.

Würde meine Mutter mir erzählen, wie es passiert war? Ob dieser Grimani sie im Stehen überfallen hatte, und wenn ja, wobei und wo? Beim Bücherabstauben in seiner Bibliothek, in irgendeiner Abstellkammer am Ende des Flurs, als sie Schmutzwäsche verstaute, beim Holzholen im Keller, in der erkalteten Küche beim Töpfespülen, wenn die anderen gegangen waren, oder beim Putzen in seinem Arbeitszimmer? Hatte er ihr den Rock hochgeschoben oder hochgerissen, ihren Oberkörper auf ein Möbel, einen vollen Mehlsack oder eine Kiste gepresst und war von hinten in sie eingedrungen? Hatte er sie auf einen Tisch gedrückt oder auf irgendein Bett, ihr Bett war wohl nur ein Strohsack gewesen, und sich dann auf sie geworfen? Hatte sie sich gewehrt, geschrien oder nur gewimmert?

Schluss mit den Horrorvorstellungen. Ich überlegte, ob sie damals schon verheiratet gewesen war. Eher nicht, sonst könnte sie nicht sicher sein, dass dieser Grimani mich gezeugt hatte. Würde sie mir verraten, welcher Grimani es gewesen war und wie es ihr gelungen war, meinem sogenannten Vater mich Kuckuckskind unterzujubeln? Keine leichte Übung, denn davor haben sie Angst, die Männer, als würden sie kastriert, und die Angst macht sie misstrauisch. Nachdem ich keine Geschwister hatte, war mein Vater wahrscheinlich unfruchtbar, impotent konnte er nicht sein, sonst hätte der Schwindel nicht funktioniert.

Keine Gewissheiten, bleib wachsam.

Es wäre auch möglich, dass sie nach der Eheschließung mit meinem falschen Vater festgestellt hatte, dass er impotent war, und sie die Vergewaltigung mit zusammengebissenen Zähnen durchlitt in der Hoffnung, schwanger zu werden. Dann hätte mein falscher Vater mich Kuckuckskind sehenden Auges gefüttert, aus Liebe zu seiner schönen jungen Frau und um ihr die Schmach zu ersparen, kinderlos zu bleiben. Halt, Irrweg, niemals hätte mein falscher Vater als Schreiber zugelassen, dass seine Frau sich weiterhin als Dienstmädchen verdingte. Oder hatte Grimani ihm den Posten zugeschustert als Schweigegeld?

Nein, einen festen Tritt fand ich nicht. Das Pflaster war matschweich, die steinernen Stufen gaben nach, die Brücken schienen an Seilen zu hängen. Es gluckste aus den Kanälen, wie wenn das Moor in der Lagune die Dummköpfe verspottete, die hier einen sicheren Weg suchten.

Anstatt mich in solchen Widerlichkeiten zu verlaufen, hätte ich im Glück schwimmen müssen. War doch eines, schlagartig von meinem verbogenen Vater befreit zu sein und von dem miesen Ruf als Tochter eines Spitzels. Gestern hatte ich noch bis zum Einschlafen gewartet auf irgendein Gefühl der Erlösung, gekommen war es nicht. Was war schon besser an einem Vater, der eine Abhängige vergewaltigt hatte und sie danach hatte liegen lassen, der vielleicht noch bei anderen Gelegenheiten ihren fast kindlichen Körper gerammelt hatte? Zu wissen, dass ich meine Existenz einer solchen Grausamkeit verdankte, fühlte sich scheußlich an. Je schmieriger der glänzend polierte Name Grimani wurde, umso lieber wurde mir der impotente Mann mit seinem Papierkopf. Wäre er da gewesen, ich hätte ihn gestreichelt.

Als ich endlich eingeschlafen war, hatte ich vom Gefängnis geträumt. Der Aufseher führte mich zu einer Einzelzelle, in der eine Frau hockte. Seit über sechzehn Jahren sitzt sie hier, hat sich selbst eingeliefert, damit keiner hört, was aus ihr herauswill. Wach, hat sie mir gesagt, würde mir vor anderen kein unbedachtes Wort über die Lippen kommen, ich habe mich im Griff und trinke nichts, aber wenn ich todmüde bin, brabble ich oft vor mich hin. Und wenn der Beichtvater mir die Höllenqualen schildert, die auf mich warten, wenn ich ihm eine Sünde verheimliche, dann könnte es auch passieren, dass ich rede.

Der Aufseher haute sich auf die Stirn. Über sechzehn Jahre eingesperrt, nur damit keiner erfährt, was sie verschweigt, sagte er, Wahnsinn!

Die Frau war meine Mutter.

Ich war weiterhin ganz Fußsohle und ganz Ohr und setzte meinen Weg durch den Nebel fort Richtung Osten, zu den Jungfrauen.

Ich hatte den Campo vor dem Kloster schon fast ganz überquert, erst da sah ich meine Mutter. Sie wartete neben dem Portal; dass sie Puder besaß, hätte ich nie vermutet, die Flecken und Ringe in ihrem Gesicht waren weiß bestäubt, um Fragen zu vermeiden vermutlich, konnte auch Mehl sein.

Eng nebeneinander saßen wir auf einer Bank in der leeren Kirche, zwei Sünderinnen, Hinterbacke an Hinterbacke, aber nur eine, die sich als Sünderin fühlte. Meine Mutter bewegte die Lippen kaum, leierte das Altbekannte und ließ den Rosenkranz durch die Finger laufen, Perle um Perle. Für wen betete sie, für ihr Seelenheil oder für meines? Ich sollte ihr sagen, dass sie sich die Mühe für mich sparen konnte, verschenkte Zeit.

Es war wie im Nebel draußen. Weil ich nichts scharf hören konnte, erkannte ich manches genauer, sie stachen heraus, die wenigen Worte, um die sich die ganzen Gebete drehten: Vater, Allmächtiger, dein Reich, dein Wille, Maria, bitte für uns Sünder, Herr im Himmel, Vater, vergib uns unsere Schuld, wie auch wir vergeben unseren Schuldigern. Die Wörter Schuld und Sünde machten mich wütend. Wer oder was hatte meine Mutter dazu gebracht, dass sie sich schuldig fühlte seit über sechzehn Jahren, und weshalb sollte sie ihrem Vergewaltiger seine Schuld vergeben?

Ich sah ihren Händen zu, feiner als meine, die Knöchel zart gedrechselt, die Fingerspitzen leicht aufgebogen, aber sie waren rot und rau, die Kuppen waren schrundig, die kurzen Nägel eingerissen, ein Nagel war blauschwarz, keiner meiner Liebhaber hätte sich von solchen Händen anfassen lassen. Ich sah, wie sie im eiskalten Wasser Wäsche wuschen, die blutigen Eingeweide aus einer Gans zerrten, eine zu große Bürste umklammerten und Fliesen schrubbten oder meinem Vater Hornhäute von den Füßen schälten. Es waren untertänige Hände, niemals würden sie eine Arbeit verweigern und niemals ein Küchenmesser greifen und einem Vergewaltiger in den Unterleib stechen oder wenigstens in die Hand oder den Arm. Es schmerzte an meinem Hals rechts und links, ich schluckte, es schmerzte heftiger, meine Stirn wurde feucht, das Wasser stieg mir in die Augen, rührselige Kuh, schimpfte ich mich, half nichts. Ich zog die Nase hoch. Meine Mutter wandte mir den Kopf zu, nur ganz wenig, ihr Lächeln war so angestrengt, dass es mir wehtat.

Dieser Rosenkranz, der lief doch nicht durch ihre Finger, er hinderte die Finger daran, zu tun, was sie wollten.

Ich war zu grob, der Faden riss, meine Mutter gickste, die Perlen kullerten auf den Steinboden.

Wir gingen beide auf die Knie und klaubten die Perlen zusammen, geschnitzte Holzkugeln, für mich fingernagelgroße Totenköpfe. Ich roch den Atem meiner Mutter, sie musste erbrochen haben, über sechzehn Jahre später war alles hochgekommen, der Bauch hat ein Gedächtnis.

Während ich herumkroch, fragte ich bei Gott an, ob es nicht heuchlerisch sei, den Rosenkranz zu retten, mit dem meine Mutter sich an das kettete, wovon ich mich freigeschlagen hatte. Praktische Anweisungen gab er mir nie, meistens antwortete er nach langem Schweigen nur: Was meinst denn du? Oder: Warum fragst du mich das? Es war erstaunlich, wie viel das brachte.

Ich wusste noch genau, wann es angefangen hatte, dass ich mich lieber mit Gott allein unterhielt anstatt mit denen, die sich zwischen ihn und mich drängten.

Die alte Fedele hatte mir erklärt, dass der venezianische Staat, vom Großen Rat über den Rat der Vierzig bis zum Rat der Zehn, ein Gebilde mit zahllosen Sicherheitsschlössern war. Die Case vecchie, die alten adligen Häuser, hatten Angst vor den Case nuove, den neuen Häusern, hieß: dem Geldadel, und alle hatten sie Angst davor, dass sich ganz normale Menschen Zugang verschaffen könnten zur Macht; uneheliche Kinder und Kinder von Ehefrauen aus unteren Etagen wurden durch Kontrollen ausgesperrt, die kontrolliert wurden von kontrollierten Kontrolleuren. Bei dieser Macht ging es zuerst einmal um die Stimme. Jeder hier in Venedig hatte eine, aber nur wer im Rat saß, durfte seine abgeben, wenn es um Recht und Unrecht ging, um Strafe und Gnade, um Hängen oder Laufenlassen. Sie hatten Angst, dass alle Menschen den direkten Zugang bekämen, dann wäre es mit ihrer Macht vorbei.

Von der Kirche hatte die Fedele damals nicht gesprochen, aber mir war es so vorgekommen, als hätte sie das doch getan. Diejenigen, die sich als Erwählte aufführen, hatte sie mir den Staat gedeutet, wüssten tief innen drin genau, dass sie es nicht sind, dass sie überhaupt nichts Besonderes sind, und hätten eine panische Angst, die anderen könnten das erkennen.

Einige Perlen hatten sich unter die Bank in der nächsten oder übernächsten Reihe verlaufen. Ich stand auf, um dort weiterzuklauben, da stellte sie sich mir in den Weg. Vielleicht Mitte dreißig, in der üblichen Tracht der Augustinerinnen – dem Ring an der rechten Hand und dem Auftritt nach zu schließen aber eine, die im Kloster das Sagen hatte.

Deine Mutter hat mir erzählt, du wünschst dir, bald eine Braut zu werden.

Sie legte den Kopf schief; schief gelegte Köpfe waren ein Seezeichen, das bei mir Sturmwarnung auslöste.

Ich eine Braut?

Es war mehr als ein Jahr her, dass meine Mutter und ich wie früher regelmäßig den Booten nachgeschaut hatten, in denen die Bräute, irgendeine kannten wir immer, kanalabwärts ihre Festaufmachung vorführten, der erste und für die meisten letzte große öffentliche Auftritt mit dreizehn bis achtzehn Jahren. Es war eine Henkersmahlzeit, nur gab es statt etwas zu essen etwas zum Herzeigen, seidene Kleider, Schmuck, stundenlang geflochtene Frisuren. Jedes Mal hatte meine Mutter laut überlegt, welches Kleid mir am besten stünde und warum, hatte eins nach dem anderen ausprobiert und eins nach dem anderen verworfen. Mir bleibt nichts anderes übrig, als dir eines selbst zu nähen, seufzte sie.

Ich hatte das an mir ablaufen lassen.

Die Augustinerin atmete stoßweise, dabei stand sie untätig herum, während meine Mutter weiter am Boden kroch.

Nein, sagte ich, das wünsche ich mir nicht. Ich will keine Braut werden.

Ich meine, eine Braut Christi, sagte sie.

Ich glotzte sie an. Meine Mutter hatte sich aufgerappelt und stand hinter mir.

Tat mir leid für sie, ich musste das Ganze abkürzen. Immerhin beugte ich mein Knie und neigte den Kopf, bevor ich der Äbtissin, oder was immer sie war, erklärte, ich könne mich nicht mit Christus vermählen, ich sei keine Jungfrau mehr. Meiner Mutter zuliebe sagte ich sogar *leider*, ich könne mich leider nicht mit ihm vermählen; dabei wurde mir übel. Zügig ging ich Richtung Kirchenausgang.

Dass es in vielen Klöstern, auch in dem hier, kein Hindernis war, man im Gegenteil froh war, wenn die Jungfernhaut bereits beseitigt worden war, wusste ich von Aretino, logisch, wer mochte schon Blut auf der Bettwäsche. Aretino wusste es von Gasparo Contarini, venezianischer Diplomat für heikle Staatsgeschäfte und ein Moraltrommler, angeblich weil er auf einen Kardinalsposten spekulierte. Dieser Contarini hatte neben Theologie so ziemlich alles studiert und ein Buch verfasst, das leider nur auf Lateinisch zu haben war, *De officio episcopi*, über das Amt des Bischofs. Aretino ließ es sich von Franco, der für solche Dienste umsonst bei ihm wohnte, übersetzen und freute sich, dass man in einem Buch mit einem derart lahmen Titel Anregungen bekam, die das Gegenteil von lahm waren. Viele Jungfrauenklöster, entsetzte sich Contarini, nähmen den Platz von Bordellen ein; er war so nett, diese Klöster aufzuführen, fünfzehn waren es.

Offenbar hatte Aretino die Angaben überprüft und festgestellt, dass es sich um solche Klöster handelte, in denen hauptsächlich Mädchen aus dem Adel eingesperrt waren, Maria delle Vergini gehörte dazu; sie wurden auch ausländischen Besuchern empfohlen. Contarini war nicht der einzige Reiseführer für bedürftige Männer, Aretino kannte einige Schriften, in denen sich fast immer geistliche Verfasser empörten über die Huren hinter Klostermauern. Dass Väter ihre Töchter, in ihren Augen zu nichts zu gebrauchen, aber wegen der Mitgift ein Kostenfaktor, in Klöstern abstellten wie in einem Warenlager, störte die geistlichen Verfasser nicht. Zwei Klöster, Convertite und Soccorso, hatten sich dazu verpflichtet, nur sogenannte gefallene Frauen aufzunehmen, so hießen meine miserabel bezahlten Kolleginnen, aber auch Vergewaltigte oder uneheliche Mütter. Die wurden allerdings überwacht, mit lukrativem Männerbesuch lief da nichts. Außerdem waren deren Zellen mangels Geld den anspruchsvollen Kunden nicht genügend komfortabel, und die Nonnen waren, ebenfalls mangels Geld, nicht genügend frisiert; parfümiert und ausstaffiert waren sie eh nicht. Aretino kannte sich aus; an den fünfzehn empfohlenen Adressen erfreuten sich die heiligen Jungfrauen vieler Stammkunden, vielleicht weil sie billiger waren als die besseren Kurtisanen, vielleicht weil die Besucher davon ausgingen, bei Nonnen sei das Risiko niedriger, sich die Franzosenkrankheit zu holen. Aretino selbst war unentgeltlich bedient worden.

Ich bin auch dort bekannt als der Divino, und von einem aus dieser Etage dürfen sie nichts nehmen, sagte er.

Offiziell, erklärte er mir, gelte Geschlechtsverkehr mit einer Nonne als Verbrechen gegen Gott; weil sie mit Christus verlobt war, wurde Christus zum gehörnten Ehemann. Jeder Venezianer, dem seine Frau Hörner aufsetzte, fand sofort Kumpel, die für ihn die Abstrafung übernahmen. Christus fand keine.

Es kratzte auch keinen der Jungfrauenliebhaber, wenn die frommen Eiferer eine Äbtissin als Puffmutter bezeichneten oder sie den Geschlechtsverkehr mit Nonnen als Inzest verteufelten, mit einer logischen Begründung: Wenn Gott der Vater aller Menschen und Gott in Gestalt seines Sohnes Ehemann der Nonnen war, trieben sie es mit ihrem eigenen Vater. Es ist der Sohn, nicht der Vater, würden sich manche Nonnen herausreden, ich bin Braut Christi, nicht Gottes. Änderte wenig, dann war es eben für diese Kinder Gottes Geschlechtsverkehr mit dem eigenen Bruder, Inzest blieb es. Im Rat der Vierzig wurden hohe Strafen für solche Verbrechen verhängt, aber da hingen sie unberührt. Vollzogen wurde keine, lachte Aretino, soweit sich hier irgendwer erinnern kann. Die meisten Kunden, wusste er, stammten aus denselben Kreisen und Familien wie diejenigen, die im Rat der Vierzig über Strafmaßnahmen entschieden, also blieben Nonnen wie Liebhaber ungeschoren. Was das Scheren anging: Eine Glatze hatte Aretino dort nie gesehen.

Draußen, endlich, wurde mir wohler. Der Nebel hatte sich gelichtet. Meine Mutter ging hinter mir drein, sie schlurfte, hatte sie noch nie getan. Mitten auf dem Campo blieb ich stehen und wandte mich zu ihr um. Sie lief in mich hinein, kein Wunder, wenn sie nur auf den Boden starrte. Schwarze Seife, Schweiß, eingekochte Früchte, warmes Bett, Rosmarin, ihr Geruch entwaffnete mich. Ich war wieder Kind, nein, ich würde sie nicht beschimpfen wegen der Brautwerbung. Ich wollte sie auf die Backe küssen, doch sie drehte den Kopf weg, mein Mund traf den Hals. Mit dem Handrücken wischte sie den Kuss ab und sagte kein Wort.

Von meinen Plänen für den Rückweg verriet ich ihr nichts, und sie fragte nicht, hängte sich aber bei mir ein. Als ich mit ihr am Campo von Santa Maria Formosa in eine übersichtlich gerade Gasse abbog, fing sie an zu zittern. Am Ende der Häuserreihen fiel der Blick auf die Ecke eines hohen Gebäudes, nur eine Fensterachse sahen wir, großes Fenster im ersten, kleineres im zweiten Stock, unten ein Hofeingang zum derzeit größten Palast der Grimani, ihre Bauwut würde ihn bald überbieten. Ruckartig hielt meine Mutter an, ihre Hand rutschte aus meiner Ellenbeuge.

War es dort?, fragte ich.

Sie erstarrte beim Blick auf ihr Sodom und Gomorrha. Das war eine Lieblingsgeschichte der Venezianer; Gott straft eine Stadt ab wegen der Sünder dort, die Moralischen entkommen, aber sie dürfen kein Heimweh haben nach diesem Sumpf. Eine schlaue Lösung für die Doppelmoral hier. Brave Söhne gingen als zahlende Kunden zu Kurtisanen, brave Ehemänner gingen fremd, aber schuld waren daran nur die Kurtisanen und die Frauen, mit denen die Ehemänner fremdgingen. Jeder Venezianer hielt sich für einen Lot, der samt Familie gerettet werden musste. Im Ernstfall würde es an der Stadtgrenze wimmeln von Lots. Für mich passte die Geschichte nur deswegen gut zu Venedig, weil Lot, kaum war er entkommen, Inzest mit seinen Töchtern trieb. Sonst hatte ich diese Geschichte bisher für maßlos übertrieben gehalten, das war sie auch. Meine Mutter fing an zu weinen ohne jede Erregung, es lief einfach aus ihr heraus wie Novemberregen aus einem weißen Himmel, es lief und lief und weichte die Salzsäule auf. Es gab kein Geräusch, als sie in sich zusammensackte.

Ich saß auf der Kante ihres Betts und war innerlich feuerrot. Mich zu schämen, hatte ich mir weitgehend abgewöhnt. Ich war stolz darauf gewesen, die gutartige Dummheit meiner Mutter überwunden zu haben und nicht in die gleichen Fallen zu tappen, ich war stolz darauf, dass sie kein Vorbild war für mich. Jetzt fand ich das auf einmal überheblich, und wer sich überhebt, ist weit weg von der Wirklichkeit. Woher sollte sie ihn denn haben, den Mut, sich zu wehren gegen das, was ihr, seit sie denken konnte, ins Ohr geblasen wurde? Für einen Menschen wie sie war es undenkbar, den eigenen Dienstherrn anzuzeigen, auch nur drüber zu reden, dass er sie vergewaltigt hatte. Mir kam es schwachsinnig vor, die Schuld dafür bei sich zu suchen, für sie lag es nahe, besser gesagt: Es wurde ihr nahegelegt. Der Täter war mit Sicherheit nicht auf die Idee verfallen, sich zu entschuldigen oder sie zu entschädigen. Hätten Männer wie er in solchen Fällen Schuldgefühle, dann müssten die Kirchen randvoll sein mit feinen Herren, die auf rot gescheuerten Knien rund um die Uhr Rosenkränze beteten.

Meine Mutter lag da, als könnte sie keinen Arm heben, schwer und schwach, schwitzte fiebrig in ihr Kissen, und die Sätze liefen ihr aus dem Mund wie einem Säugling sein Brei. Ich musste nah an ihren Mund, um sie halbwegs zu verstehen. Dünnes Papier ihre Stimme, an ein paar Stellen durchlöchert.

Er … gut zu mir … für mich gesorgt. Wenn ich krank

war … zum Arzt geschickt … Arzt bezahlt. Alles … was mein Vater nicht getan hat. Zum Namenstag eine Münze … Weihnachten einen Sack Mandeln. Freundlich … immer freundlich angesehen, nie … böses Wort zu mir … nie.

Mir tat das Kreuz weh, ich hing verkrampft über ihren Lippen.

Hätte … keiner geglaubt … doch gut zu mir, sorgte für mich … freundlich … nie ein böses … und wem … sagen sollen …

Weg war die Stimme. Ich setzte mich aufrecht hin. Ihre Augen standen weit offen und schauten dorthin, wo am Fußende des Betts ein Crucifixus hing. Aber sie schauten in die Weite, als läge am Fußende das Meer.

Weite? Für sie hatte es auf Erden nur eine naheliegende Zukunft gegeben: als Ehefrau und Mutter. Die Zukunft im Jenseits war ihr doppelt vermasselt, durch ihren Vergewaltiger, er hatte sie zur Lebenslügnerin, in ihren Augen zur Sünderin gemacht, und durch mich und meinen Beruf. Als Nonne würde ich mein und ihr Seelenheil retten, so gesehen vernünftig, dass sie hinter meinem Rücken die Brautwerbung eingefädelt hatte. Ich hatte die Äbtissin mit einer Ausrede abgefertigt, das wusste ich, und sie wusste es auch. Scherereien wären keine zu erwarten gewesen – ob ein Mädchen jungfräulich war, wurde nur bei der Verheiratung überprüft, und selbst da kannte jede von uns den Trick mit einem mit Kaninchen- oder Hühnerblut getränkten Taschentuchfetzen, den man sich in die Scheide stopfte. Als Nonne würde ich meiner Mutter Hoffnung machen, nach dem Ableben doch noch in diesen überfüllten Garten eingelassen zu werden. Mir lag solide irdische Rache näher als die keineswegs garantierte himmlische Vergebung. Dazu musste ich herauskriegen, welcher Grimani mich gezeugt hatte. Der Ausdruck *Kind der Liebe* hatte mir immer gefallen, er hatte mich ermuntert, was ich sonst nie getan hätte, mir meine Eltern beim Liebesakt vorzustellen; einfach war das nicht gewesen.

Ein Kind der Gewalt, trug das etwas von dem Bestialischen in sich? Vielleicht hatte meine Mutter bei meinem Anblick immer daran denken müssen.

Sag mir, welcher es war, flüsterte ich. Ihre Lider waren jetzt geschlossen und zuckten. Sie ächzte leise wie ein alter Stuhl.

Zeit lassen. Ich streichelte ihre Hand, ihren Unterarm, kühl waren sie, obwohl meine Mutter schwitzte. Alleine hatte ich keine Chance, etwas zu bewirken gegen den Vergewaltiger, der mein leiblicher Vater war, falls er noch lebte. Meine Waffe hieß Aretino. Er konnte diesen Mann an den Pranger stellen für irgendetwas anderes, fündig würde der alte Spürhund bestimmt. Mit den Veniers legte er sich nicht an, da floss wohl Geld, es gab noch ein paar Familien, bei denen ich diesen Verdacht hatte, Aretinos Nachsicht, erst recht sein Lob für die literarischen Machwerke der Söhne seien bezahlt. Die Grimani gehörten anscheinend nicht zu seiner Klientel, und das Alter des Geldes oder des Adels hatte Aretino noch nie abgeschreckt.

Meine Mutter hatte aufgehört zu ächzen. Die Lider hatten sich beruhigt, rosenblätterglatt waren sie wie alles in ihrem Gesicht, es war das einer jungen Frau. War sie längst nicht mehr für venezianische Verhältnisse, knapp zweiunddreißig Jahre, in dem Alter war hier alles gelaufen, für Frauen. Männer, die aus dem alten Geld und die aus dem neuen, heirateten meistens erst um die dreißig herum und dachten mal drüber nach, zu Hause auszuziehen. Um Doge zu werden, blieben ihnen dann noch fünfzig Jahre oder mehr; Antonio Grimani war bei Amtsantritt sechsundachtzig gewesen und damit keineswegs der älteste. Maler und Architekten steckten als Greise noch satte Honorare ein; für verwitwete Frauen oder solche, die nicht geheiratet hatten, gab es in diesem Alter bestenfalls Almosen, jedes Jahr mehr machte sie weniger wert, und wenn sie achtzig wurden, waren sie längst weniger als wertlos. Egal ob Schauspieler, Kardinal, Künstler oder Richter, Männer traten nicht ab, und keiner hätte gewagt, ihnen zu sagen: Du solltest die Bühne räumen.

Zeit lassen? Nein, es war höchste Zeit. Verrat mir seinen Vornamen, sagte ich direkt in ihr Ohr. Sie rührte sich nicht. Also lauter: Er ist mein Vater, ich will wissen, wie mein Vater heißt.

Die Tür ging auf. Du hast mich gerufen, sagte der Mann, der mein Vater blieb, auch wenn er es nicht war. Er hielt eine Pfanne in der Hand. Ich hatte ihn noch nie mit irgendeinem Küchengerät gesehen.

Ich schwieg.

Bist lang nicht mehr hier gewesen, sagte er.

Ja.

Er schüttelte den Kopf, und das Schütteln setzte sich fort bis in die Beine. Weißt du, was mit ihr los ist? Vor ein paar Tagen fing es an. Sie kam vom Markt zurück, dort trifft sie immer jemanden, der etwas Neues weiß. Als sie ihren Korb auspackte, brabbelte sie etwas von Leuten, bei denen es auf dem Platz abends laut geworden war.

Was waren das für Leute?

Keine Ahnung.

Aber warum hat sie das beschäftigt?

Weil von dir die Rede war. Die wohnen am selben Platz wie du.

War ich etwa dran schuld, dass es laut wurde?

Sie hat irgendsowas gehört, dass du jemanden ausgesperrt hast und dass dieser Aretino an allem schuld sei. Frag mich nicht. Jedenfalls saß sie dann am Tisch, redete keine Silbe mit mir, nur vor sich hin. Meine Tochter! Meine Tochter! So hart straft mich der Herrgott. Meine Tochter! Sollte es doch mal besser haben. Und dann …

Ich habe es besser, hätte ich beinahe gesagt.

… lag sie nachts ganz an der Außenkante auf der Matratze, hat nicht mehr geschlafen und nichts gegessen, hat sich im Gesicht gekratzt und hat nicht für mich gekocht. Wenn deine Mutter nicht mehr für mich kocht, du weißt, wie krank sie dann sein muss. Vorgestern Abend, als ich in die Küche kam, kippte sie ein Glas Wein im Stehen, hat sie auch noch nie getan. Gleich, sagte sie, gleich. Eine halbe Stunde später roch es noch immer nur nach kaltem Herd. Ich dachte, sie sei im Bett, aber das war leer. Im Dunkeln hatte sie allein das Haus verlassen, das erste Mal in unserem Leben. Als sie wiederkam, wirkte sie fiebrig und redete Unsinn.

Er machte zwei Schritte auf mich zu und strich mir über den Kopf. Ich hatte doch ihn streicheln wollen. Ich blickte auf, mit meinen schwarzen in seine wasserhellen Augen.

Die Sorge hatte ihn zerknittert.

Sie hat *meine* Tochter gesagt, meine. Sonst hat sie immer *unsre* gesagt, unsre Tochter.

Was machst du mit der Pfanne?, fragte ich.

Eier, sagte er, zwei große Eier. Lass sie in Ruhe, der Schlaf wird ihr guttun.

Ich setzte mich auf ihren Platz am Tisch. Mein Vater zögerte, schien dagegen zu sein, verschluckte den Protest und nickte schließlich erschöpft. Er aß langsam, nach jedem Bissen Ei einen Bissen Brot und dann einen Schluck Wein.

Als er beide Eier gegessen hatte, schaute er nach ihr.

Sie war tot.

Die Großbaustelle Venedig fraß Geld und spuckte Staub. Keine noch so versiffte Ecke der Stadt war vor der Bauwut sicher. Es war nicht viel Geld da, es war zu viel da. Überall wurde umgebaut, angebaut und aufwendig renoviert, vor allem neu gebaut, private Paläste, Kirchen, Kollegien, Ladenzeilen, Klöster, Verwaltungsburgen. Als vor vier Jahren deutsche Truppen Rom geplündert und verwüstet hatten, waren Sansovino und in seiner Spur viele andere weniger gefeierte Architekten nach Venedig abgehauen, sie heizten das Geschäft noch an. Wenn der Wind vom Meer kam, Kraft und Ausdauer hatte, begann er mit dem Aufwirbeln bei den Prokuratien, die seit Jahren mit Sicherheit spätestens in einem Monat fertig werden sollten und jeden Tag noch teurer wurden; über die ganze Stadt verteilte der Wind den Staub der Prokuratien und aller anderen Baustellen.

Mein Vater trug in sich Zahlen herum, als wäre das der letzte Nachweis seiner Rechtschaffenheit. Durch ihn wusste ich, dass hundertfünfunddreißigtausend der insgesamt hundertfünfzigtausend Einwohner unserer Stadt vom Lohn eines Arbeiters lebten. Nur der verwehte Baustellendreck verband die Venezianer ohne Geld und Stimme mit den reichen. Nur durch den Staub waren sie an den Palästen beteiligt. Wenn ich über so etwas nachdachte, war ich heilfroh, mich für meinen Beruf entschieden zu haben. Für eine Frau aus meiner Kiste war das der einzig mögliche Durchbruch ins Freie und in ein besseres Dasein.

Anfang April musste es doch irgendwo nach frischem Grün riechen, es drängte mich hinaus, jede Insel war mir recht.

Auf dem Friedhof unserer Pfarre wuchsen nur Efeu und Pinien, Lorbeer und Buchs, Frühling war dort nie, Jahreszeiten machten Arbeit, um das Dauergrüne musste sich keiner kümmern. Elf Leute, mit mir zwölf, hatten am Grab gestanden und zugesehen, wie die Überreste einer jungen Frau, eingenagelt in einen hölzernen Kasten, klein, als läge nur ein Kind drin, Schaufel für Schaufel mit Erde erstickt wurden; und mit den Überresten Fragen, die für immer ohne Antworten bleiben würden. Störte außer mir vermutlich niemanden. Meine Mutter hatte dafür gesorgt, dass sonst keiner, der für ihr Glück in der Ewigkeit betete, wusste, was ihr vor über sechzehn Jahren widerfahren war, höchstwahrscheinlich nicht einmal mein Vater. Immer wieder erhob sich sein Blick aus dem schwarzen Schacht und irrte auf mir umher, hilflos, als suchte er einen Ausgang.

Todesursache – das Herz, hatte der Leichenbeschauer gesagt. Jeder, der im Beichtstuhl hinter seiner Spitzenborte lauerte, hätte mir vorgeworfen: Du hast es gebrochen. Darin, den Schuldigen zu finden, waren die Beichtväter blitzschnell. Das Sterben meiner Mutter war langsam vor sich gegangen, so hundsgemein langsam musste Folter sein. Mehr als sechzehn Jahre war es her, dass mit der lächerlichen Jungfernhaut die ganze junge Frau zerrissen worden war. Verheilt war der Riss wohl nie, nicht einmal vernarbt, nur verkrustet, wie sonst wäre er so leicht wieder aufgegangen. Dein sündiger Lebenswandel hat die Krusten platzen lassen, würde jeder Beichtvater sagen und mich im Fegefeuer der Schuldgefühle rösten.

Ich war froh, dass ich keinerlei Schuld empfand.

Drei Tage hatte ich allein mit meinem Vater um sie getrauert in einer Wohnung, deren Bauch mit dem Tod der Köchin abgestorben war, nichts dampfte, nichts brutzelte, briet oder brodelte. Wir kauten Käse und Brot, das quietschte, und schwiegen uns an.

Warum sagst du kein Wort?, fragte ich endlich.

Ich bin auch tot, sagte er, nur mein unnützer Körper lebt weiter.

Mein Vater verlor sich ganz in dem, was er verloren hatte. Ich konnte ihm nicht verraten, dass ich allmählich reicher wurde. Mit diesem Gewinn hatte ich nicht gerechnet: Jetzt, wo sie tot war, gewann ich Nähe zu meiner Mutter.

Ich war erst zehn gewesen, als mein Lehrer sich an mir vergriffen hatte, und er hatte mich nicht zerrissen. Sie war fünfzehn gewesen, als ihr Dienstherr sie überfiel. Aber bei ihr wie bei mir war ein Mensch zum Täter geworden, der es ausnutzte, dass Vertrauen die schützende Schale knackt. Wer vertraut, ist weich und verletzbar. Beide hatten wir keinen Alarm geschlagen, weil wir wussten, uns würde nicht geglaubt. Beide hatten wir beschlossen zu schweigen, und seit ich ein einziges Mal mein Schweigen gebrochen hatte, wusste ich, dass Wahrheit das ist, was keiner glauben will.

Meine Mutter hatte keine Bücher gekannt und keine Cassandra Fedele. Sie hatte nie die Frechheit eines Aretino erlebt oder die Freiheit geschmeckt, Nein zu sagen. Für ihren Dienstherrn hatte sie getan, was der nur für Gott tat. Nicht die Angst hatte ihr Leben eng gemacht, nur, dass ihr der Mut fehlte, etwas dagegen zu unternehmen. Mich piesackte, was ich unterlassen hatte. Hätte ich ihr die Übergriffe meines Lehrers verraten, vielleicht hätte sie mich in ihr Geheimnis eingelassen, und aus Mutter und Tochter wären Schwestern geworden. Doch es piesackte mich nicht lang. Hätte-Sätze warf ich wie alles Unbrauchbare nach spätestens drei Tagen weg.

Als ich am 4. April endlich wieder meine eigene Wohnungstür aufschließen wollte, lag unter der Ritze ein Brief. Absender: Lorenzo Venier. Hatte er mitgekriegt, dass meine Mutter gestorben war? Kaum, so weit nach unten verstieg sich das Interesse eines Venier bestimmt nicht. Ich musste zweimal lesen, was da stand: Er lud mich ein zu einem Ausflug nach Malamocco und einem Mittagessen dort. Sein Angebot passte wie angegossen zu meinem Wunsch, herauszukommen aus der Stadt, aber was brachte ihn dazu?

Gut, er war ein schwieriger Kunde, mit dem nicht jede zurande kam. Schwächelte er, hatte eine Frau sich für ihre Schwäche zu entschuldigen, denn er kannte keine. Zwischendrin musste man sich anhören, wie er die natürliche Ordnung der Welt anpries und alles verdammte, was seiner Ansicht nach wider die Natur war: Männer, die es mit Männern trieben, Frauen, die keine Kinder bekamen, oder Frauen, die Bücher schrieben. Völlig wider die Natur waren solche, die beim Geschlechtsverkehr auch mal oben sein wollten, obwohl gerade das im Gemeinschaftswerk von Giulio und Aretino ausgiebig gezeigt wurde. So weit ging die Freundschaft offenbar doch nicht.

Vielleicht hatte er in der Zwischenzeit bemerkt, dass es ihm kaum eine recht machte, und er wollte sich mich warmhalten, trotz der Abfuhr.

Malamocco war bei den Venezianern als Ausflugsziel beliebt. Bei klarem Wetter konnte man hinübersehen, es war offiziell Teil der Stadt, auch wenn es auf dem Lido lag. Die meisten Venezianer hatten keine Ahnung von denen, die auf den Inseln draußen lebten, dafür hatten sie eine Meinung über sie, durchweg üble und minderbemittelte Menschen waren das. Die auf dem Lido waren diebisch und verschissen wie die Möwen dort, die auf Pellestrina glitschig und stumm wie ihre Beute im Netz, die auf Torcello dumm und plump wie ihre Kohlköpfe und die auf Sant'Erasmo fad und ungenießbar wie ihre Melanzane in ungekochtem Zustand. Die Inseln schützten die Stadt vor der Flut, und ihre Bewohner versorgten die Städter mit Gemüse, Früchten, Geflügel, Eiern und allem, was schwamm, sie waren darauf angewiesen. Genau das hassten die venezianischen Männer, angewiesen zu sein. Dieser Hass hatte sie zu den weltbesten Kaufleuten gemacht, die von Seide bis Safran auf alles Zugriff besaßen.

Im alten Malamocco, weiter östlich gelegen als das heutige, hatte einer der frühesten Dogen im achten Jahrhundert einen Palast für sich errichtet, und auch seinen Nachfolgern gefiel es dort, doch vor ungefähr vierhundert Jahren war der Ort samt Palast und Kirchen und Häusern mit allem drin von einer gewaltigen Welle plattgemacht worden. Schon wegen dieses Dogenpalasts, fanden die Venezianer, sei Malamocco ihr Vorgarten, außerdem nah genug für einen Tagesausflug.

Wir trafen uns, wie Venier vorgeschlagen hatte, um elf Uhr vormittags am Bootssteg in Dorsoduro.

Seine gute Laune glitzerte, das beleuchtete sein düsteres Gesicht und stand ihm gut. Noch nie hatte ich ihn so erlebt. Dass Gründonnerstag war, hinderte keinen echten Venezianer daran, sich auf ein Festessen zu freuen; die Kunst der Ausrede war in Venedig erfunden worden. Weil Enten, Schwäne oder Haubentaucher Wasservögel waren, wurde Geflügel den Wassertieren zugeteilt und damit den Fischen. Fisch war erlaubt in der Fastenzeit.

Es war beinahe menschenleer, als wir in Malamocco anlegten. Drei alte Männer hockten auf der Steinbank an der Kirche, die Augen geschlossen, und streckten ihre Unterleiber in die Sonne. Über den Campo della Chiesa rannte krähend halb aufgerichtet ein Hahn und trieb ein paar Hühner vor sich her.

Venier blieb stehen und verschränkte die Arme: Das ist die Natur in ihrer wahren Form. Er hat die Kraft, zwanzigmal oder öfter am Tag eine Henne zu besteigen, aber er nimmt sich zwanzigmal oder öfter eine andere. Das ist ökonomisch, alles Unökonomische …

… ist wider die Natur, sagte ich.

Er sah mich verblüfft an. Doch nicht ganz blöd, dachte er wahrscheinlich.

Die Wirtschaft, die Venier sich ausgesucht hatte, machte

sich am Rand des Orts in einem Garten breit. Das Grün war hell und prall und roch nach Zuversicht. Die Wirtsstube ließ einen erblinden, wenn man aus der Sonne kam. Auch nachdem sich die Augen ans Dunkel gewöhnt hatten, war fast niemand zu sehen, die Ausflügler besetzten erst am Ostersonntag die Gasthäuser in ihrem Vorgarten. Nur eine Frau mit aschgrauen Haaren hockte, eine Schüssel auf dem Schoß, in der Ecke vor zwei Kupferkasserollen und las getrocknete Kichererbsen aus, die guten warf sie nach rechts, die schwarzen nach links.

Was soll dieser Lärm?, schrie Venier.

Der Wirt kam, die Hände an der Schürze abreibend, aus der Küche, verjagte die Frau mit einem Schlag auf den Hinterkopf und leierte herunter, was er zu bieten hatte.

Venier entschied sich für Rebhühner und roten Malvasier.

Nach den Trauertagen bei Käse und Brot war ich ausgehungert, ich genoss es, wie der Hunger sich in mir aufrichtete.

Die Vögel kamen im Ganzen auf den Tisch, zwei für jeden. Venier wollte sie zurückgehen lassen, er sei nur mundgerechtes Geflügel gewohnt. Hier, sagte der Wirt, werde es immer so serviert, und bisher sei noch jeder damit fertiggeworden.

Ich trennte zuerst die Flügel, danach die Keulen ab und zerlegte die Karkasse in zwei gleich große Teile. Weil die Flügel am zartesten waren, fing ich damit an, die Keulen schmeckten stärker nach Wild. Während ich an der zweiten Keule nagte, zerfetzte Venier seinen Vogel mit dem

Messer, ohne Rücksicht auf den Körperbau. Der Verzehr wurde dadurch mühsam, ständig war er damit beschäftigt, Knorpel oder Knochensplitter auszuspucken. Sein Teller war ein Schlachtfeld. Er war ganz und gar von seinem Gemetzel beansprucht, mich nahm er nicht wahr, wenn aber der Wirt aufkreuzte, befahl Venier ihm sofort, mir nachzuschenken.

Wein macht dich schön – noch schöner, sagte er.

Seit wann probierte Venier, wie Charme ging?

Meine Vögel mussten besonders klein gewesen sein. Die Knochen hatte ich blütenweiß genagt und den Teller poliert. Venier kämpfte noch immer.

Schon aufgegessen, beide Rebhühner?, fragte er.

Ja, sagte ich, beide.

Er rief den Wirt. Ihr Teller ist bereits leer. Halten Sie die junge Frau nicht für gierig.

Komische Bemerkung, seinem Schädel entsprungen. Wirte finden Gäste niemals gierig.

Bin ich auch nicht, sagte ich, nur hungrig. Außerdem weiß ich, wie es geht.

In jeder Hinsicht, sagte Venier, daran zweifelt keiner, der schon einmal das Vergnügen hatte mit diesen geschickten Händen.

Wozu das? Der Wirt kam als Kunde für mich nicht infrage. Irritiert blickte ich Venier ins Gesicht. Wären meine Finger nicht fettig gewesen, ich hätte mir die Augen gerieben: Venier lächelte, und lächelte gar nicht schlecht, nicht sauer, nicht zu süß, allerdings seifenblasenkurz.

Er hatte zu tun, metzelte und spuckte weiter, als mir ein drittes Rebhuhn serviert und Wein nachgeschenkt wurde.

Der Malvasier verband mich mit der Fedele, angeblich kam er ursprünglich aus Griechenland; als wäre ich sie, sah ich Venier beim Essen zu. Prompt fiel mir ein, wie die Fedele einen Satz aus der Liebeskunst von Ovid vorgelesen hatte und wissen wollte, was der meinte. Meine ersten Antworten hatte sie verworfen. Hör genau hin, hatte sie gesagt und mir den Satz zum dritten Mal wiederholt: Vielleicht wird sie zuerst dagegen ankämpfen und Unverschämter sagen, aber sie wird im Kampf besiegt werden.

Der Satz passte nicht hierher. Was auf Veniers Teller zurückblieb, sah eher nach verlorener Schlacht aus, trotzdem wurde ich den Satz nicht los. Der Wirt schüttete, bis es überlief, den Rest aus der zweiten Malvasierkaraffe in mein Glas und präsentierte sie dann aufdringlich zwinkernd mit der Öffnung nach unten Venier.

Draußen war die Luft knackig frisch wie eine junge Selleriestange, und ich freute mich, hier in Malamocco noch am Ufer entlangzuspazieren, die Flanierstrecke der venezianischen Ausflügler, befestigt und bequem.

Venier marschierte direkt zum Landesteg, der Ruderer half mir ins Boot.

Chioggia, sagte Venier.

Ich musste mich verhört haben.

Er sagte nochmals: Direkt nach Chioggia.

Was sollte das? Chioggia lag dreimal so weit Richtung Westen und Chioggiotti und Venezianer hatten sich noch nie riechen können. Was die aus der Lagune fischen, stinkt, hieß es bei uns, die Lagune dort ist faulig.

Der Tag war zu prächtig, um mich darüber zu ärgern,

dass Venier aus dem Nichts den Plan geändert hatte, und der Malvasier stimmte mich mild.

Warum?, fragte ich nur.

Weil Lorenzo Venier das will.

Ich dachte an meinen brüllenden Hunger vorher, gegen Hunger und Wollen war mit Argumenten wenig auszurichten. Venier wusste es so genau wie ich, von Chioggia würde es auch der beste Ruderer nicht mehr am selben Tag nach Venedig schaffen.

Also übernachten. Könnte sein, dass er als Gegenleistung für den Ausflug eine Gratisnacht mit mir herausschinden wollte, passte zum stadtbekannten Geiz der Venier. Und wenn schon? Ich hatte meinen Ausflug, sollte er auch sein Vergnügen haben.

Unterwegs fing er wieder mit seiner natürlichen Ordnung an. In der Tierwelt sei es offensichtlich, dass die Natur männliche Wesen bevorzuge, das Gefieder bunter und reicher, der Kamm größer und fleischiger, das Fell dicker, die Musterung schöner, kein Zufall, dass bei den Löwen die Mähne den Männern vorbehalten sei. Jede künstliche Verschönerung einer Frau sei daher Betrug, eine bewusste Irreführung und wider die Natur.

Er beugte sich vor, wischte mit dem linken Daumen über meine Backenknochen und über meinen Mund, betrachtete den Daumen und rieb ihn rechts an seinem weißen Ärmelaufschlag ab. Der Aufschlag blieb weiß.

Siehst du, das macht deinen besonderen Marktwert aus. Deswegen ziehe ich dich den anderen vor. Ich schätze die Natur.

Wieder lächelte er. Hatte er ein Seminar absolviert?

Oder hatte irgendwer nun doch öffentlich verkündet, dass er der Verfasser dieses Jahrhundertwerks über die Wanderhure war? Sein Getue darum verstand ich nicht. Wenn er das Buch mit Rücksicht auf seine vornehme fromme Sippe, die das Ganze säuisch finden musste, anonym veröffentlicht hatte, warum war ihm jetzt auf einmal seine Schriftstellerbekanntheit wichtiger als der Familienfrieden?

Ich versuchte, diesen Klumpen in meinem Kopf ordentlich zu zerlegen, beim Rebhuhn war das Tranchieren kein Problem gewesen, aber nun rutschte ich dauernd ab.

Venier redete wie gedruckt. Der Ruderschlag hatte den Rhythmus irgendeines Kinderlieds, mir fiel nicht ein, welches es war, er schläferte mich ein, ich brauchte alle Kraft, meine Augen offen zu halten.

Ich hatte es wohl doch nicht geschafft, wach zu bleiben. Als ich auftauchte, war das Erste, was ich hörte, seine Stimme. Der Hafen von Chioggia kam bereits in Sicht, der Tag verabschiedete sich, mir war klamm. Er faselte etwas von Einsicht, weiser Einsicht. Mich konnte er nicht meinen, für weise zu jung, für Einsicht aus seiner Warte zu dumm und zu weit unten. Ich war aufgewacht, aber noch weit weg von hellwach.

Steil aufsetzen, Arme ausstrecken und anspannen, die Luft durch die Nase tief einziehen, kräftig ausatmen, Kopf hoch, Bauch rein, das half immer. Mein Körper spielte nicht mit, alles zu anstrengend. Nie mehr so viel Malvasier, schwor ich mir.

Doch, Venier meinte mich und lobte mich, etwas völlig

Neues; er lobte, dass ich seinem Entschluss, heute Nacht in Chioggia zu übernachten, nicht widersprochen hatte. Der Versuch einer Frau, zu kämpfen, sei nicht nur wider die Natur, ein großes Geweih war für weibliche Tiere nicht vorgesehen. Dieser Versuch mache sie zum Gespött. Keine Frau sei dafür ausgerüstet, auch keine halbe Grimani. Es verzog ihm den Mund, bis es nach einem Grinsen aussah.

Aretino oder sonst wer, der am Tisch gesessen hatte, als meine Mutter dort bei ihrem Gespensterauftritt ausgepackt hatte, war undicht gewesen. Damit hatte ich gerechnet. Aretinos Tafelritter ernährten sich vom Klatsch, und ihre Macht gründete darauf, dass sie diese Leibspeise weiterreichten an solche, die danach gierten und sich erkenntlich zeigten.

Es war zweideutig, wie Venier grinste, das konnte abschätzig sein – bildest du dir ein, als Besenkammerbastard würdest du jetzt auf einmal dazugehören –, konnte aber auch anerkennend sein – kein Wunder bei so viel Schönheit, bist doch aus einem besseren Stall, man könnte dich zureiten und dann vorführen.

Dass eine Kurtisane in eine Etage auf der Höhe Veniers einheiratete, war seltener als ein ehrlich Steuern zahlender Bankier in Venedig. Passiert war es, und als Aretino sich noch einbildete, das würde mich beruhigen und bestärken in meiner Berufswahl, hatte er mir das mehrfach erzählt.

Hatte Venier etwa in Chioggia vor –

Schlecht zu durchschauen der Mann, nur seine Eitelkeit ist übersichtlich, ein echter Venezianer eben, hatte Aretino, der Toskaner, über seinen Freund gesagt.

Venier setzte sich auf meine Bank herüber, legte mir eine Decke um die Schultern, er, der Kunde von ganz oben einer Besenkammer-Grimani.

Frauen, die wirklich Frauen sind, sagte er, lieben Männer, die zupacken. Er griff mit seiner rechten Hand durchs Kleid mein Geschlecht.

Ein genereller Frauenhasser ist er nicht, hatte Aretino gesagt, bevor mich Venier das erste Mal besuchte. Er unterscheidet nur in gute und schlechte Frauen. Gut sind diejenigen, die es ihm recht machen.

Damals hatte ich das geschluckt wie die Anweisung meiner Mutter zum richtigen Umgang mit Reis, was man anstellen musste, damit er weich, nicht zu weich wurde und das Korn erhalten blieb. Nachgedacht hatte ich darüber nicht; keine Ahnung, warum das jetzt in mir nachhallte wie in einer leeren Kirche.

Chioggia kam näher, der fette Turm am Hafen machte sich wichtig, sonst nur niedrige Häuser, keine Paläste, die größte Kirche verglichen mit dem Bullen Markusdom ein Kaninchen. Der kümmerliche kleine Bruder von Venedig, hatte mein Lehrer mir erklärt, als ich wegen des Chioggia-Kriegs nach Chioggia fragte. Ein Versager, hatte mein Lehrer gesagt, der sich recht und schlecht durchschlägt. Kein Vermögen, nirgends, kein Stil, kein Charakter, deswegen lassen hier auch die Fremden nichts liegen. Kanäle reichen nicht als Attraktion, und in denen von Chioggia spiegelt sich nur Mittelmäßigkeit. Vergiss es.

Später war ich ein paarmal mit meinem schlauen Onkel vom Lido hier gewesen.

Was wollte Venier in diesem Kaff? Die Leute auf der Straße drehten sich nach ihm um. Studien für seine Art Literatur konnte er hier kaum betreiben, Kurtisanen gab es offenbar nicht, nur Huren zum Billigtarif in der Hafengegend für die Matrosen.

Die Provinz überwacht sich selbst, hatte mein Onkel gesagt, deshalb sind dort Taschendiebe und Weinpanscher selten, die Straßen sauberer und die Männer weniger untreu.

Es wehte etwas Harmloses durch den Ort, nirgendwo roch es nach Parfum, nach Geld oder Gefahr, nur nach Hausfrauenküche. Die Langeweile tat mir wohl. Vielleicht sollte ich auf meine alten Tage, wenn beruflich nichts mehr lief, mit Anfang, spätestens Mitte dreißig, hierherziehen. Die Mieten billiger, die Unterhaltskosten sicher auch, und dann diese dampfende Friedlichkeit.

Das Quartier, das Venier ausgesucht hatte, lag im Windschatten irgendeiner Kirche, unten drin ein Lokal, das bis auf die Straße nach Fisch roch. Venier bestellte für uns eine Platte Austern. Wie die meisten Venezianer glaubte er daran, dass sie die Potenz stärkten, wahrscheinlich weil sie aussahen wie ein weibliches Geschlecht. Diese Sorte Aberglauben wirkte, das wusste ich aus Erfahrung. Der Wirt drängte mich im Aufstehen noch, seinen Pflaumenlikör zu probieren. Schenkt einen Mundgeruch, nach dem Männer süchtig sind, sagte er. Beim Schlucken spürte ich, dass die süße Frucht darüber hinwegtäuschte, wie stark das Zeug war.

Auf der Treppe in den ersten Stock, eng und dunkel, drehte der Wirt sich um. Alles ist nach Ihren Wünschen hergerichtet, sagte er zu Venier. Also doch kein spontaner Einfall, dieser Ausflug nach Chioggia. Ein großes Zimmer, die Wände frisch gekalkt, in der Mitte ein Bett, so wuchtig, als hätte der Wirt mit einem Zweizentnergast gerechnet, von der Decke hing ein eiserner Leuchter mit wenigen Kerzen. Sonst war der Raum tot, kein Teppich, kein Sessel, kein Bild an der Wand, keine Kommode, keine Vase, kein Spiegel. Geeignet, um einen Betrunkenen auszunüchtern, ein paar Sterbende abzustellen oder um Leichen aufzubahren.

Venier hatte seine zwölf Austern nicht gegessen, er hatte sie verschluckt. Für dieses Liebesnest hätten drei Dutzend nicht ausgereicht.

An der Wand eine gepolsterte Bank, durchgesessen, das darübergelegte Stück Stoff konnte es nicht verbergen. Trotzdem nahm Venier dort Platz.

Zieh dich aus, sagte er.

Mir war kalt. Ich legte Schuhe, Strümpfe und Unterwäsche ab.

Zieh dich ganz aus, sagte er. Ich will dich nackt auf dem Bett sehen.

Von unten dröhnte es, Männerstimmen, ein Gejohle, als hätten sie bei der Lotterie ein Schwein gewonnen.

Venier schien das nicht mitzukriegen. Ich trug nun nichts mehr als meine Gänsehaut. Ich fror umsonst, er sah mich nicht. Er wirkte, als wäre er in irgendwelchen Phantasien unterwegs.

Es mussten viele sein, die in schweren Schuhen die Treppe heraufrumpelten.

Schließ die Tür ab, schrie ich, schnell!

Venier blieb seelenruhig sitzen. Ich habe keinen Schlüssel, sagte er.

Ich zerrte die Decke über mich. Da brachen sie herein, fünf, zehn, immer noch mehr, es mussten um die dreißig sein, sie stürzten übereinander, brüllten und füllten den Raum bis oben hin mit Gestank. Schweiß und verdorbener Fisch, Urin und ungewaschene Unterleiber.

Venier hob die Hand. Die Männer verstummten. Sie gehorchten ihm, wussten also, mit wem sie es zu tun hatten. Mit hängenden Unterkiefern und Armen stierten alle auf mich.

Venier stand abseits und schwieg. Hatte er das inszeniert, um mir einen Schrecken einzujagen, ein theatralischer Racheakt für mein Nein?

Wirf sie raus, schrie ich. Es reicht.

Die Horde rückte geschlossen und schweigend näher. Ich suchte Veniers Gesicht. Er lächelte.

Trentuno, sagte Venier im Ton eines Priesters. Und noch einmal laut und feierlich: Trentuno. Im Namen von Recht und Gerechtigkeit.

Einunddreißig – wir hatten das Jahr einunddreißig. Aber Recht und Gerechtigkeit? Das schrieben sich nach meiner Erfahrung nur Kriminelle auf die Fahne. Was sollte das, eine Schmierenkomödie, aufgemotzt zum großen Spektakel?

Venier musste seine Statisten gut zahlen, schnaubend und triefend verharrten sie reglos und hörten ihm zu.

Hier stehen einunddreißig Männer bereit im Namen von Recht und Gerechtigkeit. Bereit, die Strafe an einer Frau zu vollziehen, die durch Frechheit und Vermessenheit das System verspottet, in dem wir leben und leben wollen. Das muss geahndet werden. Allen Frauen zur Warnung und zur Verteidigung unserer Würde. Einunddreißig ehrenwerte Männer werden diese Frau entehren und die Ordnung wiederherstellen.

Was für ein pompöses Geschwafel. Es war lächerlich, was er sagte, ich probierte zu lachen. Pflaumenschnaps und Malvasier halfen.

Das Schweigen vereiste mein Lachen im Flug.

Mein Liebhaber war ein Folterknecht, und diese Männer waren seine Werkzeuge.

Meine Beine gefroren.

Ich war nicht mehr Herrin meines Körpers.

Wie war das bei einer Hinrichtung, wann war die Angst am größten? Wann konnte der Delinquent die Scheiße nicht mehr halten? War es, wenn ihm der Kopf auf den Block gedrückt wurde oder wenn das Beil seinen Nacken traf?

Eine nach Pisse stinkende Hand auf meinem Mund und meiner Nase, Beschimpfungen tropften mir ins Gesicht. Fett schwappte auf mich und erstickte mich beinahe. Der Vierte, der Fünfte, der Sechste – hör auf zu zählen, hör damit auf.

Ich wurde geschlachtet. Mit stumpfen Messern. Sie schnitten nicht, sie zerrissen wahllos.

Der Metzger am Ende unsrer Straße: Wenn er den Kadaver enthäutet an den Fleischerhaken hängte, hatte er den Schädel schon abgetrennt. Ich wünschte mir den schärfsten aller Schmerzen, ein geschliffenes Messer an die Kehle. Kopflos stürzte ich in einen Brunnenschacht.

Kein Geräusch in mir oder um mich her. Über mir nur Weiß. Keine meiner Gliedmaßen meldete sich. Nichts in mir wusste mehr, wie schreien ging oder weinen.

War das der Tod?

Ein Vogel sang. Kadaver hören keine Vögel singen. Vielleicht war ich erst dabei zu verrecken und war aufgewacht, um dabei zu sein.

Woran merkt man, dass der Tod kommt?, hatte ich meine Großmutter gefragt. Daran, dass du keine Faust mehr machen kannst, hatte sie gesagt.

Ich ballte beide Fäuste, so fest ich konnte, und begrüßte den Schmerz: Ich war am Leben.

Von weit her kam eine Stimme. Ich hielt die Luft an. Ich kannte die Stimme, es war die Stimme der Fedele. Ich habe dir einmal die Geschichte vom Leviten aus dem Buch der Richter erzählt. Weißt du noch, wie sie ging?

Ich wusste es. Der Levit war eingeladen, als sein Gastgeber von Feinden aufgefordert wurde, ihnen diesen Leviten auszuliefern. Der Gastgeber sagte Nein. Die Feinde drohten, ihn und sein Haus und seine Familie zu zerstören. Da bot er ihnen die Frau des Leviten an. Sie wurde mit Einverständnis des Ehemanns aus der Tür gestoßen und die ganze Nacht hindurch von den Randalierern vergewaltigt. Als ihr Mann am nächsten Morgen die Leiche fand, legte er sie auf einen Esel, schaffte sie heim, zerlegte sie in zwölf Stücke und schickte die zwölf Stücke an die zwölf Stämme Israels als Nachricht von dem, was geschehen war.

Wer würde mich zerlegen? Venier konnte es nicht, und selbst wenn er jemand anderem das Tranchieren überließe, die Nachrichten würde er unterschlagen.

Das Laken klebte auf mir, blutig, schleimig und verkrustet. Ich zog es ab wie einen Verband, setzte mich auf und sah mir genau an, was von meinem Körper übrig geblieben war.

Ich erkannte ihn nicht wieder und hätte ihn sofort verleugnet. Aber das Brennen des Fleischs verriet, dass es die Reste von meinem waren.

Nachrichten darüber, wie er geschlachtet worden war und wer die Schlächter bezahlt hatte, konnte nur ich verschicken.

Vorsichtig fing ich an, mich mit beiden Händen abzutasten, die entzündeten Brustwarzen, den zerkratzten Bauch, die geschwollen Schamlippen, die wunden Schenkel. Das Abspreizen des Beins jagte mir einen Glassplitter in den Kopf. Ich ließ es bleiben, wartete ab und versuchte es noch einmal. Und noch einmal und noch einmal. Ich schaffte es, aufzustehen und mich hinzustellen. Der Steinboden war eiskalt. Meine Füße genossen die Kälte. Meine Füße, meine Hände?

Die Schlächter waren dumm gewesen. Das Wichtigste hatten sie vergessen.

Meine zu großen Füße waren unversehrt.

Meine zu breiten Hände waren heil.

Meine Zähne waren intakt, und meine Zunge war gesund.

Ich konnte weggehen und schreiben und reden.

Erst unten an der Treppe zog ich meine Schuhe an. Lautlos öffnete ich die Tür zur Gaststube.

Der Anblick von Totgeglaubten ließ angeblich Riesen ins Gras beißen.

Der Wirt packte Austern aus einem Korb. Sein Gesicht glänzte mir entgegen.

Ich wartete darauf, dass er tot umfiel.

Gut geschlafen?, fragte er.

Er fiel noch immer nicht um.

Für Ihre Rückreise ist gesorgt, junge Frau. Dort, wo Sie angekommen sind, können Sie auf den Lastkahn steigen. Er bringt euch gefräßigen Venezianern Lammfleisch aus Chioggia fürs Osterfest. Direkt vom Metzger. Noch warm.

Geduldig hatten die Meeresströmungen in den weiten Grund der Lagune Kanäle gegraben. Sie milderten die Bewegung der Gezeiten. Und die Barene, Landstriche, die bei Ebbe auftauchten und bei Flut wieder versanken, saugten wie Schwämme so viel Wasser auf, dass die Wucht der Flutwellen abgeschwächt wurde. Land und Wasser waren Verbündete, sie wussten, dass sie aufeinander angewiesen waren und dass dort, wo altes Leben abstarb, ein junges entstand. Die Lagune fraß Inseln und gebar neue. Sie ließ alles zu in ihrem Reich, Salzwasser und Süßwasser und Brackwasser, und amtete ruhig in den Gezeiten.

Die Ruder knarzten, wie sie seit Jahrhunderten knarzten, die Flügel der wilden Enten schwirrten, wie sie seit Jahrhunderten schwirrten, das Wasser plätscherte, wie es seit Jahrhunderten plätscherte, und meine Schmerzen schrumpften in der Zeitlosigkeit.

Ich erschrak, als die Umrisse von Venedig sich in diesen Schwebezustand drängten. Bisher hatte mich der Anblick nie erschreckt. Jetzt sah ich diese Bauten anders, die großmächtig am Markusplatz und am Canal Grande aufgestellt waren, jeder sollte sie gleich bei der Ankunft sehen und spüren. Auf einmal vernahm ich ihre Drohung: Macht ist eine Frage des Besitzens, und jeden freien Menschen, sogar die Zeit kann man durch Mauern festhalten.

Ich hatte mich gewundert, als mein Vater mir erklärte, warum in Venedig Diebstahl härter bestraft wurde als schwere Körperverletzung und man eher Gründe fand, einen Mord zu entschuldigen als einen Raubüberfall, jedenfalls wenn der Mörder zu den besseren Fünfzehntausend gehörte. Besitz, sagte mein Vater, ist hier das Heiligste. Es ist, sagte er, nicht Eifersucht, die einen Ehemann aufwühlt, wenn seine Frau einen Geliebten hat, ihn macht rasend, dass sie seine Besitzrechte verletzt. Deswegen erklärt er sie zur Hure oder zum Freiwild.

Als sich der Kahn spät am Nachmittag der Mole näherte, empfing mich ein großes Schweigen. Niemand lärmte, kein Händler schrie, kein Karren schepperte.

Den Turmuhren nach war gerade die Vesper zu Ende. Keine Glocke schlug, keine einzige der über hundert Glocken in Venedig.

Es musste Karfreitag sein, erst Karfreitag. Dann war es gestern gewesen, dass ich die Stadt verlassen hatte, frei und leicht. Ich wollte es nicht glauben, innerhalb eines einzigen Abends und der darauf folgenden Nacht so abgrundtief weit unten aufgeschlagen zu sein. Aber das Tempo war normal, es war ein Absturz, kein Abstieg, abstürzen geht schnell.

Niemand half mir vom Boot, konnte auch keiner ahnen, dass ich unterm Kleid fünfzig Jahre älter war als mein Gesicht. Ich hievte mich über die Kante des Kahns und achtete genau darauf, wo ich meinen Fuß hinsetzte. Ein Glück, sonst hätte ich sie zertreten. Die Eidechse saß auf dem warmen Holz des Landestegs; sie bewegte sich nicht schnell und sicher. Ihr fehlte ein Teil des Schwanzes.

Das Bücken tat weh, aber es gelang mir, sie vom Holz zu pflücken. Bei Gefahr wirft die Eidechse den Schwanz ab, der Feind wird kurz abgelenkt von dem zuckenden Rest, das öffnet ein winziges Fenster, durch das sie entkommen kann. Ich hatte es nicht geschafft, blitzschnell hätte ich meine Leichtgläubigkeit abwerfen müssen, Venier vor die Füße, aber auch mir fehlte nun ein Stück. Auch ich bewegte mich nicht mehr sicher. Bei jedem Schritt befahl ich meinem Gesicht, nichts zu verraten. Mir war, als hätte ich meinen Körper überlebt und ihn in Chioggia liegen lassen, nur die Schmerzen hatte ich mitgenommen. Das war in Ordnung, niemand würde sich dieses Schlachtfeld ansehen wollen, die Blutergüsse und Schwellungen, entzündetes nacktes Fleisch, eitrige Schrammen und Wunden, das widerte jeden an. Doch ich war auf meinen Körper angewiesen und gewohnt, auf ihn zu hören. Männer kannten es nicht, dass der gesunde Körper die Macht übernahm, jeden Monat eine Blutung verordnete, neun Monate einer Schwangerschaft diktierte, dass er Wehen auslöste oder Milch in die Brüste schießen ließ. Wenn der Körper sie entmachtete, dann waren Männer krank. Wir verlassen uns, wenn wir nicht blöd sind, darauf, dass der Körper weiß, was er tut, und vieles repariert. Erneuerung war doch für die Natur kein Problem. Sie brauchte nur den Winter, und ich würde jetzt meinen Winter einlegen. Rückzug, Stille, zudecken, nichts hermachen, nicht schön sein, nicht verführen. Im Dunkeln Kräfte sammeln für neue Triebe. Meine Großmutter hatte in ihrer Heimat einen Krieg erlebt und sagte, aufrecht gehalten hätte sie, dass der Frühling auch in der schlimmsten Not und Verwüstung kommen würde, Leichen, Hunger und Ruinen konnten ihn nicht aufhalten.

Trocken und warm lag die Eidechse in meinen Händen, sie sollte einen sicheren Platz bekommen, ich wusste, der Schwanz wuchs nach, weniger schön, aber funktionstüchtig. Ich fühlte, wie der schuppig raue Leib in mir Hoffnung weckte.

Gleich würden sich die Kirchenportale öffnen und Gläubige entlassen, die sich auf den Sonntag freuten. Auferstehung feiern bedeutete auch für die hundertfünfunddreißigtausend Lausigentlohnten, die das Lamm Gottes nicht mit Pfeffersauce und Rotwein verzehrten, Zuversicht feiern, das konnten die meisten brauchen. Zweimal vor Ostern, und nur dann durften die Gefangenen in den Kerkern gewaschen und mit gutem Essig behandelt werden.

Ganz unten gelandet zu sein hieß nicht, unten bleiben zu müssen. Für eine Auferstehung von den Toten samt Himmelfahrt brauchte es Gott, aber ich war nur halb oder viertel tot. Meine Füße wollten mir zeigen, wie gut es ihnen ging, sie wurden schneller, ganz ohne mich, also nicht nach unten schauen, besser auf das, was auf mich zukam. Ein Ehepaar aus der alten Nachbarschaft, auf Karfreitagstrauer angezogen. Ich grüßte. Mein Gruß fiel in den Straßendreck, abgeprallt an ihren Mienen, blitzschnell zugeworfen und abgeschlossen. Zwei Brücken weiter eine Schulfreundin, den Vater am Arm. Ich grüßte sie. Sie machten sich brückenbreit und walzten mich mit ihrer Nichtbeachtung nieder. Um die Ecke lief ich fast auf eine Kollegin drauf, eine mit bester Kundschaft. Ich grüßte sie. Sie sah mich stumm an, wie jemanden, der eine hoch ansteckende Krankheit im Gesicht trägt, furchtsam und angeekelt; der Abstand, den sie zwischen uns ließ, hätte für eine Schubkarre gereicht. Was war los?

Niemand konnte wissen, was ich hinter mir hatte, niemand. Nicht einmal Venier konnte es geschafft haben, das hier schon zu verbreiten.

Dann kam die Mauer, eine große leere Mauer, und auf der Mauer schwarz und groß und deutlich hingeschrieben die Erklärung.

DIE ZAFFETTA TRIEB ES MIT ALLEN

Ich stippte mit dem Zeigefinger ins Zett: Es war noch feucht.

Bis ich zu Hause war, hatte ich fünf Mauern mit derselben Aufschrift gesehen, meistens waren die Buchstaben schon getrocknet. Auf die sechste schaute ich von meinem Balkon aus.

Die Eidechse hatte ich in eine Ritze zwischen zwei Steinen auf meinem Balkon gesetzt. Ich saß in meinem einzigen Sessel, blickte auf das, was er in Auftrag gegeben hatte, und konnte zuerst nur eines denken: Gut, dass meine Mutter tot ist. Als ich anfing mir vorzustellen, in welche Lage die Bloßstellung meinen Vater brachte, schossen die Schmerzen vom Unterleib bis in den Kopf. Mit aller Kraft schob ich den Gedanken in die Ecke und leerte mich innerlich aus. Mein Blick klebte noch immer an der Mauer, da blitzte es in der Leere: Venier war genial.

In Bosheit ist mir Venier vier Tage voraus, hatte Aretino gesagt. Stimmte nicht, er war ihm Jahre voraus. Das war die Zukunft. Die Drucker hatten der Fedele und mir erklärt, Zukunft habe das, was mit weniger Aufwand mehr Menschen erreichte. Das gelte gerade für lieb gewonnene alte Traditionen.

Die Venezianer hatten viel Erfahrung damit, wie man Menschen an den Pranger stellen konnte, es gab ihn als Hauptstrafe und als Nebenstrafe zu Prügelstrafe, Kerker, Verstümmelung, Verbannung oder Hinrichtung. Manche wurden einfach tagelang an einer der Säulen auf der Piazzetta festgebunden, um den Hals eine der Gliedmaßen, die man ihnen abgeschlagen hatte; wer fromm und rechtschaffen war, bespuckte sie, wer besonders fromm und rechtschaffen war, bewarf sie mit Dreck oder Steinen. Als ich noch keine fünf war, wurden Spieler, die in irgendeiner Osteria geflucht hatten, auf dem Canal Grande an Zuschauern vorbeigefahren, auf dem Kopf Kappen, die mit Teufeln bemalt waren, während ein Kommandant herausschrie, was ihnen danach bevorstand, Zungeabschneiden, Augenausstechen, Händeabhacken. Männer, die es mit Knaben oder Männern getrieben hatten, wurden nackt in einem Käfig am Campanile hochgezogen und dort zur Schau gestellt. Gotteslästerer mussten auf der Piazza an einem speziellen Pranger stehen; die Zunge wurde ihnen mit einem Schraubstock eingeklemmt.

Aus Sicht von jedem, der sich in der Welt von morgen ein Haus bauen wollte, hoffnungslos unwirtschaftlich.

Das erste Problem: In allen Fällen benötigte es einen Richterspruch, und man musste der Täter habhaft werden.

Das zweite Problem: Zum Pranger musste das Publikum hingehen, um den Bloßgestellten zu sehen, schlechtes Wetter, zu heiß, zu kalt, zu nass, oder ein weiter Weg raubte manchen die Lust.

Das dritte Problem: Die Namen der Angeprangerten waren nirgendwo nachzulesen, wie sollte man sich die merken.

Ich hörte Aretino. Du musst die Leute dort abholen, wo sie sind. Die meisten sind nicht daheim in den höheren Etagen von Bildung, sondern dort, wo man ohne Umwege in der Sprache der Straße redet, wo jeder losschwätzt, ohne zu überlegen, ob das irgendwelche Anstandsregeln verletzt. Fast alle haben das Bedürfnis, sich an irgendjemandem zu rächen. Vor mir ist keiner vom Adel und keiner vom Klerus sicher, egal wie hoch er thront. Ich führe den Leuten vor: Du hast das Recht, alles auszusprechen, was du denkst. Deswegen habe ich die Partei der Namenlosen auf meiner Seite, und die ist riesig.

Doch es war Venier, der die Leute wirklich abholte. Sein Pranger war dort, wo sie waren oder sowieso vorbeikamen, in ihrer Gasse, auf dem Platz, an dem sie wohnten, auf ihrem Heimweg, zu Hause, gleich vor ihrem Fenster. Und der neue Pranger nannte das Opfer beim Namen.

Aretinos Methoden waren für viele anregend. Ich hatte ja auch an ihn gedacht, um mit seiner Bekanntheit meinen leiblichen Vater, ob das ein Senator oder Prokurator Grimani war, mit Worten an den Pranger zu stellen. Nachdem er für die Vergewaltigung meiner Mutter nicht zu belangen war, eben für etwas anderes. Venier aber hatte nicht allein eine neue Form entdeckt, er hatte das Ganze auf den Kopf gestellt: Am Pranger stand nicht der

Täter mit seinen Helfershelfern, dort stand das Opfer als Täterin. Genial, dieser Mann.

Ich zerschnitt ein altes Leintuch, legte die Fetzen in Kamillentee ein und windelte meinen Unterleib, ich tupfte Arnikaextrakt auf die offenen Stellen und setzte mich wieder auf meinen Sessel mit Aussicht auf die Mauer gegenüber.

Ins Bett legen? Ich befürchtete, wenn ich lag, könnte Veniers stinkende Meute über meine Gedanken herfallen. Malvasier trinken? Vielleicht hätte er mich in den Schlaf geschaukelt, aber auch diese Schaukel war mir nicht geheuer, man konnte einen Menschen zu Tode schaukeln. Eingepackt in die Karfreitagsstille dämmerte ich sitzend in den Karsamstag hinüber.

War es noch dunkel oder schon wieder dunkel?

Der Schlag kam aus nächster Nähe. Nicht von unten, es war jemand oben an der Tür.

Ich schälte mich aus meinen Decken und fragte durchs Holz.

Für sie schloss ich sofort auf.

Vor mir stand ein Mann, enge Hosen, Kapuzenmantel, derbe Schuhe.

Jeder weiß, was mit dir los ist. Sie schob die Kapuze in den Nacken. Ich darf mich hier nicht sehen lassen, sagte sie, sonst sind wir beide dran.

Quacksalberin oder Giftmischerin, sagten ihre Feinde zu ihr, die anderen nannten sie die Ärztin. In ihrer Gewölbehöhle wohnte die letzte Rettung. Was dort nicht geheilt wurde, wurde nicht mehr heil. Kein Kraut war ihr fremd, ihre Hände waren immer braun gebeizt, die

Fingernägel selten weiß. Ihr Rezeptbuch schloss sie jede Nacht weg, es steckten dreißig Jahre Erfahrung drin.

War wohl ein Trentuno, sagte sie, das überleben die wenigsten. Sie fing an auszupacken und legte zwei Leinensäckchen auf den wackligen Tisch.

Früher hätten sie es öfter am Stadtrand gemacht, in den letzten Jahren ihre Opfer lieber weiter rausgelockt aus der Stadt, ein Vater hatte Anzeige erstattet.

Venier hatte seinen Überfall also aus gutem Grund in Chioggia organisiert, wohin der Arm venezianischer Richter nicht reichte.

Es ging damals gut aus, sagte sie – für den Verbrecher, der diese einunddreißig Viecher bestellt hatte, obwohl, ich sollte Viecher nicht beleidigen, die würden so etwas nie tun. Er hätte laut Strafrecht die Summe einer anständigen Mitgift als Entschädigung zahlen müssen, weil das entjungferte Mädchen jetzt als Ehefrau unverkäuflich war. Aber der Dreckskerl schleifte Zeugen dafür an, sie sei keine Jungfrau mehr gewesen.

Aus ihrer Jugend kannte die Ärztin einen Fall, wo der Vergewaltiger, ein einzelner, hingerichtet worden war, das Opfer war erst zehn gewesen; zwei, drei Jahre mehr, und er wäre davongekommen.

Die Ärztin kannte sich aus, ihre Fragen waren kurz.

Wie viele waren es?

Ich wusste es nicht, vermutlich hatten noch einige, zehn oder mehr, versucht, mich zu rammen, als ich bewusstlos war, nur irgendwann kriegte keiner mehr einen rein in meine Scheide, zu sehr geschunden und geschwollen.

Wo?

In Chioggia, sagte ich.

Mistkerl, sagte sie. Wie groß ist die Wahrscheinlichkeit, dass du die Franzosenkrankheit eingefangen hast?

Klein, das waren Fischer, Abdecker, Schlachtergehilfen, Kanalputzer, Lastenschlepper aus Chioggia. Die verirren sich dort kaum ins Bordell, und wenn, würden sie von der Ehefrau gestellt und eigenhändig heimgeschleift.

Schwangerschaft?, fragte sie.

Unwahrscheinlich, die Blutung war erst drei Tage her.

Trotzdem ließ sie mir für beide Fälle die Zutaten da, mit denen ich bei Bedarf einen Aufguss herstellen sollte, täglich mehrmals einen Viertelliter trinken, sagte sie. Der Tee aus Raspeln vom Guajakholz, Franzosenholz hieß es auch, half angeblich gegen die Franzosenkrankheit.

Das Zeug ist schweineteuer und kommt wie die Krankheit selbst aus der Neuen Welt, sagte sie, deswegen glauben viele dran.

Der Sud aus den Jungfernbaumspitzen sei das Beste, um die Leibesfrucht loszuwerden, kein Erbrechen, keine Durchfälle, nicht diese mörderische Atemnot. Viele Mittel brächten auch die Mutter um. Das hier treibe das Blut ins Becken, der Unterleib würde sich krampfartig zusammenziehen und so die Leibesfrucht abstoßen. Der Jungfernbaum heiße auch Kindsmordstrauch.

Unter der Tür sagte sie: Komm bloß nicht auf die Idee, es sei gottlos, was du machst. Gottlos ist, dass eine vergewaltigte Frau das Kind eines Verbrechers gebären muss, und wenn sie es nicht will, dafür umgebracht wird. Aber solange diese Sorte Männer regiert, wird es solche Gesetze geben.

Dann war ich alleine und wollte es einige Tage bleiben. Allein mit getrockneten Feigen, hartem Schafskäse, Olivenöl und Rotwein und meinen offenen Fragen. Alles reichte gut für einen Monat, die Fragen reichten länger.

Wie, wenn die Tochter eines Richters vergewaltigt und schwanger würde, was wäre dann? Dürfte sie das Kind im Bauch loswerden, ohne ertränkt oder erhängt oder verbrannt zu werden?

Es war widerwärtig, dass ich mir wünschte, so etwas würde geschehen. Ich konnte aber nicht anders, als es mir zu wünschen.

Von der Erbsünde predigten sie in der Kirche stundenlang. Das Wort hatte für mich den Sinn gewechselt. Erbte das Kind eines Verbrechers, durch ein Verbrechen gezeugt, nichts von diesem Verbrecherischen? Wäre doch ein legitimer Grund, es abzutreiben.

Als ich mich probeweise, mein Rücken tat weh, kurz auf meine gute Matratze gelegt hatte, war mir sofort der Gestank der Männer in die Nase gestiegen. Im Namen von Recht und Gerechtigkeit, hörte ich Venier sagen. Konnte es sein, dass sie sich wirklich im Recht gefühlt hatten? Ein Strafkommando, das die Verletzung der Mannesehre sühnte. Die Mannesehre war offenbar empfindsam wie ein frisch geborenes Kind.

Sie waren alle unansehnlich bis hässlich gewesen.

Die Vergewaltigung, hatte ein Freund von Venier einmal bei Aretino verkündet, sei in der Natur vorgesehen, damit auch männliche Wesen, die keine Frau fänden, sich fortpflanzen könnten. Sie sei ganz einfach ein Erbe der Entwicklung. Sein Tischnachbar, ebenfalls angehender

Schriftsteller, fand das goldrichtig. Jeder gesunde Mann, der eine Frau vergewaltigt, gehorche einem gottgewollten Programm, sagte er: dem Trieb, seine Anlagen in eine nächste Generation zu befördern.

Glaubten die so etwas im Ernst?

Aretino hatte geschwiegen.

In der Nacht auf Ostersonntag holten die Glocken Venedigs mich mit Getöse aus dem ersten richtigen Schlaf. Sie ersparten mir den Rest meines Traums, ich war dabei, strampelnd im Morast zu versinken.

Unter den Glocken hörte ich ein anderes Geräusch, gleichmäßig und ziemlich leise.

Ich stand auf und trat an die Balkontür.

Schwerer Regen ging nieder, so schwer wie sonst nur im November. Noch nie hatte es Ostern derartig gegossen. Ein Vorhang aus Wasser hing vor mir, quatschnasse Leinwand, absolut undurchsichtig, der Wind vom Meer ließ sie an die Hauswände gegenüber klatschen. Beruhigend, das Geräusch.

Als der Ostersonntag aufging, heller wurde es um neun noch immer nicht, stand der Platz vor meinem Haus knöcheltief unter Wasser. Es regnete weiter in Strömen. Kein Mensch zeigte sich. Die Kirchen mussten leer stehen.

Ich sah die Priester vor unbesetzten Bänken die Zeremonie feiern und vom großen Wunder der Auferstehung reden. Vermutlich war keiner von denen jemals ganz unten gewesen, wenigstens viertel tot.

Am Mittwoch nach Ostern ließ der Regen gegen Mittag nach. Die Häuser gegenüber waren wieder zu erkennen und diese Mauer. Um zwei Uhr sah ich klar. Jetzt hieß ich statt *Zaffetta* nur noch *affe*, und von *allen*, mit denen ich es getrieben hatte, war nur noch das *n* übrig.

Ich hatte Lust, einen Kontrollgang zu unternehmen, ich wollte wissen, was mit den anderen Mauern passiert war in den fünf Tagen meines Winters. Dass Venier nichts dem Zufall überlassen, aber bei der Farbe gespart hatte, gefiel mir. Der Geiz rächte sich.

Aus den Augen, aus dem Sinn, hatte meine Mutter oft gesagt.

DIE ZAFFETTA TRIEB ES MIT ALLEN. Wurde das im Gedächtnis gelöscht, wenn es nirgends mehr auf den Mauern zu lesen war? Was war mit dem Zaffo, der nach wie vor als mein Vater galt?

Wenn ich dran dachte, ihm gegenüberzustehen, wurde mir kotzübel.

Stirbt ein Kind vor den Eltern, ist das immer ein Grauen, hatte meine Mutter gesagt, das bleibt so, wenn das Kind schon weiße Haare kriegt und die Mutter keine Zähne mehr hat. Es passt einfach nicht.

Ich hatte mich dran gewöhnt, für meinen Vater den Kopf hinzuhalten, seinetwegen musste ich mich Zaffetta schimpfen lassen. Schicksal wurde von oben nach unten weitergegeben, auch der Ruf, ob er gut oder schlecht war. Dass mein Vater jetzt mit mir in den Dreck gezogen wurde, das passte einfach nicht. Noch schlechter würde es passen, dass ich ihn verteidigte. Aretino hatte mich mit Mythologie gefüttert, ich wusste, dass Zeus und andere Götter jede ihrer Geliebten ermordeten, wenn orakelt wurde, deren Sohn werde mal stärker und klüger sein als er selbst. Sogar vor einer schlauen Tochter hatte der Göttervater Panik. Seine Geliebte Metis, die scharfsinnigste Frau der Welt, hatte er einfach aufgefressen, als ihm prophezeit wurde, die gemeinsame Tochter werde mindestens so schlau sein wie er. Half nichts. Er bekam höllisches Kopfweh, Hephaistos, der Waffenlieferant im Kellergeschoss, musste ihm mit einem Hammer den Schädel aufschlagen, weil er den Druck nicht mehr aushielt. Heraus sprang in voller Montur Athene.

Dass ich stärker war als er, konnte ich meinem Vater nicht zumuten, war aber so. Er wäre bei der Beerdigung meiner Mutter beinahe ins Grab gekippt. Seither verlor er, ich hatte gewonnen – bis zum Trentuno.

Am Donnerstag machte ich mich um die Mittagessenszeit auf den Weg zu ihm. Der Geruch aus den Küchenfenstern tat weh. Ich kam an einer Mauer vorbei, fensterlos, die schlampig neu geschlämmt worden war, durch den Putz schlugen noch genügend Buchstaben durch, man konnte erraten, dass es die Zaffetta mit allen getrieben hatte. Hatte jemand keine verschandelte Mauer ansehen wollen – unsere Pfarre soll schön und sauber sein – oder war jemand unterwegs, der mir zuliebe die Zeile zu löschen versucht hatte? Die nächste *Zaffetta*-Mauer war fast wie frisch beschrieben, die dritte vom Unwetter angegriffen, Schrift grau statt schwarz, noch lesbar, aber nicht mehr lang.

Überrascht wirkte er nicht, im Gegenteil, er hatte anscheinend mit mir gerechnet.

Die Wohnung roch wie eine Gruft, die Sessel waren feucht. Mir kam es vor, als klapperte er beim Gehen.

Bist du gut durchgekommen?

Ich bin niemandem begegnet, den ich kannte.

Mach dir keine Sorgen um mich, ich werde wegziehen, alles schon gepackt, Spitzel können sie überall brauchen.

Wie wär es mit Schreiber?, fragte ich.

Er lächelte, als wäre das ein Kraftakt. Ich strich ihm über den Kopf und legte meine Hand auf seine. Er zog seine weg.

Irgendeine mitfühlende Seele hatte ihm einen Osterfladen geschenkt, er schnitt in der dunklen Küche eine Scheibe für mich ab, viel zu dick, und legte sie auf den Teller wie etwas Totes.

Du solltest auch die Stadt verlassen, für immer, sagte er.

Stell dir vor, einer schreit auf der Straße: Haltet den Dieb! Wen hältst du für den Dieb? Den, der davonrennt. Ich bleibe. Außerdem habe ich das Schlimmste hinter mir.

Bist du sicher?, fragte er.

Er ging ins Zimmer nebenan. Ich hörte einen Kastendeckel quietschend aufgehen und wieder zuklappen.

Lag heute morgen vor meiner Tür, sagte er. Ohne Absender.

Ein dünnes kleines Buch, aufwendig gemacht, das Papier teuer, die Bindung hochwertig, elegante Typographie, offenbar frisch gedruckt, es roch noch nach Druckerschwärze.

Auf dem Titelblatt stand:

Lorenzo Venier
Il Trentuno della Zaffetta
1531

Der Mantel lag über meinem Sessel, dick und groß und grau, guter Stoff, oft getragen, aber nirgendwo fleckig oder abgenutzt, der Mantel eines Menschen, der auf sich hielt.

Schließ nachts die Fenster, verlass nicht nach Einbruch der Dämmerung das Haus, auch tags niemals alleine, sieh dich um, wer hinter dir geht, such dir eine neue Wohnung, weit weg, und eine andere Möglichkeit, deinen Lebensunterhalt zu verdienen.

Das und seinen besten Mantel hatte mein Vater mir zurückgelassen. In den Taschen fand ich ein frisch gewaschenes, zum Quadrat gefaltetes Taschentuch und etwas Geld. Der Mantel dünstete den Geruch meiner Vergangenheit aus. Vermutlich sollte er mir etwas vorwerfen, du bist beschützt worden, hast den Schutz verschmäht, hast zu viel hergezeigt, bist selbst schuld an dem, was passiert ist.

Ich warf die Vorwürfe weg, den Mantel nicht, den konnte ich brauchen.

Eine Frau wie ich war in den Augen der anderen verrückt. Wie die meisten wusste ich Bescheid. Half nichts, dass die Behörden dichtmachten und nichts von dem, was die Spitzel ihnen dazu anlieferten, in die Akten aufnahmen. Es sickerte durch, wie oft in den hinteren Gassen, und Venedig besteht vor allem aus hinteren Gassen, Frauen an die Brüste und an die Scham gegriffen wurde.

Oder dass sie in einen Sotoportego oder einen dunklen Eingang gezerrt, an eine Mauer gedrückt und im Stehen genommen wurden.

Vor ein paar Jahren hatten sie es den Männern hier gesetzlich verboten, sich falsche Bärte anzukleben. Es ging dabei nicht um Karneval. Falls das Verbot der falschen Bärte es einfacher machen sollte, die Gesichter der Täter zu erkennen, war es ein schlechter Witz. Die Venezianer, Frauen wie Männer, waren Meister im Wegsehen.

Seit ich laufen konnte, wurden die Fassaden der besseren Häuser für viel Geld farbig bemalt, obwohl jeder bei den Nachbarn, die das vor zwanzig, dreißig Jahren hatten machen lassen, beobachten konnte, wie das Wetter die Pracht ruinierte, die salzige Feuchtigkeit war Gift dafür. Die Freiluftmalerei wurde schwer hautkrank, bekam Schorf und blätterte ab.

Die Gegend um den Rio Marin in Santa Croce, wo die Ärmsten hausten, die Brunnenputzer, Totengräber, Abdecker, Hilfsarbeiter, Kastrierer und billigen Huren, sei wie das Ghetto ein widerliches, von Ratten verseuchtes Drecksloch, sagten die Reichen: Wer nicht anständig verdient, dem geschieht das nur recht. Aber die Ratten waren hier überall unterwegs, in den Palästen, rund um die teuren Läden, in den Sitzungssälen und Kirchen.

Das Wetter und die Ratten? Kein Problem, haben wir unter Kontrolle.

Die Dummheit der Menschen wird man immer daran erkennen, dass sie das Wetter und die Ratten unterschätzen.

Wegsehen, das kriegten die Venezianer noch bei

Massenansammlungen gut hin, sogar bei Festveranstaltungen auf der Piazza, wo alle dicht an dicht standen. Einer Kollegin von mir hatten sie von hinten mit einem Messer den Rock aufgeschlitzt, um an ihren Hintern zu fassen, gesehen hatte das niemand.

Trotzdem, ich wollte lieber für verrückt gehalten werden, als mich einsperren zu lassen. Beim Wort Gefängnis denkt jeder an Gitter. Die meisten Gefängnisse haben keine. Was dort die Insassen daran hindert, auszubrechen, obwohl sie wissen, sie sitzen lebenslänglich, ist die Angst, draußen wäre es für sie brandgefährlich; die muss man ihnen nur früh genug einbläuen. Bei den Frauen in Venedig hatte sich das bewährt.

Ich hatte bei offener Balkontür geschlafen und wollte losziehen, um nicht mehr allein zu sein mit dem großen Fragezeichen, das wie ein Fleischerhaken in meinem Kopf hing: Was bezweckte Venier mit diesem Buch? Jeder Gedanke blieb in dem Haken hängen. Ich hatte es, ohne einen Blick hineinzuwerfen, in meiner Truhe unter Winterkleidern und Decken begraben, obendrauf Kampferholzstücke gegen Motten gelegt und einen Stapel schwerer Teller gestellt.

Meine Großmutter hatte letztes Jahr an ihrem neunundvierzigsten Geburtstag beschlossen, die Zeitmesser aus ihrem Alltag auszusperren. Die Kirchenglocken schlagen uns alle, und schließlich schlagen sie uns tot, sagte sie und zählte nie mehr mit. Trotzdem wusste sie auf den Tag genau, wie alt sie war. Das Buch drang durchs Holz wie der Kampfergeruch.

Hatte Venier den Text schon vorher verfasst? Anders wäre es kaum zu schaffen gewesen. Vielleicht als eine Art Anweisung für sich selbst, nach der er dann vorging und alles abhakte. Er redete auch oft in der dritten Person von sich. Venier wird jetzt, Venier schreibt, Venier geht morgen …

Ich kannte das nur von meiner Mutter, da war ich vielleicht drei, vier gewesen. Warte, Mama kommt gleich, Mama wird das richten. Mir kam es vor, als sollte das gar nicht mich, sondern sie bestärken.

Sicher war eins: Das Buch machte Veniers modernen Pranger noch wirtschaftlicher, er stellte mich vor hundert oder fünfhundert Mal so viel Leuten bloß und für weißderteufelwielang. Das konnte kein Regen abwaschen und kein Mensch zustreichen. Bücher sind für eine halbe Ewigkeit da. Ob sie verboten oder vernichtet werden, irgendein Exemplar überlebt immer. Mir war es egal, wie viel Stück er hatte drucken lassen und wer es wo schon gelesen haben könnte. Vermutlich bekannte er sich in diesem Machwerk zu dem Überfall, aber irgendwie so, dass ihm keiner ans Leder konnte. Was mich umtrieb: Venier wusste, dass Aretino mich mochte, ich habe alte väterliche Gefühle für sie, sagte er oft und schaute dabei, als kämen ihm gleich die Tränen.

Karriere machen wollte Venier als Schriftsteller mit Büchern, die Männer mit nur einer Hand lesen konnten, das brachte am meisten Publikum, und da lief in Venedig, im ganzen Land nichts ohne Aretino. Um zu verhindern, dass der ihn wegen des Trentuno aussperrte, musste Venier in diesem Buch so tun, als wäre er nur der Erzähler.

Es durfte nicht offensichtlich sein, dass er auch der Täter war.

Ich hätte es bloß aufschlagen müssen. Warum scheute ich davor zurück? Der Lauscher an der Wand hört seine eigne Schand', hatte meine Mutter gesagt. Eine Schande war nur, dass ich jetzt an diesen Satz dachte. Ich hatte ihn ausgemistet, trotzdem hatte er sich festgesetzt.

Ausgerechnet wieder die Fedele um Beistand zu fragen war billig, aber wen sonst?

Ich brauchte lange, bis ich fertig verkleidet war, hochgeschlossenes Kleid, um Kopf und Hals einen leichten Schal gewickelt, obwohl es warm geworden war, über dem Kleid noch den Mantel meines Vaters. Ich wuchtete den Tellerstapel aus der Truhe, riss Kleider und Decken heraus, griff das Buch und steckte es unter den Mantel.

Unten an der Schwelle blieb ich festgenagelt stehen. Der Geruch des Mantels mischte sich ein, du musst jetzt Herzklopfen haben bis zur Gurgel, musst den Blick senken, die Schenkel zusammenkneifen, geduckt und ganz am Rand gehen und darfst keinem Mann ins Gesicht blicken.

Bald würde der Mantel nach mir riechen.

Ich hatte das Ohr an die Tür der Fedele gelegt, weil niemand aufmachte, kein Muckser, kein Rascheln.

Blöde von mir, anzunehmen, sie habe sich an einem Schönwettervormittag in ihrer dunklen Bude eingesperrt, die Fedele war aus denselben Gründen verrückt wie ich.

Er stand direkt vor mir, als ich mich umwandte. Hilflos sah er aus, ein Kind, dem der Schlüssel in den Brunnen gefallen war, aber von der Kindheit war er zweieinhalb Leben entfernt.

Haben Sie etwas verloren?, fragte ich.

Ja, sagte er, meine Stelle, wieder einmal.

Er bewegte sich nicht. Ich konnte ihn nur wegfragen.

Was für eine Stelle?

Die Stelle, auf die ich dreißig Jahre gewartet hatte. Als ich fünfzig war, haben sie die Stelle endlich geschaffen. Gekriegt hat sie ein anderer. Jetzt ist der gestorben, und wieder hat ein anderer den Zuschlag bekommen.

Als was?

Als offizieller Geschichtsschreiber von Venedig. War meine letzte Chance, ich bin fünfundsechzig und bankrott.

Dann suchen Sie bei der Fedele das Gleiche wie ich?

Bestimmt kein Geld, was? Er lachte so, dass mein Hals schmerzte. Trost, Rat, Hilfe? Nein, ich suche Geschichten für mein Tagebuch.

Ich hätte ihn wegschieben können, aber er sah aus wie aus knochentrockenem altem Treibholz geschnitzt, seine Füße waren kleiner als die eines Mädchens, falls er umfallen und aufs Pflaster stürzen würde, lägen dort nur noch Splitter.

Seit wann führen Sie Tagebuch?

Seit fünfunddreißig Jahren, drei Monaten und neunzehn Tagen. Es dürften jetzt um die fünfunddreißigtausend Seiten sein.

Und warum?

Ich bin im Alltag unterwegs und schreibe auf, was keiner sonst aufschreibt. Bei mir werden Weinpanscher aufgeführt und betrügerische Gastwirte, ich berichte über Schlägereien bei Prozessionen und darüber, wie und wo sich die Franzosenkrankheit ausbreitet – wären allein Huren dran schuld, müsste Aretino längst tot sein. Über die Unfälle in einem Schneewinter, den Gestank beim Kanalausräumen. Bestechung der Handelskontrolleure, über Fehlurteile, adlige Bankiers, die ihren Kunden das Guthaben unterschlagen, über Hinrichtungen, wo der Henker fünf Mal nicht traf, über die Grundstücksgeschäfte der Kirche, über das elende Verrecken der Galeerensträflinge, die Fressorgien während des Konklaves bei der Dogenwahl, über die Schamlosigkeit, mit der Reiche an den hohen Festtagen prassen, während die Armen für Brot ohne Würmer dankbar wären …

Ich verstand, dass man ihm die Stelle nicht gegeben hatte. Die Serenissima wurde als jungfräuliche Stadt gefeiert, keusch wie die Muttergottes, keiner hatte sie je überfallen, Mauern brauchte sie nicht. Wer Kritik an ihr übte, schändete die reine Magd. Ein Verbrecher. Eine Dreckschleuder. Unsere Stadt sollte sauber bleiben. Komisch, dass sie diesen Mann nicht verbannt hatten. Er redete, ohne die Stimme zu heben und ohne Luft zu holen.

… über die feinen Herren, die sich auf freier Wildbahn tagtäglich an Frauen vergreifen, denen nichts passiert, weil es im Großen Rat dann heißt: Jede Frau muss glücklich sein, wenn ein solcher Mann sie … er hustete … umwirbt …

Also, Sie sitzen im Großen Rat?

Sieht man mir nicht an, ist gut so, mein Vater kam aus

einer der ältesten Familien, meine Mutter auch, ich heiße Sanudo, Marin Sanudo.

Sanudo setzte sich in Bewegung, kein Blick zu mir, als wüsste er, dass ich nun an ihm klebte. Er machte kürzere Schritte als ein kleines Mädchen.

Ich habe viele Reden gehalten im Großen Rat. Mit jeder Rede habe ich eine Sprosse aus meiner Leiter zum Erfolg herausgesägt. Vor fünfzehn Jahren ist die Leiter zusammengebrochen.

Stehen blieb Sanudo deswegen nicht.

Am 6. Dezember sechzehn haben sie mich im Morgengrauen aus dem Bett geholt und durch die Eiseskälte direkt in den Kerker abgeführt. Ich war schon über fünfzig, und als Verfasser der Dogengeschichte konnte man mich nicht verschwinden lassen. Ein Gläubiger hatte für die Verhaftung gesorgt, weil ich meine Schulden nicht zurückgezahlt hatte. Da hockte ich im Kellergeschoss des Dogenpalasts hinter Gittern, nachdem ich in den Etagen drüber jahrelang für die Republik gearbeitet hatte. Golden angestrichene Posten, alle unbezahlt. Gewinner war ich nur in einem: Keiner hatte mehr Wahlniederlagen vorzuweisen als ich. Aber was mir jetzt passiert ist, das ist schlimmer. Sie verstehen es gleich.

Er blieb stehen, wo es in der Gasse am meisten stank. Die Haustür war schwarz beschriftet: *Hier wohnt ein Volksfeind*. Vor der Schwelle lag ein Haufen Scheiße. Seit heute Nacht, sagte Sanudo. Drei, vier Mal drehte er den Schlüssel, er hatte mehrfach abgeschlossen.

Im Portego in der Mitte ein meterlanger Tisch, drum herum zwölf Stühle, die Sitzflächen dick mit Staub gepolstert, auf den angegrauten Wänden nichts als helle Rechtecke, eines über und neben und unter dem anderen. Die Formate der Bilder oder Spiegel, die hier einmal gehangen hatten, waren genau zu erkennen.

Auf der zweiten Etage Dämmerlicht, die Vorhänge zugezogen, Regale vom Boden bis fast zur Decke, an der Oberkante ovale Holztafeln, auf denen stand: *Theologie Philosophie Geschichte Geographie Mythologie Musik Viten Chroniken.*

An einer Stelle, dort, wo es am dunkelsten war, drängten sich auf ein paar Brettern noch vielleicht zweihundert Bücher zusammen, alles andere war leer geräumt.

Sie haben mich gezwungen, meine Bibliothek zu verkaufen, sechseinhalbtausend Bände, mit ein paar Monaten Zeit hätte ich das Zehnfache herausgeholt. Nur als Schuldenfreier bekomme ich ab jetzt eine Leibrente.

Neben der ausgeweideten Bibliothek ging es durch eine Tapetentür in eine Stube mit großem Fenster zum Hof, hoch, eng, aber hell. Mein Exil, sagte er.

Er setzte sich mit dem Rücken zum Fenster, ich blieb stehen.

In den Fächern rechts und links vom Schreibtisch von oben bis unten, von vorne bis hinten gleich große Bände in Pergamentleder, kein Blatt Papier passte dazwischen, auf jedem Rücken eine Jahreszahl, es begann bei 1496 und endete 1530.

Sie haben mir nicht verboten weiterzumachen, die ahnen, dass sie mich eh nicht dran hindern können. Was damit passiert, wenn ich tot bin, kann ich mir ausrechnen. Auch wer das unten an der Tür in Auftrag gegeben hat, weiß ich. Einer wie er lässt scheißen. Und mit so einer Bestie bin ich verwandt. Meine Mutter Letizia war eine geborene Venier. Er ist derjenige, der sich gerade damit brüstet, dass er die kleine Zaffetta mit einem Trentuno fertiggemacht hat.

Kennen Sie … diese Zaffetta?, fragte ich.

So ein Lächeln hätte ich ihm nicht zugetraut. Sie ist angeblich erst sechzehn, was glauben Sie? Meine Töchter könnten ihre Mutter sein. Außerdem wäre ich nicht imstande, sie zu bezahlen. Im Geschäft ist sie wohl noch nicht lang, aber angeblich hat sie schon einen ziemlich hohen Tarif. Hatte, damit ist es jetzt vorbei.

Ich zog das Buch heraus und schob es zwischen den Papiertürmen auf dem Tisch durch zu ihm hin.

Sanudos Hände passten zu den Füßen, zwölf, dreizehn Jahre alt, glatt, rosig, niemals harte Arbeit. Langsam blätterten sie von vorn nach hinten, so langsam, dass mir mein Dasbinich fast aus dem Mund gefallen wäre. Ich schluckte es hinunter.

Er schien sich festzulesen.

Mehr als hundert Strophen, sagte er endlich, ordentliche Stanzen, je acht Zeilen, fünffüßige Jamben, er hat sich Mühe gegeben bei der Verewigung seines Verbrechens. Offenbar bildet er sich ein, mit dieser Sorte Literatur in die Geschichte einzugehen. Das Ganze ist direkt an das Opfer adressiert, er spricht die Zaffetta persönlich an. Hier: *Aus zwei Gründen, Zaffetta, will ich in einem so göttlichen Stil von dir berichten.*

Wieder dieses Halswehlachen.

Das steht da wirklich: göttlich. *Der eine Grund ist, dass*

Aretino nicht die Verse zur puttana errante *für mich geschrieben hat.* Sie verstehen: Venier will mit dem Machwerk hier beweisen, das nur er selbst der anonyme Autor dieser Wanderhure sein kann. Er lässt also nicht immer scheißen, er will es manchmal selbst gewesen sein.

Was ist der andere Grund?

Angeblich muss er ein ganzes Rudel an Neugierigen zufriedenstellen, die es ganz genau nachlesen wollen, was mit der Zaffetta in Chioggia geschah. Damit kann er sogar recht haben. Charakterzwerge wachsen über sich hinaus, wenn eine Frau erniedrigt wird, so etwas richtet sie dort auf, wo es ihnen am wichtigsten ist. Sanudo blätterte.

Eines muss man ihm lassen, systematisch aufgebaut hat er das Ganze. Zuerst erzählt er von einem Ausflug nach Malamocco, wo die Zaffetta gierig säuft und frisst, dabei aber angeblich so tut, als wär sie etwas Besseres, eine uneheliche Tochter vom Prokurator Grimani. Führt sich auf wie eine Prinzessin, schreibt Venier, und benimmt sich dann wie eine aus der Gosse. Klar, worauf er es anlegt: Sie ist maßlos, also muss sie gemaßregelt werden. Seit dem Turm zu Babel wissen wir, Vermessenheit ist eine Sünde, und die Strafe folgt. Wer zu hoch hinauswill, fällt am tiefsten. Das erfahren übrigens auch fast alle, die als Künstler steil aufsteigen: Sind sie ganz oben, werden sie gestürzt. Von denen, die sie dort hinaufgeschossen haben.

Er blätterte. Hier schreibt er, dass die Zaffetta dem Ersten, der über sie herfiel, wimmernd angeboten hätte, ihn zu ihrem Liebhaber zu machen, wenn er sie verschont. Kommt natürlich gut an.

Glauben Sie das?

Ich nicht, die meisten schon. Erfolgreich lügen will gelernt sein, und Venier hat es gelernt. Er lügt in die richtige Richtung.

Jetzt blickte Sanudo auf, glasklar und ziemlich weit in mich hinein. Meine Frage wusste er.

Dorthin, wo der Neid des Publikums geht und sein Rachebedürfnis. Eine Frau, die Männern Angst macht, weil sie tut, was sie will, wird bei ihm zu einem erbärmlichen Bündel Angst. Ein Haufen Männer, die es nicht geschafft haben, wird zur Siegertruppe. Erfolgreich lügen heißt, geheime Wünsche erfüllen.

Was ist mit ihm?

Er selber wird zum König der Gerechten, der als Stellvertreter der Republik Venedig eine Frau abstraft, die sich für größer hält als den Campanile von San Marco.

Steht das dort?

Steht dort. Er hat wüst überzogen, damit er das Ganze als Satire ausgeben kann. Venier redet von achtzig, nicht von einunddreißig Männern, er selbst habe mit Kohle an der Wand eine Strichliste geführt. Und hier: dass einer ein Gemächt hatte, dick und lang wie ein halber Arm. Oder hier: dass zum Schluss ein Geistlicher dran war, der in After und Scheide der Zaffetta eine Karotte geschoben und ihr die Beichte abgenommen habe. An der Stelle erwartet Venier haltloses Gelächter. Aber jeder, der sich auskennt, weiß, dass der Trentuno seit Langem nur deshalb in der sogenannten Literatur vorkommt, weil er in der Wirklichkeit derart beliebt ist. Kein Wunder.

Sanudo lehnte sich zurück. Alleine würde sich vermutlich keiner von denen trauen. In der Horde wird man mitgezogen, keiner sagt Halt, wer Halt sagt, würde rausgeschmissen und niedergetrampelt. Es ist ein Wettkampf, jeder will schlimmer als der andere sein. Um Befriedigung geht es dabei nicht. Kerle, die sonst nichts zu vermelden haben, besaufen sich an ihrer Macht bis zum Tatrausch.

Und Venier?

… blieb nüchtern. Ein freier Mann, frei von Mitleid, frei von Schuldbewusstsein. Er hat das Zeug zu einer großen Karriere …

Als was?

Als freier Mörder. Wissen Sie, dass er vor zwei Jahren verhaftet worden ist, weil er einen anderen Adligen niedergeschlagen hat, und dafür letztes Jahr zu einer Gefängnisstrafe verurteilt worden ist? Abgesessen hat er sie selbstverständlich nicht. Wäre sein Opfer einer von weiter unten gewesen, hätten sie ihn ungeschoren laufen lassen. Jetzt gilt er bereits als Anwärter auf ein hohes Amt in der Regierung, er ist nur noch zu jung. Er handelt in seinem Gedicht ab, warum ihm nichts passieren wird: Eine Anklage von Zaffettas Vater würde gar nicht angenommen. Erstens hatte sie keine Jungfernhaut zu verlieren. Zweitens zählt eine Frau wie sie so wenig wie die Frau eines Geflügelhändlers, eine Putzfrau oder eine Arbeiterin.

Die Gesetzeshüter im Dogenpalast sind Kaufleute: Entwertet kann nur werden, was vorher etwas wert war.

Vielleicht hatte mein Vater auch deswegen das Weite gesucht. Er hätte als Feigling dagestanden, nur weil er die Aussichtslosigkeit erkannte, als Feigling vor der eigenen Tochter. Weiter unten gab es nichts mehr.

Wie es mit ihr, der Zaffetta, weiterging, sagt Venier dazu etwas?

Sanudo setzte sich auf und blätterte. Er schreibt etwas von einem Melonenschiff, mit dem sie heimgebracht wurde, seit wann erntet man im April Melonen in Chioggia? Soll wohl eine Anspielung auf ihre Geschlechtsteile sein. Sein rechter rosiger Zeigefinger fuhr über die Seiten und blieb jäh stehen. Ja, hier, da gibt er sich als Menschenfreund. An der Franzosenkrankheit zu verenden sei zwar das Schicksal aller Huren, ganz normal und verdient, er habe der Zaffetta mit dem Trentuno das Warten erspart. Mitleid … Sanudo schlug die letzten Seiten auf … darf nicht aufkommen. Am Schluss heißt es, sie stünde dreister denn je schon wieder auf dem Balkon zum Kundeneinfangen, natürlich ohne Erfolg. Seine Botschaft versteht der Dümmste: Der Bann der Zaffetta ist gebrochen.

Bann, kein Wort, das mir passte. Es gab genügend Umnebelte hier, die an schwarze Magie glaubten, vor allem Frauen, deren Männer zu Hause lustlos waren und verdächtig entspannt von einer wie mir zurückkehrten. Erst vor Kurzem war eine Kollegin von mir angezeigt worden. Die Mächtigen unserer Republik, die über das Mittelalter lästerten wie über ein altes Weib, boten ein großes Angebot an Strafen für solche Delikte, weil sie selbst an Hexerei glaubten. Kein gesunder Menschenverstand fand es erstaunlich, dass ein Mann daheim schlappmachte und anderswo aufblühte. Ich würde als Mann auch versagen, wenn meine Frau das Ganze nur wie eine Leiche über sich ergehen ließe. Aber wenn der Ehemann einer auf

Seele und Unterleib gedrückt worden war und sie nichts kannte als ihr Gefängnis, woher sollte sie Lust auf den Kerl verspüren? Wegschicken, wie ich Venier, konnte sie ihn nicht. Plötzlich krampfte mein Unterleib.

Zu den Verletzungen der Zaffetta, sagt er dazu gar nichts?, fragte ich.

Doch, einen Augenblick – hier: Ihre Mutter habe beim Blick zwischen die Oberschenkel der Tochter befürchtet, die Tochter werde das nicht überstehen.

Meine Mutter ist tot, sagte ich.

Ich weiß, sagte er.

Du musst aus dem einen Seil eine Bucht formen, es ist übrigens aus Hanf. Also, aus dem Hanfseil musst du eine Bucht formen, so, schau genau zu, eine Bucht, die einen Bauch hat und eine Mündung, du kannst auch Hals dazu sagen …

Betteln war besser als Stehlen. Ungefährlicher war es auch, mit einer abgehackten Hand müsste ich meine Karriere endgültig begraben. Nur, wie viel konnte Betteln bringen bei dem Überangebot an Bettlern in unserer Stadt?

… dann fährst du mit dem anderen Seil, wie du siehst, ist es dünner, von unten am Bauch in die Bucht rein, so … und führst es über die Bauchoberkante nach hinten und von dort nach vorn um den Hals herum …

Geld, ich konnte nichts anderes mehr denken, Geld.

… dann fährst du von oben wieder in die Bucht rein … so … und am Bauch unter diesem dünneren Seil, mit dem du arbeitest, durch, wieder aus der Bucht raus …

Bauch – Heißhunger knurrte in meinem Schädel, ein Heißhunger nach Geld. Gut, dass die reichen Venezianerinnen und auch Venezianer aus meinem Blickfeld gelöscht waren. Ich konnte mir auf einmal vorstellen, jemandem einen Ohrring herunterzureißen oder einen Anhänger oder ein Goldkreuz von der langen Kette. Mundraub.

… sodass die beiden Enden dieses Seils sich außerhalb des Bauchs treffen. Das ist wichtig, nur so wird der Weberkreuzknoten sicher. Du musst wissen, das Geheimnis eines Netzes ist …

Ich hätte wieder Geld verdienen können, bildete es mir jedenfalls ein, alles war verheilt und glatt, es kam aber keiner, nicht einmal der alte Säugling mit den Hebammenhänden, ein treuer Kunde. Er hatte miterlebt, wie ich Venier wegschickte, und er hatte das gut gefunden. Dass er Veniers Machwerk gekauft hatte, traute ich ihm kaum zu, selbst wenn er es in einer der Buchhandlungen, mittlerweile gab es über fünfzig, hatte liegen sehen, mit meinem Namen außen drauf.

… dass sich die Knoten durch den Zug, egal in welcher Richtung gezogen wird, fester schließen.

Netze, es war nicht falsch, etwas darüber zu lernen.

Meine rechte Hand folgte brav, hielt die Netznadel mit dem aufgewickelten Seil auf dem Dorn in der Mitte und machte nach, was ihr vorgemacht wurde, mein Kopf war nicht dabei, er war bei dem Geld, das mir fehlte.

Einer der fliegenden Buchhändler am Rialto hatte mir entgegengeschrien, warum meine Kunden wegblieben: Der neueste Tarif der Käuflichen. Die Rangliste von Venedigs Huren, von Experten erstellt. Für Männer, die nicht übers Ohr gehauen werden wollen. Der neueste Tarif zu einem sensationellen Preis. Wenig Geld ausgeben, viel Geld sparen. Der Geheimtipp für Einheimische und Fremde.

Der Tarif kam jedes Jahr neu heraus. Viele Buchhändler, die bekannt waren für ihr hohes Niveau, verkauften ihn nicht, zumindest nicht offiziell. Unterm Ladentisch selbstverständlich, gerade sie brauchten den Gewinn, der ihnen durch das Niveau verloren ging.

Die Venezianer liebten Listen und Rangordnungen. Das Goldene Buch der Republik war kein Buch, es beinhaltete nur zwei Listen, die wurden allerdings ständig länger: Das Geburtenregister und das Heiratsregister der Familien, deren Oberhäupter Mitglieder des Großen Rats waren; Töchter verlängerten die Geburtenliste nicht, nur Söhne, das war eine grundsätzliche und übersichtliche Rangordnung. Alles wurde hier von oben nach unten sortiert, entscheidend waren Bedeutung, Ansehen oder Erfolg. Adelsfamilien, Klöster und Kirchen, Ärzte, Schneider, Schmuckhändler, Osterie, Maler und Architekten. Sogar Heilige wurden von den Venezianern sortiert, ganz oben stand San Marco, weibliche Heilige tummelten sich größtenteils auf den hinteren Plätzen. Mit dem Erfolg war es einfach, der wurde ausschließlich am Gewinn bemessen; welcher Maßstab für Bedeutung und Ansehen angelegt wurde, war nicht zu ergründen. Senkrechte Stützen, auf die sich jeder verließ, darauf hatten sie ihre Stadt im Sumpf gebaut, Ranglisten waren etwas Ähnliches im Sumpf der venezianischen Gesellschaft, vermutlich in jeder Gesellschaft, die innerlich genauso wenig stabil war, aber vorgab, sie sei es, durch Urkunden zum Beispiel. Die wurden hier ständig zum Beweis gezückt, doch mein Vater hatte hinter zwei vorgehaltenen Händen gesagt, die Venezianer seien Könige der Urkundenfälschung. Also wurden Listen und Rangordnungen reingehauen in den Morast.

Die Scuole Grandi, die sechs geistlichen Bruderschaften, traten bei den Prozessionen auf der Piazza und in den Straßen ringsum brüderlich gleich großkotzig auf und benahmen sich so friedlich wie Kain und Abel. Das Wichtigste war, wer vor wem und wer hinter wem zu gehen hatte. Weil sich nicht alle an die Rangordnung hielten, schlugen sie aufeinander ein, und weil sie fromm waren, schlugen sie mit silbernen Kerzenleuchtern von den Altären. Die Kirchen hatten Geld, die Kerzenleuchter waren massiv. Die Oberen in allen Listen gingen davon aus, dass auch im Paradies Sitzplätze vergeben wurden, erste Reihe auf Erden, erste Reihe droben.

Ganz logisch, dass es eine Rangliste für Käufliche gab. Nichts regte die Einbildungskraft der Männer stärker an als dieser Beruf, und der Tarif mit genauen Angaben zu Vorteilen und Nachteilen der Käuflichen wurde als ein Band Gutenachtgeschichten von Männern gekauft, die damit zwischendrin mal wieder, Söhne mussten produziert werden, lüstern auf die eigene Ehefrau werden wollten.

Ich hätte den Ehefrauen geraten, Bargeld zu verlangen.

Sieben Stammkunden hatte ich gehabt, jeder für einen Abend und die darauf folgende Nacht gebucht, alle sieben aus Familien, bei deren Namen verdienten Kolleginnen der Speichel floss; das war für eine Berufsanfängerin wie mich ein Glückslos und hatte mich schnell in die zweitbeste Kategorie gehoben. Dass bei der Losziehung Aretino die Finger im Spiel gehabt hatte, war kein Gerücht.

Ich kaufte mir den neuen Tarif, der Verkäufer sah nur meinen Mantel, nicht mich. Ich sah nur mich, auf den ersten Seiten: Als syphilisinfizierte Massenbraut von stinkenden Hafenarbeitern und Fischern, die dafür bestraft wurde, einen Venier ausgesperrt zu haben, zu Recht bestraft, wie der Verfasser meinte, war ich auf dem untersten Rang gelandet.

Geld, ich brauchte Geld. Ich wusste zwar mehr drüber als Frauen, die es geheiratet hatten und erst als Witwen darüber verfügen konnten; welch ein Trost für ein Gefängnisdasein, frei vererben können, an wen man wollte. Über Altersversorgung hatte ich nachgedacht, aber nachdem meine Kasse, als ich sechzehn wurde, stimmte, war ich überzeugt, mit Anfang, Mitte dreißig ein Polster zu besitzen, auf dem meine alten Knochen weich liegen würden. Dass mein Einkommen schlagartig jetzt, wo ich gerade am Aufsteigen war, einbrechen könnte, damit hatte ich nicht gerechnet.

Leihen von Aretino? Dazu müsste ich zu ihm gehen.

Rein in die Bucht, über die Oberkante nach hinten, von dort nach vorn um den Hals herum, wieder rein in die Bucht, unter diesem Seil durch, am Bauch wieder aus der Bucht raus …

Hier auf Mazzorbo hatte ich gefunden, was ich gar nicht gesucht hatte: Langeweile. Mazzorbo gehörte zwar zu Burano, die beiden Inseln lagen nebeneinander und waren durch eine Holzbrücke verbunden, aber es war entschieden weiter weg von der Stadt.

Ich hatte mich herfahren lassen, weil Mazzorbo Niemandsland war, niemand auf San Marco kannte die Leute dort, und auf Mazzorbo kannte niemand die Leute auf

San Marco; womit die sich herumschlugen, war den Fischern so egal wie das Wetter in Rom. Mein dummer Onkel, er glaubte an das Gute in jedem Menschen, hatte keinen Dunst von meinem Beruf und von dem Trentuno-Pranger, dafür viel Ahnung von Netzen, von fest stehenden wie den Stellnetzen und Sperrnetzen, von den beweglichen wie den Treibnetzen, Senknetzen und Schleppnetzen, wusste, wofür man einwandige und wofür man mehrwandige Netze brauchte und welche Fische, Krebse und Muscheln man wann wo womit fing.

Er hatte mir seine schilfgedeckte Hütte direkt am Ufer überlassen, abends hockte ich zwischen meinen Cousinen und Cousins bei ihm und seiner Frau am Tisch, quetschte meine Unterschenkel zwischen ihre und löffelte dicke Suppe mit Brot aus der großen Schüssel, dafür knüpfte und reparierte ich Netze.

Geld, Geld. Aretino besaß Geld nur, um es auszugeben, das sagte er und bewies er; warum nicht an mich?

Venier oder ich – Aretino musste sich entscheiden zwischen uns beiden. In Gedanken ging ich die Treppe in der Ca' Bolani hinauf, dem Gelächter nach, bis in den zweiten Stock, betrat den Speisesaal und sah, wer um den Tisch saß. Aretino konnte ich nur unscharf erkennen, die Umrisse waren in Auflösung begriffen. Und Venier? Versuchte ich, ihn mir dort an der Seite Aretinos vorzustellen, fiel mir die Netznadel aus der Hand.

Die meisten Frauen in Venedig waren dran gewöhnt, nicht zu wissen, woran sie waren, sie reagierten nur auf das, was passierte, auch auf Männer reagierten sie nur. Backformen, in die der Teig hineingedrückt wurde. Ich wollte wissen, woran ich war mit Aretino, und um es zu erfahren, musste ich ihm gegenübertreten.

Mein Onkel auf Mazzorbo war nicht nur Fischer, er war Molecante, von Anfang April bis Ende Mai und von Anfang September bis Ende Oktober sammelte er am Strand in großen Körben Moleche ein, Krebse, die ihren alten Panzer abgeworfen hatten, um zu wachsen und einen neuen Panzer anzusetzen. Manchmal zog er die Moleche auch in Reusen aus dem Wasser, er kannte ihre Wohnungen, als wäre er der Vermieter, und die Moleche kannte er auch.

Jetzt sind sie so weich, dass du sie mit allem essen kannst, mit Beinen und Zangen und der dünnen Schale.

Seine Frau setzte sie lebend in eine große Schüssel mit geschlagenem Ei, bis sie sich daran satt gefressen hatten. Dann warf sie die lebenden Krebse, die ihre Füllung selbst besorgt hatten, ins heiße Öl. Alle konnten nicht genug davon bekommen und lachten mich aus, weil ich nichts davon anrührte; mir wäre es vorgekommen, als fräße ich mich selbst auf.

Ohne neuen Panzer war es gefährlich, Aretino zu besuchen.

Meine Fingerspitzen verhornten, meine Haut und mein Haar und sämtliche Körperöffnungen rochen nach Fisch, meine Füße wurden jeden Tag breiter, und meine Sprache wurde rau und karg wie die der Leute hier.

Du kannst bleiben, so lang du willst, hatte mein Onkel gesagt, und wenn ich ankündigte, am Ende der Woche oder am Anfang der nächsten aufzubrechen, sagte er: Zwischen Reden und Tun liegt das Meer.

Irgendwann würden meine Füße in keine guten Schuhe mehr passen und ich nicht mehr in die Welt, aus der ich abgehauen war. Die schartigen Schreie der Graureiher verstand ich bereits, und wenn sie mit ihren langen Beinen durchs Seichte stelzten, die schlanken Hälse gereckt, schienen sie mir eleganter als jeder Städter in Gala. Die Gedankenwolken kamen und gingen, und ich sang vor mich hin, ohne dass jemand zuhörte. Als ich mir selbst aus Versehen zuhörte, erwischte ich mich bei einem Lied über die Hoffnung.

Ich kaufe keine Hoffnung mehr, die jemand loswerden will um jeden Preis, fing es an und kreiste um diese hoch gehandelte Ware namens Hoffnung, für mich nicht mehr als eine schöne bemalte Dose ohne etwas drin.

Hoffnung wurde überall großgeschrieben, von den Priestern und den Müttern und denen, die Siechenhäuser leiteten, damit ließen sich Menschen hinhalten und vielleicht auch ruhigstellen. Natürlich prügelten sich die Venezianer, denen das Prügeln erlaubt war, trotzdem darum, ganz oben oder ganz vorne zu sein. Kein Schwein glaubte diesen Seligpreisungen der Armen und Hungernden und Klagenden, die im Paradies angeblich reich und satt und lustig sein würden. Und wenn es dann hieß: Wehe den Reichen, die schon alles haben, denn die werden droben betteln und hungern und jammern, dann verkniffen sich die Reichen ihr Grinsen.

Warte ab, hab Geduld, tun kannst du eh nichts, das hieß hoffen. Die Art Geduld war etwas für Schafe. Ich fühlte mich aber meinen Zielen verpflichtet und meiner Fähigkeit, innen und außen zu verheilen.

Mit dem Netz befreundete ich mich täglich enger. Ich war Venier ins Netz gegangen, weil ich es nicht gesehen hatte, er hatte kein Netz ausgelegt. Musste er auch nicht.

Mein Onkel wurde hier von seinen Kollegen dafür bewundert, wie geschickt er mit dem Wurfnetz umging. Es hatte die Form eines seichten Trichters und bestand aus Netzstreifen, die aneinandergenäht worden waren. Im äußeren Umfang beschwerten Bleiperlen den Rand, der Gegenumfang war in einem Metallring zusammengezogen, durch den die Zugschnüre verliefen. Alle fanden zusammen in einer langen, starken Handleine, die sich mein Onkel um die Hand wickelte. Es gelang ihm immer auf Anhieb, dass das Netz genau dort im Wasser auftraf, wo der Fisch schwamm, den er fangen wollte, es sank ab, er zog es mit einem Ruck an der Handleine zusammen, dann holte er es mit der Beute an Land. Hab ich schon als Kind gekonnt, bin da wohl eine Naturbegabung, sagte er. Mein Onkel hieß Pietro und war überzeugt, sein Namenspatron habe ihn damit gesegnet.

Venier war offenbar auch eine Naturbegabung, obwohl er Lorenzo hieß. Oder hatte er den Umgang mit Netzen von Pietro Aretino gelernt?

Oft genug hatte ich in der Kirche die Geschichte aus dem Lukasevangelium gehört, wie Petrus, der Fischefischer, zum Menschenfischer wurde und mit sensationellem Erfolg für Christus Leute einsammelte, die an ihn glaubten und ihm bedingungslos folgten. Auch mich hatte Aretino an Land gezogen, allerdings hatte dieser Menschenfischer die Rolle von Christus mit übernommen – wer zu seinem Schwarm gehörte, der glaubte an ihn und folgte ihm bedingungslos. Auch ich, bis jetzt.

Als mein Onkel mir beigebracht hatte, ein Netz zu flicken, ritt er lange darauf herum, das sei mindestens so wichtig wie das Netzknüpfen. Ein schadhaftes Netz sei wertlos.

Es war der Fallwind, der mich müde machte, und während ich über der Arbeit fast einschlief, schoben sich die Bilder übereinander. Wen Aretino an Land gezogen hatte, der wurde zu einer Masche, die sein Netz vergrößerte. Keine dieser Maschen durfte reißen. Nur durch sein Netz konnte Aretino seine Macht behaupten.

In dieser Nacht träumte ich von Venier, der mir wortlos ein Messer in die Hand drückte, die Klinge des Messers war lang und schmal und scharf wie bei einem Fleischmesser, und ich wurde wach von dem Schrecken, den mir das einjagte. Ich starrte auf das Schilfdach über mir. Venier hatte mich bewaffnet, mich, nicht sich, und doch fürchtete ich mich auch im Wachen.

Schilfrohr an Schilfrohr an Schilfrohr, der Anblick half. Ich begann, mir Aretinos Sympathien vorzurechnen. Zuerst die für meinen Berufsstand. Er hatte dafür gesorgt, dass Kurtisanen nichts mehr zu tun hatten mit den einfachen Huren. Die Einkünfte waren mit dem Ansehen jäh gestiegen. Möglich wurde das Manöver nur, weil Aretino erkannt hatte, wofür man uns brauchen konnte. Jene Vordenker, die das Mittelalter für finster erklärt hatten und eine neue lichte Epoche verkündeten, brauchten weibliche Idole, um für ihre Idee zu werben: Frauen, die frei und selbstbestimmt waren. So etwas gab es früher nicht, behaupteten sie, das war undenkbar. Da kamen wir gerade recht. Dazu addierten sich Aretinos Sympathien für mich. Er war stolz darauf, dass er mich entdeckt hatte, und schrieb es seinem Konto gut, wenn meine adligen Kunden erklärten, ich sei etwas Besonderes. Ich war eine wichtige Masche in seinem Netz, Aretino würde den Teufel tun, es zu zerreißen. Er hatte Venier seinen Sermon über die gottgewollte Ordnung absondern lassen, aber wegen seiner väterlichen Gefühle für mich hatte er ihn mittlerweile bestimmt geschasst. Sein Schüler musste jetzt für ihn so etwas wie ein Kinderschänder sein, selbst wenn ich schon über sechzehn war und kaum mehr wusste, wie Kindsein ging.

Ich hatte im Niemandsland von Mazzorbo vieles vergessen, ich wusste nicht einmal, den Wievielten wir hatten und welchen Wochentag. Nur die Sonntage markierten die Zeit, wenn ich in der Kirche Santa Catarina saß. Der Weihrauch konnte sich nicht behaupten gegen den Fischgeruch, und die Fischer hörten sich beim Beten an, als müssten ihre Stimmen dringend geölt werden, zu selten in Gebrauch.

Am Tag drauf hatte ich zusammengepackt. Es war demnach ein Dienstag, an dem ich nach einem Bad in der Lagune zurückkehrte in die Stadt.

Auf dem Weg nach Hause erkannte mich eine Kollegin. Versteh ich, dass du dich verdrückt hast. Siehst fertig aus, wie soll ein Opfer auch anders aussehen. Nur, wer ist schon geil auf ein Opfer.

Ich bin kein Opfer, sagte ich.

Arme Sau, sagte sie, da kommst du nie mehr raus.

Als ich Brot kaufen wollte, sagte die Bäckerin: So etwas Schmutziges traut sich hier herein? Schämen sollten Sie sich und an der Scham verrecken.

Ich verließ den Laden ohne Brot.

Unter meiner Tür war ein Brief durchgeschoben worden, teures Papier, versiegelt. Veniers Einladung und Chioggia wetterleuchteten in meiner Erinnerung, ich öffnete den Umschlag. Es war nur ein Zettel, Aretinos dröhnende Handschrift. Er vermisse mich, mein Besuch sei dringend und jederzeit erwünscht.

Ein paar Tage lang behandelte ich mich wie ein kostbares Möbel. Am Samstag stellte ich mich vor den Spiegel. Die Eidechse war die glatte Fläche hoch bis an den obersten Rand geklettert. Ihr Schwanz war nachgewachsen. Wie hatte sie überlebt, und wie konnte sie sich dort halten? Ich pflückte sie ab. Unter jedem Zeh verliefen Lamellen. Sie war dafür gemacht, auf jeder noch so glatten Oberfläche haften zu bleiben, nicht abzufallen, sondern ungehindert nach oben zu steigen.

Am liebsten hätte ich sie mir als Schmuck an den Ausschnitt geheftet.

Am Sonntagnachmittag ging ich in der Ca' Bolani die Treppe hinauf in den zweiten Stock, dem Gelächter nach.

Aretinos breiter Rücken war das Erste, was ich sah. Er brüllte, als hätte er gerade eine Wette gewonnen, als er nach mir umgedreht wurde.

Sein Schüler Franco verneigte sich vor mir. Vergewaltigung ist der Fluch der Schönheit, sagte er.

Was redest du für einen Stuss. Aretino schob ihn weg.

Schau, ein neues Bild. Tizian wollte es loswerden, er hat es vor fünfzehn, sechzehn Jahren gemalt und plant, das Thema wieder aufzugreifen, aber ganz anders, weil er den Fall jetzt anders sieht, da steht ihm das alte Vorbild im Weg.

Eine milchweiße Frau, das Fleisch schaumig weich, der Körper kantenlos, als hätte er keine Knochen. Das rotblonde Haar, Farbe fast wie meines, hatte sie hochgebunden. Ihr weißes Unterkleid, ich besaß einige von der Sorte, war ein Stück weit runtergerutscht, ihre linke Schulter nackt. Hinter ihrem Rücken war das Gesicht eines Mannes zu sehen, ein dunkler Typ, das Kinn an ihren Rücken gelegt, mit seiner linken Hand griff er um ihren linken Oberarm. Das Gesicht der Frau wirkte gelöst, fast heiter, der Blick ging aus dem Bild heraus nach oben. Das war verdächtig. Es erinnerte mich an Märtyrerinnen, die aus dem Bild heraus direkt zu Gott schauten, der ihnen einflüsterte, es sei sinnvoll, grausam zu verenden. In der rechten Hand hielt sie einen Dolch, der aussah wie ein Fleischmesser, die Klinge war lang und schmal und scharf und die Spitze der Klinge auf ihre Brust gerichtet. Falls der Mann sie daran hindern wollte, sich umzubringen, hatte er den falschen Arm erwischt, vermutlich wollte er es also gar nicht.

Brillant, sagte Aretino. Je weicher und weiblicher die Formen, desto stärker sind sie bedroht.

Ich kannte die Geschichte von Lucretia, sie wurde in Venedig ständig irgendwo gemalt, weil sie ein Verkaufsrenner war, kein Wunder. Lucretias Mann hatte mit entfernten Vettern, Söhnen des Königs Tarquinius, gewettet, wer die beste, das hieß die bravste Frau hatte. Also drei

Überraschungsbesuche daheim. Die Prinzengattinnen feierten laut und angetrunken, Lucretia saß nüchtern allein bei der Hausarbeit. Einer der Prinzen fiel kurz darauf bei der besten Frau ein und wollte sie zum Geschlechtsverkehr zwingen, damit sie nicht mehr die beste war. Sie weigerte sich, da drohte er, sie und einen Sklaven nackt nebeneinander zu erwürgen, damit sie als Ehebrecher dalägen. Das kam an, reichte aber wohl doch nicht. Nur mit einer Waffe in der Hand konnte er Lucretia vergewaltigen. Ehrlich eröffnete Lucretia ihrem Mann, in seinem Bett seien Spuren eines Fremden – dabei war er so fremd nicht –, und sie werde sich umbringen. Sie sei zwar schuldlos, ihre Seele sei unbefleckt, aber die Schande lasse sich nicht abwaschen.

Für eine verzweifelte Frau sieht sie höchst anregend aus, sogar aufreizend, sagte Aretino, das gebe ich zu. Nur schade, dass sie sich gleich absticht. Ich bin froh, dass es heute Frauen wie dich gibt, meine Liebe. Du würdest ihr den Kopf waschen und den Selbstmord einer Unschuldigen verhindern.

Franco hatte sich dazugestellt: Nett, dass du so schön über Frauen denkst, aber nach unserem Kirchenvater Augustinus hat Lucretia den Übergriff des Besuchers mehr als nur bereitwillig über sich ergehen lassen, und erst hinterdrein kam sie auf die Idee sich zu schämen. Wahrscheinlich hatte sie Lust, mal mit einem Prinzen zu vögeln. Der Selbstmord ist laut Augustinus nur ein Vertuschungsversuch gewesen, damit sie posthum heldisch dasteht. Sie hat ja ausdrücklich Rache gefordert, bevor sie sich ins Jenseits beförderte.

Seit wann berufst du dich auf Kirchenväter?, fragte Aretino.

Franco hatte den Brustkorb eines Stubenhockers, Aretino schlug ihm mit Wucht auf die Schulter. Franco knickte ein, aber nur äußerlich. Livius, sagte er, sah das bereits ganz ähnlich. Er kam ebenfalls zu dem Schluss, dass Lucretia mitschuldig war.

... wie die Weiber es immer sind in solchen Fällen, kam es von der Tür. Trotzdem finde ich die Selbsttötung eine saubere Lösung.

In der Tür stand Lorenzo Venier.

Aber hier hört es nicht auf, das ist nicht die ganze Geschichte. Meine Stimme setzte sich mühelos durch. Es war nur der Anfang vom Ende. Lucretias Mann stellte die Leiche seiner Frau mitten in Rom öffentlich aus, es dauerte nicht lang, dann wusste die ganze Stadt, warum sie sich umgebracht hatte. Das trat einen Aufstand los gegen den Vergewaltiger und seine Sippe. Wegen ihrer Intrigen und ihrer Machtgier waren sie längst verhasst. Der König und sein sauberer Prinz wurden mit dem Rest der Familie gestürzt. Ende des alten Regimes, Beginn eines neuen. Offenbar, meine Herren, hat keiner die Geschichte bis zum Schluss gelesen.

Dann lächelte ich gelöst und fragte samtweich in die Runde: Oder will hier jemand den Schluss nicht kennen?

Stille.

So hätte es laufen können. War es aber nicht.

Veniers Lachen im Rücken, wie ein von der Kette gelassener Hund, war ich die Treppe in der Ca' Bolani hinuntergerannt, zwei, drei Stufen auf einmal, die Schuhe in der einen Hand, die andere Hand am Geländer, rutschte ziemlich weit unten aus und landete auf allen vieren am Ausgang.

Schon früh war ich am nächsten Morgen nach einer fast schlaflosen Nacht unterwegs. Der Buchhändler war einer der bekanntesten und ein Freund von Aretino. Ich wollte überprüfen, ob bei ihm Veniers *Trentuno* auslag, auch bei anderen aus Aretinos Netzwerk. Spionin zu werden war keine schlechte Idee, wenn ich nicht wieder kalt erwischt werden wollte. *Vorübergehend geschlossen*, las ich auf dem Zettel an der Tür.

Verrat ist abscheulich, sagte jemand hinter mir. Es war ein Priester. Hätte ich rot werden können, wäre ich es geworden, obwohl mir Rot nicht gut stand. Verdammt, die Pfaffen waren doch keine Hellseher, das wusste ich vom Beichten. Er konnte nicht ahnen, dass ich seit gestern um dieses Wort kreiste. Gänsegeier, die in der Lagune draußen über dem Aas kreisten, fand ich erbärmlich, gierig auf etwas Widerwärtiges und nicht imstande, davon zu lassen; half nichts, ich musste kreisen. Nicht Veniers dumme Bemerkung hatte mich in die Flucht geschlagen, der Verrat war es. Aretino hatte mich verraten. Er empfing Venier, den Mann, der mich hatte vergewaltigen lassen.

Als wären mir die Knochen aus allen Gliedern gezogen worden, hatte ich gestern Nacht daheim in meinem Sessel gehangen, ein weißes Unterkleid am Leib, wie es Lucretia bei Tizian trug, ohnmächtig bei vollem Bewusstsein. Peinlich war mir das nicht, verraten zu werden machte jeden zum Trottel, außer Christus, und Christus hatte damit gerechnet. Er hatte sich nicht einmal darüber gewundert, dass er mit einem Kuss verpfiffen wurde, mir war das schon als Kind komisch erschienen, er hatte offenbar auch geahnt, dass sein Verräter aus dem engsten Freundeskreis stammen würde. Außerdem war bei ihm der Verrat Voraussetzung für alles, was danach kam und kommen musste. Ohne Kreuzigung keine Auferstehung und keine Himmelfahrt. Ich war nicht vorbereitet auf eine Laufbahn als Märtyrerin und wollte sie auf keinen Fall verfolgen.

Weiter, gehen Sie weiter. Der Priester drängte mich ab und schlug mit weit ausholenden Armbewegungen in der Luft ein Kreuz vor dem Eingang, als müsste er dem ganzen Laden den Teufel austreiben.

Ich blieb stehen, bis er fertig war. So viel schwachsinnige Anstrengung für etwas, das es nicht gab, er konnte einem leidtun, fast leidtun.

Weiter, gehen Sie weiter, junge Frau, weiter, weiter, stecken Sie sich nicht an, es ist gefährlicher als die Pest. Der Priester fuchtelte mit den Händen, Geflügel schasste man so in den Stall.

Ich bin kein Huhn, sagte ich.

Er glotzte mich an. Dieser Verräter verbreitet Schriften des größten deutschen Ketzers. Sie machen die Menschen hier zu Idioten.

... die Pest, Verräter sind die Pest, gefährlicher als Mörder. Würmer, die den Staat von innen aushöhlen. Mein Vater hatte das gesagt, als ich ihn fragte, warum er als Spitzel arbeitete.

Aber du verrätst doch selber von Berufs wegen andere Menschen. Schon wenn du die Post aus den Verleumdungsbriefkästen weiterleitest.

Das, sagte er, sei Verrat im Dienst des Staats. Guter Verrat, um schlimmen Verrat zu verhindern, Verrat von Wirtschaftsgeheimnissen, Landesverrat oder Hochverrat.

Kein Wunder, dass er so krumm ging, dachte ich. Dann hatte ich mir Aretino als besseren Vater gesucht, schon wegen seines aufrechten Gangs.

Es war noch immer früh an diesem Montagmorgen, und es fing an zu nieseln, ich hatte gute Aussichten, die Fedele zu Hause anzutreffen. Warum bewegte ich mich derartig langsam?

Nur wenige Meter entfernt sah ich ihn aus genau der Metzgerei kommen, bei der auch ich eingekauft hatte, als mir der Anblick von Schlachtvieh noch nichts ausmachte. Ich erkannte ihn sofort, von hinten, an diesen Kleinmädchenschritten. Sanudo ging vor mir her, vielleicht hatte er dasselbe Ziel, dann würde er den Rialto links liegen lassen, an der Handelsniederlassung der Deutschen vorbeispazieren und ungefähr bei der Ca' d'Oro nach Nordosten abbiegen in den billigsten Teil von Cannaregio. Aber er bog noch vor dem Fondaco ab auf den Campo San Bartolomeo, auf dem nichts zu sehen war von San Bartolomeo; Fremde machte das verrückt. Die Kirche war unsichtbar, von allen Seiten eingemauert durch hohe Wohngebäude; an die Ecke einer Hausfassade gequetscht lag der Eingang. Seit Langem war das die Kirche der Deutschen. Bevor Sanudo die Tür öffnete, schaute er über die Schulter zurück.

Was führt Sie her?

Sie, sagte ich.

Warum ich?

Ich weiß gerade nicht, wohin.

Wir drückten uns hinten an die letzte Reihe der Menschen, es mussten ein paar Hundert sein, eng beieinander wie die süßsauer eingelegten Sardinen meiner Mutter. Sie dampften und schwiegen und reckten die Hälse. Ich schloss die Augen, um besser hören zu können, sofort wurde mir schwindlig. Es war der Geruch. Als hätte man die Ausdünstungen aller Venezianer zu einem einzigen Parfum verarbeitet.

Den Prediger sehen konnte ich nicht. Er sprach Venezianisch, einwandfrei ein Einheimischer, der Stimme nach war er jung und geladen.

Er heißt Fonzio, flüsterte Sanudo, Franziskaner bei den Minoriten, kein Prediger hat zurzeit mehr Zulauf als er.

Heute, am 15. Mai, ist es genau vier Jahre her, dass auf dem Campo San Bartolomeo ein Feuer entzündet wurde mit offizieller Genehmigung des Senats. Ballenweise wurden Bücher verbrannt, stundenlang. Fonzios Stimme wurde höher, das drang besser durch, er kannte sich aus. Es brannten Schriften von Luther und anderen Protestanten. Letztes Jahr hat der Senat von Venedig das Ansinnen des Kaisers zurückgewiesen, Protestanten zu verfolgen.

Niemand, verkündeten sie stolz, kann Venedig von außen vorschreiben, was dort im Inneren zu geschehen hat. Der Senat erlaubte sogar, Luthers Bibelübersetzung auf Italienisch zu verbreiten, die Bibel für alle, eine Sensation. Doch dieses Jahr wurden bereits Bibel-Lesekreise von Spitzeln aufgespürt und als staatsgefährdend angezeigt. Mir wurde vom Papst die Predigterlaubnis entzogen wegen der Verbreitung protestantischer Ideen. Der Senat von Venedig hat das unterschrieben. Öffentliches Ketzerverbrennen am helllichten Tag war früher, als wir noch wenige waren und keine Sympathisanten hatten wie euch. Da hängte man das an die große Glocke, die größte sogar. Wer wie ich hier geboren ist, wusste, was es hieß, wenn die Renghiera im Campanile läutete. Venedig ist eleganter geworden, bei so viel Geld kann man das erwarten. Jetzt gibt es einen Prozess hinter verschlossenen Türen, bei Verweigerung des Widerrufs werde ich nachts ertränkt.

Noch nie hatte ich derartig viele Menschen gleichzeitig stöhnen hören, ein wahnsinniges Geräusch.

Ich stehe heute zum letzten Mal hier, redete Fonzio ungerührt weiter. Morgen werde ich Venedig verlassen, falls ich nicht vorher verhaftet werde.

Wer diesem Staat sein Vertrauen schenkt, ist es los. Vergesst mich, aber vergesst eines nie: Reichtum schadet einer Stadt mehr als Armut. Eine arme Stadt verfällt äußerlich, eine reiche Stadt zerfällt innerlich in zwei Teile. Der Reichtum entfernt die Menschen vom Boden, von der Demut und damit von Gott. Nur wer ganz unten war, wo es tiefer nicht geht, kann aufsteigen.

Das hast du mit Christus gemeinsam. Du!

Es hörte sich an, als meinte er mich. Ein Raunen ging durch die Reihen und schwoll gespenstisch schnell an. Es gab hier offenbar viele, die sich gemeint fühlten.

Ich habe einen Traum, sagte der junge Venezianer, noch mal einen ganzen Ton höher, und es klang nicht nach Traum, eher nach Revolution. Ich träume von einer Kirche, die wie diese hier nach außen hin nichts von sich hermacht. Die von denen, die sich groß wähnen, übersehen wird. Ihr müsst sie suchen. Ich träume von einer Kirche, die keine Rangordnung kennt, nur einfache Prediger. Einer Kirche, die kein Seelenheil verkauft an diejenigen, die dafür zahlen können. Pracht und Macht sind Verrat an der christlichen Idee, und die Verräter …

Gehen wir, sagte Sanudo.

Am Ausgang steckte uns einer, der nach Leimsiederei stank, Zettel zu. Seine Worte, zur Erinnerung, flüsterte er. Ich schob einen Zettel in meine Rocktasche, Sanudo wollte keinen.

Mitten auf dem Campo blieb er stehen, zog irgendwo aus seinem Mantel eine Wurst und biss hinein. Die Wurst roch gut.

Der Metzger hat Scherereien bekommen, er hat ehrlich Steuern gezahlt, und in der Fastenzeit mehr als sonst. Können nur die Protestanten sein, nah genug am Fondaco sitzt er ja für diese Kunden, hieß es sofort, zum Beichten kommen die Deutschen auch nie. Von der Kanzel haben unsere Priester gedonnert, ich hab es selbst miterlebt: Kauft nicht bei Verrätern!

Er kaute andächtig. Verrat, Verräter, diese Wörter sind nichts mehr wert, sage ich Ihnen, wie immer, wenn von etwas zu viel unterwegs ist. Außerdem abgenutzt, man rutscht dran ab, nicht mehr zu gebrauchen. Wer ein Verräter ist und wer ein Held, ist eine Frage des Datums. Gestern bespuckt und gefoltert, heute gefeiert. Oder andersrum.

Er hielt mir die Wurst hin. Ich schüttelte den Kopf. Er grinste. Appetit ist Lebensfreude. Es gibt Leute, die wollen einem Opfer einreden, dass es keine Lebensfreude mehr haben dürfe.

Langsam aß er die Wurst auf und wischte sich mit einem großen Taschentuch den Mund ab. Das gestickte Wappen der Sanudos im Taschentuch hätte sich wohl nicht gedacht, dass es einmal auf offener Straße in Gegenwart einer Käuflichen mit einer Wurst in Berührung käme. Nur so bleibt das Opfer ein Opfer, sagte Sanudo, das mögen sie.

Bevor ich heimging, kaufte ich mir auf dem Rialto grünen Spargel, zwei Pfund für mich alleine.

Kommt vom Lido, aus Malamocco, sagte der Händler.

Nachts, beim Pinkeln, hatte es nach Spargel gerochen; als ich am Morgen pinkelte, war der Geruch verschwunden. Das Grübeln über Aretinos Verrat hatte ich leider noch nicht ausgeschieden, es verstopfte meinen Kopf, dort bewegte sich nichts mehr.

Ich stellte mich vor den Spiegel. Es war mir immer egal gewesen, ob man mir ansah, dass ich mit sechzehn mehr von Männern wusste, als andere jemals wissen wollten. Vielleicht verriet es der Blick, vielleicht irgendetwas anderes. Erfahrung ist wie Wasser, sie dringt ungefragt ein, dosieren lässt sie sich nicht. Half nichts, sich drüber im Klaren zu sein, dass jede Überschwemmung Schäden anrichtete und ängstlich machte. Wer in Venedig im Erdgeschoss wohnte, war der Gefahr stärker ausgesetzt als die im ersten Stock, und wer wie ich sein Geld mit dem Verkauf von Liebesdiensten verdiente, wohnte im Erdgeschoss.

Machen kannst du Erfahrungen, ansehen darf man sie dir nicht, hatte meine Großmutter gesagt, ohne etwas von meinem Beruf zu wissen. Die meisten Männer mögen nichts Bitteres, verstehst du, das schlucken sie erst, wenn es ihnen dreckig geht und nichts anderes hilft.

Von außen ließ sich nichts dran ändern. Makellos geschminkt schauten enttäuschte Frauen aus wie makellos geschminkte enttäuschte Frauen.

Seit dem Trentuno achtete ich drauf, ob sich etwas wie Verbitterung abzeichnete in meinem Gesicht, meistens zeichnete sich das um den Mund herum ab. Dort sah es aus, als wäre ich ahnungslos. Aber etwas hatte sich verändert: Zwischen den Augenbrauen stand senkrecht eine Falte. Ich strich mit der Hand darüber; als die Hand weg war, war die Falte wieder da. Ich lächelte, sie verschwand. Ich hörte auf zu lächeln, die Falte kehrte zurück. Von meinem Vater konnte ich die nicht geerbt haben, weil er nicht mein Vater war.

Misstrauen ist die Grundlage, auf der Sicherheit aufbaut, hatte er gesagt; in seinem Fall war es beim Misstrauen geblieben. Ein Leben im selbst gebauten Käfig.

Als ich gestern noch um Aretinos Haus geschlichen war, hatte ich an meinen einzigen Ausflug auf die Terraferma gedacht, zu dem mich mein schlauer Onkel mitgenommen hatte. Er ließ sich auch dort ab und zu als Jagdgehilfe anheuern, und ich durfte Handlanger spielen, als er Fallen fürs Schwarzwild baute. Gruben, die mit einem dünnen Netz überspannt und mit Laubzweigen bedeckt wurden. Die Grube, hatte er mir erklärt, muss so tief sein, dass das Wildschwein nicht entkommt, darf aber nicht so tief sein, dass es sich das Genick bricht, es soll ja lebend gefangen werden.

Ich kam mir originell vor, aber nur kurz. Was für ein idiotischer Gedanke. Reingerasselt war ich dort droben, wo ich nie damit gerechnet hätte, und wie die Wildsau war ich gefangen in der Hilflosigkeit, aber Aretino hatte mir keine Falle gestellt. Dass ich mich von ihm verraten fühlte, hatte mehr mit mir als mit ihm zu tun.

Ich bückte mich. Auf dem Boden vor meinen Füßen lag ein Stück Papier. Es war der Zettel von Fonzio, er musste mir gestern beim Ausziehen aus der Rocktasche gefallen sein.

Woran du dein Herz hängst,
das ist eigentlich dein Gott.

Mein Gott, Aretino, warum hatte ich das nicht selbst gesehen?

Dabei hatte ich doch sonst nirgendwo nach Halt gesucht oder auf etwas angeblich Festes wie die Ehe bauen wollen. Die Fragezeichen der Fedele waren mir von jeher verlässlicher erschienen als die Behauptungen der anderen, und weil seit Neuestem hier in Venedig fast nur noch behauptet wurde, von Volksrednern, Leuten im Senat und Männern wie Venier, freute es mich, dass wenigstens diese Protestanten vorführten, wie baufällig feste Burgen waren.

Ich las den Zettel noch einmal. Fonzio war eine Leuchte, jeder dunkle Winkel wurde schlagartig hell durch diesen Satz.

Warum hat er sie mir genommen, hatte mein Vater gesagt, als seine Frau in der Erde verschwand, warum hat er ausgerechnet mir das angetan. Ich glaube nicht mehr an Gott.

In Aretinos Portego stand unübersehbar ein großer Kasten aus Ebenholz mit Intarsien, ein sündteures Stück. Jedem neuen Besucher führte Aretino ihn vor, sein Tabernakel. Darin bewahrte er Briefe auf, die Geistliche, Künstler, Lebenskünstler, Philosophen, Adlige, Kaufleute, Schriftsteller, Minister oder Forscher an ihn geschrieben hatten, Gemeinsamkeit der Absender: berühmt. Dass er aus goldenen Bechern trank, sich anzog und schmückte wie drei Fürsten auf einmal, dass er jedem zeigte, wie abgetreten seine Treppen nach nur vier Jahren in diesem Haus bereits waren, von welchen namhaften Füßen, verschwieg er nie: Alles sollte auf seinen Gott hinweisen, den Ruhm. Ich bin der Sekretär der Welt, sagte er. Ihm war es ebenso recht, wenn er maßlos gehasst, wie wenn er maßlos bewundert wurde, der Ruhm wuchs von oben wie von unten. Nähme man ihm den Ruhm, Aretino würde zusammenbrechen.

Den Gott der meisten Venezianer zu benennen, fiel nicht schwer. Ihre Heilige Dreieinigkeit war das Geld. Es war ihr Erlöser, der Ablass erlöste sie von allen Sünden, es war ihr Heiliger Geist, und es war der Vater aller Dinge.

Für Venier war es die Macht, an die er sein Herz hängte, wer sie infrage stellte, stellte seinen Gott infrage. Hätte ich das früher verstanden, dann hätte ich mit dem gerechnet, was passiert war. Wie ein Goldenes Kalb hatte ich seinen Gott vom Sockel geschubst mit meinem Nein, das konnte nicht gut ausgehen.

Ich weiß nicht, wie lange ich über Fonzios Zettel gebrütet hatte. Ich spürte nur, dass der Druck in meinem Kopf nachließ und ich zu verdauen anfing.

Vom Thron geholt, sah ich Aretino zum ersten Mal nackt und nüchtern in dem Licht, bei dem ich mit meinem Onkel auf Mazzorbo den Fang verlesen hatte, weißes Morgenlicht, das nichts verklärte. Brauchbar, nicht brauchbar.

Aretino konnte das Loch in seinem Netz flicken, das mein Abschied hinterlassen würde. Ich war auf sein Netz angewiesen, um wieder Kunden einzufangen. Bei ihm blieben auch ungenießbare Zeitgenossen hängen, und solche, an denen zu wenig dran war, die konnte man aussortieren. Brauchbar, nicht brauchbar? Je nachdem.

Ich hatte mein Herz an ein Jenachdem gehängt und von diesem Gott Verlässlichkeit erwartet.

Das war nicht rührend, es war dumm.

Venier war ein Mörder, mit dem Rufmord an mir hatte er meine Zukunft getötet. Das hieß nicht, dass ich keine mehr haben würde. Ich musste mich als die verteidigen, als die ich angegriffen worden war, und dort auferstehen, wo ich die Treppe hinabgestürzt war. Der einzige Weg in die Zukunft führte über Aretino.

Morgen Mittag käme ich gerne vorbei, mir fehlen die Gespräche in Ihrem Haus. Ich freue mich darauf, anregenden Bekannten zu begegnen, schrieb ich und ließ den Brief zu Aretino tragen.

Bisher war mir nicht aufgefallen, wie fett Aretino geworden war. Die Proportionen seines Kopfs waren aus dem Leim, die Stirn wirkte niedrig, die Augen klein unter den feisten Lidern. Er trug eine goldene Kette, die ebenfalls zu fett war. Sein Freund Tizian ließ sich gern als ehrlicher Porträtist loben; wenn er nicht zu lügen lernte, musste Aretino vor dem nächsten Konterfei ein Jahr fasten.

Es war albern gewesen, den Zettel von Fonzio zu verschlucken, aber es wirkte.

Kommen die Üblichen, oder gibt es Neuzugänge?, fragte ich Aretino.

Du hast Appetit, das ist gut, sagte er. Ich habe das bereits einkalkuliert.

Der Mann, der hinter ihm hervortrat, war schlank, hübsch und offenbar traurig. Er hatte nasse Augen, das Wasser rann ihm über die Backen, und er zog die Nase hoch.

Ein junger Schriftsteller, sagte Aretino zu mir, auf der Suche nach guten Themen. Und das, sagte er zu ihm, ist die Titelheldin, wie für dich bestellt.

Gerade habe ich den *Trentuno* zu Ende gelesen. Der junge Schriftsteller keuchte. Die schärfste Satire, die mir jemals untergekommen ist. Ich habe Tränen gelacht. Er wischte Augen und Nase mit seinem Taschentuch ab. Noch komischer ist, dass es angeblich Leute gibt, die das Ganze für echt halten.

Die gibt es, sagte Aretino. Absurd! Venier und Gewalt gegen eine Frau. Natürlich, er hat einen weltumschlingenden Eros, der treibt ihn an, sich solchen Themen zu widmen. Aber niemals würde er eine Frau, die nichts von ihm will, bedrängen. Absurd! Ein Mann in dieser Position, der so vieles zu bieten hat, kann sich die Frauen aussuchen.

Ob das sein Ernst war? Je nachdem.

Er legte seine Hand unter mein Kinn.

Sogar als Hauptfiguren seiner Werke sucht Venier sich besonders schöne und begehrte aus.

Ich pflückte seine Hand ab.

Die Stumme und zwei Helferinnen, bestenfalls zwölf Jahre alt, trugen Silberplatten zum Tisch. Es roch nach Meer. Arsenale-Austern, sagte Aretino, die besten, selbst jetzt im Mai, wenn sie geschlechtsreif sind.

Es soll auch in diesem Zustand noch Verzehrbares geben. Franco war aufgekreuzt. Die Austern machen vor, wie Männer Lust bekommen: Willig reinziehen lassen sie sich immer, sogar schwanger.

Ich saß vor meinem Teller, und es roch nach Schweiß und nassen Körben und Algen und Fisch, und die Kneipe war dunkel, und der Wirt klopfte seine Sprüche. Mir gegenüber Venier, der zwölf Austern stumm, ohne zu beißen verschluckte. Ich hob den Blick. Mir gegenüber saß der junge Schriftsteller.

Sie haben es sicher selbst gelesen, diese Szene, wo Venier seinen Schwanz mit Austernschalen schmückt, während seine Truppe sich über die Hure hermacht, das ist einmalig. Da merkt der Blödeste, dass es sich um Literatur handelt.

Franco klatschte mit erhobenen Händen Beifall. Bravo! Andere durchschauen das leider nicht.

Der an seiner Seite rülpste und hob das Glas. Auf Venier! Wenn der Trentuno wirklich ein Sport von in jeder Hinsicht potenten Männern wie ihm wäre, warum melden sich die Frauen nie? Da wäre doch etwas zu holen.

Warum legen sie keine Beweise vor? Was haben sie mit den Kleidern gemacht, die sie trugen? Warum geben sie das Geschehen nicht sofort zu Protokoll? Warum wird keiner der angeblichen Täter angeklagt? Ich sage es euch. Ich verrate euch nämlich, was dahintersteckt: Kurtisanen und billigere Huren, denen keiner mehr an die Angel geht. Verschmähte Weiber sind die Furien erfolgreicher Männer.

Neben mich hatte Aretino einen Freund aus Ferrara platziert, im Alter meines Großvaters, Anfang fünfzig. Wichtiger Mann dort, schrie Aretino über den Tisch, im Nebenberuf unterrichtet er Kirchenrecht und weltliches Recht, im Hauptberuf ist er täglich Schachpartner der Herzogin, bleibt heute Nacht noch hier.

Ich fing den Ball mit einer Hand, die andere legte ich auf die meines Nachbarn. Aretino funkelte mich an. Ein Kunde, es machte sich bezahlt, dass ich mich hergetraut hatte. Aber nur wenn der Veniers *Trentuno* für reine Erfindung hielt, würde er sich mit mir einlassen.

Links neben Aretino aß einer, der seine Austern schneller als ein Gockel Körner pickte. Ich starrte hin. Innerhalb von wenigen Minuten hatte er ungefähr ein Dutzend verschluckt. Er zeigte auf den Juristen an meiner Seite. Sie da, Frage an den Fachmann: Wenn ein Täter zur Strafe körperlich gezüchtigt und sofort zum Wiederholungstäter wird, wo liegt dann der Fehler?

Mein Tischnachbar schwieg.

Der andere wurde lauter: Sie da, ich rede mit Ihnen. Das ist doch die philosophische Frage, die Venier am Schluss aufwirft. Er lässt in seinem Werk die Zaffetta dreist zurückkehren und weitermachen wie gehabt.

Mein Tischnachbar schwieg noch immer.

Das kommt davon, wenn man einer Frau dient, redete der Austernschlucker weiter. Dann sage ich es Ihnen, euch allen: Die Strafe war zu mild. Diese Brut muss verbrannt werden und zu Asche zerfallen, aus der dann jeder abgewiesene Mann emporsteigt wie der Vogel Phönix.

Sie verwechseln da etwas, junger Mann, sagte der Jurist. Der Phönix steigt aus seiner eigenen Asche empor.

Und in unserer Sprache, sagte Aretino, ist der Vogel Phönix bekanntlich weiblich.

Aretino ist Ihr Mentor, ein guter Mentor, flüsterte der Jurist.

Was wusste er?

Mein Mentor ist das Schicksal, sagte ich und schob eine Auster in den Mund.

Im ersten Spiel bei mir zu Hause gegen sieben Uhr abends hatte ich den Juristen matt gesetzt; schon von Berufs wegen verstehe ich etwas von Stellungen, hatte ich meinen Sieg erklärt. Das zweite Spiel hatte ich ihn gewinnen lassen, und ich schaffte es, dass er auch beim dritten Mal Schach sagen konnte. Die Nacht meines beruflichen Wiedereinstiegs wurde zum steilen Aufstieg. Für ihn.

Er nahm meine Adresse mit, und was er daließ, reichte zur Not bis September, wenn die Austern wieder schlank waren.

Ihre Sprache mit diesen Kratzgeräuschen hatte für mich etwas von einer Halskrankheit, ihr Italienisch kratzte nur etwas anders. Aber sie redeten nicht viel im Bett. Ich hatte gelernt, auf Deutsch *So etwas habe ich noch nie erlebt* zu sagen, das war in keinem Fall gelogen, dann schauten sie beschenkt und legten noch was drauf. Kein Italiener hatte mich jemals hinterdrein gefragt, wie er war, die meisten waren von sich überzeugt, und wenn einer es nicht war, hätte er erst recht nicht gefragt.

Wo bleibt die Musik? Den Satz konnten sie fast alle auf Italienisch. Sang ich im Dialekt, dann sangen sie auf La-la-la mit, meistens ziemlich falsch, aber mit Inbrunst.

Dass ich glücklich sein würde über deutsche Kunden, hätte ich nicht gedacht. Geschäftsreisen nach Venedig waren bei den Deutschen beliebter denn je, sie verrieten mir auch, warum; bei ihnen daheim waren die meisten öffentlichen Bordelle geschlossen worden, und die Käuflichen hatten Berufsverbot. Einer erzählte mir, dass Luther eine Idee verkündet hatte, mit der man das Versorgungsproblem lösen konnte: das Heiratsalter auf zwölf Jahre heruntersetzen, dann brauche kein Mann mehr eine von uns. Offenbar hörte man nicht auf ihn.

Die Deutschen wussten vor allem nichts von meiner Vergangenheit.

Jetzt war mehr als ein halbes Jahr vergangen, anzusehen war mir nicht das Geringste. Die Erinnerung schien auch bei den Venezianern zu verblassen. Trotzdem, die deutschen Kunden waren derartig dankbar, dass ich die Einheimischen nicht vermisste, allein dass ich Venezianerin war, baute sie schon unübersehbar auf. Sie kamen pünktlich und gründlich gewaschen, gingen vor Mitternacht, um im eigenen Bett zu schlafen, aßen offenbar keinen Knoblauch und buchten nach dem ersten Besuch für ihren ganzen Aufenthalt.

Vor allem waren sie nicht so nervös wie viele venezianische Männer seit Neuestem.

Mitten auf der Straße oder einer Brücke blieben sie stehen und starrten mit zusammengekniffenen Augen in den Himmel. Ungewöhnlich für die Venezianer, weil damit nichts verdient war und am Himmel nichts Spannendes zu sehen war. Die meisten Männer wippten, wenn sie irgendwo saßen, ständig mit den Füßen, das war auch neu, einige kauten an den Nägeln, solche, die mehr als genug zu essen hatten. Sie regten sich auf über einen Langweiler wie Zorzi, der gerade eine Weltkarte für den großen Rathaussaal malte; warum musste der unbedingt den neuen Kontinent draufmalen! Über Amerika redeten sie, als wäre es von Verbrechern bevölkert, gegen die sämtliche bisher bekannten herzig waren.

Wir werden nicht zulassen, dass uns andere die Vormachtstellung streitig machen mit krummen Touren, hatte der Senat verkündet. Damit waren die neu entdeckten kürzeren Seewege gemeint. Die Überseegeschäfte waren drastisch zurückgegangen, bei einigen sogar eingebrochen.

Versammelten sich vor einer der Minoritenkirchen Leute und irgendein Handwerker bestieg eine Kiste, sein Rednerpodium, wurden sie von Beobachtern umzingelt.

Wir werden es nicht erlauben, dass Idioten anfangen, die Bibel zu deuten, hatte der Gesandte des Vatikans in Venedig erklärt, doch die Lesekreise nahmen zu; ich kannte Bäcker, die mit dem Finger unter der Zeile den anderen etwas vorlasen, und viele Frauen, die es satthatten, von der Laune ihrer Vorleser abhängig zu sein, lernten ebenfalls lesen.

Es gab noch mehr Gründe für die Nervosität. Ein Buchdrucker behauptete, ihm sei die Schrift eines Astronomen angeboten worden, in der er eine Kurzfassung seiner Forschungsergebnisse veröffentlichte, ein Deutscher, angeblich anerkannt, leicht verständlich das Ganze. Danach war die Erde nicht der Mittelpunkt der Welt, Venedig als Welthauptstadt also mit abserviert; und beim Sonnenaufgang und -untergang bewegte sich nicht die Sonne, nur die Erde, also war auch Venedig in Bewegung, und nichts stand fest.

Den Venezianern fiel das Zurückschrauben schwer. Mit der Wirtschaft war es jahrhundertelang nur nach oben gegangen, Wachstum fanden sie selbstverständlich, Stillstand oder Rückgang undenkbar, das war etwas für die Zurückgebliebenen in der Provinz. Sie hatten einige Kriege hinter sich und anderswo für Ruinen gesorgt, ihre Stadt war von Zerstörungen vollständig verschont geblieben.

Sie hielten sich für unverwundbar, sagte die Fedele, das macht sie so verwundbar.

Mir tat der Gedanke an Venier nicht mehr weh. Ich redete nicht drüber, denn es wurde mir nach wie vor verübelt, dass ich den Trentuno nicht nur mit Ach und Krach wie eine lebensgefährliche Krankheit überstanden, sondern überwunden hatte.

Es war ein kalter, blendend heller Tag, als ich in Santa Croce unterwegs war und direkt an der San Zan Degolà vorbeiging, der Stammkirche der Venier. In mir regte sich nichts.

Gerade hatte ich zum Abkürzen einen der Hausdurchgänge betreten, dunkel und eng und gebeizt mit Pisse, da sah ich ihn kommen. Venier blieb auf seiner Seite stehen, ich auf meiner.

La Zaffetta, die berühmteste Frau Venedigs, sagte er.

Schlimm war nur, dass seine Stimme so ruhig klang. Ich hörte ihm an, dass er gut schlief, er glaubte an die Ungerechtigkeit. Zu Recht.

Dank Lorenzo Venier, sagte er, kennt jeder diesen Namen.

Sollte ich umkehren? Nachlaufen würde er mir nicht.

Dieser Name stinkt, sagte Venier. Er wird immer stinken, wie der von Judas oder Nero.

Immer: Dieses Wort war eine Haftstrafe.

Ich ging los, geradeaus auf ihn zu. Da roch ich ihn, unverwechselbar er, nach alldem, noch so vertraut. Ich musste mich an die Hauswand lehnen, die Knie gaben nach, er ging an mir vorbei.

Wirkt auch, wenn du nicht dran glaubst, hatte Aretino mir erklärt, warum er auf dem Brusthaar ein Horn aus Koralle gegen den bösen Blick trug.

Mit Kirchen ging es mir ähnlich, sie taten mir trotz der Priester gut. Schlecht wurde mir nur, wenn der Blick nach vorn auf einem Menschen landete, der vor Schmerzen schreien musste. Durch Handrücken und Fußrücken brutal ans Kreuz genagelt, über offenem Feuer geröstet oder mit Steinen beworfen.

In der Frari-Kirche war ich davor sicher, das wusste ich. Hier war eine schöne junge Frau zu sehen, die ich bewunderte, weil sie etwas von mir hatte. So erging es vermutlich den meisten jungen Venezianerinnen.

Das Rot stand ihr unverschämt gut. Das lag an ihr und am Rot, es leuchtete von innen heraus, war tief, nicht dunkel. So ein Rot kostete in der Herstellung mehr als jede andere Farbe, nur wenige konnten sich das leisten. Was an roten Stoffen bezahlbar war, ging entweder ins Rosa, etwas für Zehnjährige mit dunklen Zöpfen, oder es ging ins Rotbraune, Rostige, was sich mit blondierten braunen, also rötlich blonden Haaren nicht vertrug, die wirkten dann fahl und strohig, die ganze Erscheinung bekam etwas Billiges. Jemand wie ich, und in meinem Beruf bevorzugten die meisten die gleiche Haarfarbe, ließ besser die Finger von diesem Rot.

Macht dich jung, sagten die Kolleginnen, wenn eine es trotzdem trug, solltest du öfters anziehen.

Mit dem Verknüpfen hatten sie es alle nicht, Betriebsgeheimnisse nur gegen Geld oder neue Kunden. Jede Konkurrentin weniger ein Gewinn, das galt auch außerhalb meines Berufs. Wer Aretino im Blick hatte, und das hatten viele, konnte erkennen, was sich mit einem geeigneten Netz bewirken ließ; aber keine von uns wäre drauf verfallen, mit den anderen eins zu knüpfen. Finge ausgerechnet ich jetzt damit an, über drei Maschen käme ich nicht hinaus.

Meine Mutter hätte gewusst, wie die Madonna in leuchtendem Rot hieß, in ihrer Generation oder der meiner Großmutter gab es vermutlich noch einige, die es wussten, aber sie musste schon bald aus dem Geschäft rausgeflogen sein, aus Altersgründen. Wenn die Frau in Rot um die fünfzehn gewesen war, als Tizian sie als Assunta zu malen begann, musste sie nun an die dreißig sein. Ihre Nachfolgerin als Vorzugsmodell bei Tizian kannte fast jeder, sie hatte zwar noch keinen Hauptaltar erobert, aber ein paar Meter weiter in derselben Kirche, auf dem Nebenaltar der Familie Pesaro, machte sie als Madonna eine gute Figur, nur ziemlich schüchtern, blasser und leiser als die Assunta. Cecilia hieß sie und kam wie Tizian selbst aus den Dolomiten, abgehauen aus einem kriegszerstörten Kaff in den Bergen. Mit ihrer Karriere war es auch bereits vorbei im Alter von höchstens vierundzwanzig. Letztes Jahr, keinen Tag nachdem sie Tizian das dritte Kind geboren hatte, war Cecilia gestorben. Geheiratet hatte er sie, als das erste Kind bereits laufen konnte.

Ein Mädchen aus kleiner Kiste, das ledig Mutter geworden war, Modell für die Muttergottes? Störte keinen, musste man nicht wissen.

Ich spürte, wie die Assunta mit fülligen Schenkeln und festen Brüsten auf mich zukam, ich hatte die Ausdünstung ihres Körpers in der Nase, hörte ihren leichten Schritt, den vertrauten venezianischen Dialekt, sie war so einwandfrei Venezianerin, wie die Nachfolgerin Cecilia eine aus den Bergen war, und aus ihrem Haar wehte mich Küche an. Mitten aus dem Alltag trat sie ins Bild. Keiner, der sie gesehen hatte, konnte sie vergessen. Und keiner dachte darüber nach, dass es nicht die Muttergottes war, die er von da an in seinem Kopf mit sich herumtrug, sondern ein Mädchen von fünfzehn Jahren, das weder lesen noch schreiben konnte, Hornhäute an den Fingern hatte und vielleicht gerade seine Monatsblutung.

Wer auch immer für die Assunta posiert hatte, sie war jetzt schon vergessen. Das Bild blieb eine Sensation, würde es auch bleiben. Allein weil es mit seinen fast sieben Metern Höhe und an die vier Metern Breite das größte in Venedig war, die Grundfläche mancher Wohnungen war kleiner, rannte jeder Fremde hierher in die Frari-Kirche. Pech für die Assunta, dass Tizian sie nicht geehelicht hatte, das wäre ihre einzige Chance gewesen, wenigstens ins Heirats- und Sterberegister namentlich einzugehen. Jetzt war sie im Sumpf der Namenlosen versackt.

Halt, falsch. Das Rot, sie trug es nicht, es trug sie – auf dem Bild in Richtung Gottvater, das hieß in die Unsterblichkeit.

Trug es nur die Madonna dorthin oder auch das Modell?

Der Ausweg: Ich sah ihn erst jetzt, als ich direkt davorstand.

In Kirchen roch es nach Weihrauch und Kerzen und schlimmstenfalls nach Schweiß und muffigen Kleidern. Unsterblichkeit, wie roch die? Vermutlich nach gar nichts. Mein Name wäre den Gestank los.

Schlau war Tizian nicht, sonst hätte er sich nicht seine Briefe von Aretino schreiben lassen, der das jedem erzählte, der nicht danach gefragt hatte.

Klug musste er sein. Er hatte die hohlen, glatten, faden Madonnen mit Leben gefüllt, und zwar mit echtem. Das machte sie glaubwürdig, und das konnte ich ihm bieten.

Und da war noch was – Aretino hatte bei mir eine Rechnung offen.

Tizian war umgezogen, die ganze Stadt wusste es. Aus dem Stadtzentrum bei San Samuele, nahe am Kanal, wo er vierzehn Jahre lang gewohnt und gearbeitet hatte, nach Nordosten, Biri Grande hieß der Stadtteil, eine schweineteure Ecke, weil dort viele Häuser Gärten hatten, üppige Gärten, nicht nur begrünte Gefängnishöfe für Ehefrauen. Aretino hatte ihn sofort besucht.

Höchstens vom Dach der Ca' Bolani aus hätte er mir zeigen können, wo das Haus lag. Er kritzelte einen Plan.

Das da hinten sind größtenteils Wiesen, ein paar Felder und Gartenanlagen, unbebaut, hier ist San Canzian, ärmliche Kirche, bis auf den neuen Campanile, und da, wo ich jetzt den Kreis ziehe, liegt es, Casa Grande nennt sich das, aber übermäßig ist die Bude, ehrlich gesagt, nicht, die Miete schon. Biri ist eine beliebte Gegend, etwas für Landbewohner, wenn du mich fragst, die Lage treibt den Preis nach oben, direkt an der Lagune mit Blick auf Murano und bei klarem Himmel über das Flachland bei Mestre auf die Berge, von denen er kommt. Heimweh, auch das noch.

Aretino hielt Tizians Umzug für eine Dummheit, wie üblich, wenn jemand etwas tat, ohne ihn vorher zu fragen.

Das Haus liege in einer Sackgasse, kein Durchgangsverkehr, kein Lärm vom Hafen oder vom Markt, keine Fremden.

Totenstill, schimpfte er, da muss ein normaler Mensch verrückt werden. Wenn er sich wenigstens Pfauen für den Garten gekauft hätte, aber nein: Kaninchen hat er reingesetzt, blütenweiße Kaninchen, und er denkt nicht dran, sie zu essen. Das letzte Bild von seiner Verblichenen war die Madonna mit den Kaninchen, weißen Kaninchen. Kein Kommentar.

Er stöhnte wie sonst nach zu viel Essen.

Gift sei das für Tizian. So finde er nie heraus aus der Schaffenskrise. Leider könne sich Tizian die leisten, leider. Alles mache er falsch. Anstatt sich eine neue Frau zu suchen, und suchen müsste er gar nicht, nur einfach reinlangen in den vollen Früchtekorb, hatte er seine Schwester von daheim aus den Dolomiten hergeholt. Noch keine Mitte vierzig, schleiche er daher wie ein alter Mann und werde immer mehr zum Kind, einem greisen Kind.

Aretino schenkte sich ein Glas so randvoll, wie nur er es konnte.

Es ist ein Jammer. Schokolade statt Rotwein, viel schlafen, aber immer allein, Tiere streicheln und essen wie bei der Mama. Seine Schwester kocht ihn klein. Ins Bordell ist er eh nicht zu kriegen. Der fängt noch an, am Daumen zu lutschen.

Mich freuten die schlechten Nachrichten. Tizian musste nur noch darauf kommen, dass er mich brauchte.

Die Nacht vorher war eine gute Vorbereitung. Venier hatte den Schlamm vom Grund des Kanals aufgewühlt.

Im Traum kamen mir wieder diese Frauen entgegen, die sich daran gestört hatten, dass ich nach dem Trentuno kein Opfer geblieben war; ob sie mich kannten oder auch nur erkannten, immer dasselbe.

Das holt dich wieder ein, warte nur.

Wie kaputt du innen drin bist, merkt trotzdem jeder.

Dann Kolleginnen, die sagten das unverblümt. Wenn ein Mann in deinem Bett liegt, muss dir doch das Kotzen kommen. Ficken ist nur noch Folter, was?

Es wurde Zeit.

Ein Brief von Aretino war das, was jeder Einbrecher gerne gehabt hätte: schloss überall auf, und zwar sofort.

Ich kannte Tizians Schrift bisher nur von seinen Gemälden. Er war der erste Maler, der jedes seiner Werke signierte. Ein Zeichen des Niedergangs, sagten einige Idealisten. Die Künstler waren die Bastion der Bescheidenheit, ihr Werk sollte bewundert werden, nicht sie. So war es bei Carpaccio gewesen, bei den drei Bellini, bei Giorgione. Mit Aretino und Tizian war das vorbei. Es gab auch andere Idealisten. Endlich wurden die Künstler vernünftig. Ohne Patentschutz gibt bei uns doch kein denkender Mensch ein Produkt aus der Hand.

Die Gegend war nur mager bebaut, niemand unterwegs, den ich hätte fragen können; Tizians Haus war nicht leicht zu finden. Zur Gasse hin trug es einen Arbeitskittel, kein Mensch hätte hinter der Fassade den König der Maler vermutet.

Die Tür öffnete eine Frau, die nicht zu sagen brauchte, wo sie herkam. Wenn ich das halbe Jahr in den Schnee starren müsste und den Rest auf nackte Felsen und Geröll, würde ich wahrscheinlich genauso aussehen. Ihre Hände allerdings, sie legte gleich beide um meine, waren zum Trösten begabt.

Er wartete in der Diele. Was, so klein? Der Bart müsste runter, dieses verstaubte Fell machte Tizian zu seinem Vater. Das war kein Bart wie der von Aretino, schwarz gefärbt und zum Hinschauen, Tizian versteckte sich dahinter.

Seine Stirn war ungemütlich hoch, und seine Nase hatte so viel Fleisch wie ein abgenagter Hühnerknochen. Warum war ich bloß mit leerem Magen hergekommen.

Als er mich in seinen Salon führte, erschrak ich, er war gemütlich.

Fenster mit zwei Bögen zum Garten hinaus, unter der Brüstung eine geschnitzte Truhe, satte Kissen auf den Sesseln, ein polierter Holzboden, auf dem die Füße sich keine Splitter einzogen und nicht froren, an den Wänden kein einziges Bild, nur ein Teppich.

Tizian hatte seine Hände auf die Knie gelegt und betrachtete sie wie zwei Fremde.

Der fasst mit den Fingern in die nasse Farbe, hatte Aretino behauptet, als er mir sein neuestes Porträt vorführte, statt Bargeld von Tizian. Er wischt und reibt und tupft.

Die Fingernägel waren kalkweiß, die Hände sauber, wie ich sie mir von den Wundärzten gewünscht hätte. Schaffenskrise, es stimmte also.

Wir warteten aufeinander. Meine Fragen trauten sich nicht heraus, er hatte offenbar keine. Kein Berg ermuntert Menschen, ihn zu besteigen.

Wäre er ein Kunde gewesen, ich hätte ihn berührt, zuerst nur am Handrücken, dann unter dem Ärmel am Handgelenk und mit einem Finger an der Unterseite des Unterarms, wo die Haut deutlich dünner war. Blödsinn. Aretino hatte mich gewarnt.

Weißt du, wie er auf meine Einladung zu einer wirklich begabten Kollegin von dir, es sollte ein Weihnachtsgeschenk sein, reagiert hat? Verführung, sagte er, ist Täuschung, und ich hasse Täuschung.

Ich bin … Jeder Satz, der so anfing, war überflüssig. Außerdem hatte Tizian von Aretino wahrscheinlich eh alles erfahren, was er wissen sollte, und wie ich Aretino kannte, noch mehr.

Tizian wartete, als sei er das Warten gewohnt und fühle sich wohl drin.

Unser Schweigen wurde dichter. Beim Nebel in der Lagune wusste jeder Inselfischer genau, wann er zu dicht war, um noch aufzubrechen, gleich war es so weit.

In seinem Bart, rechts unterhalb des Kinns, hing etwas Gelbliches, vielleicht Ei. Ich stand auf, entschuldigte mich, pflückte es weg und zeigte es ihm, es war Käse.

Ich will … aber nicht mehr heiraten, sagte er.

Ich wollte noch nie heiraten, sagte ich.

Seine Brust hob sich beim Einatmen, und das Ausatmen dauerte ganz schön lang.

Am Tag vorher hatte ich mir in San Zanipolo Tizians letzten Altar angesehen. Ein Stück Wald, Sturm im Geäst, auf den Boden gestürzt ein blasser alter Mann, Panik im Gesicht, einen Arm abwehrend nach oben gereckt. Über ihm, halb nackt und gebräunt, sein knackiger Mörder, das Messer gezückt, Sekunden bevor er zustach.

Der ist verrückt, dieser Tizian, hatten die Auftraggeber gesagt, die Bruderschaft des Petrus Martyr, um dessen Ermordung ging es. Dann hatte ein privater Sammler, einer von auswärts, Tizian ein Vielfaches von dem geboten, was die Brüder zahlen wollten, da sagten sie: Der ist verrückt, dieser Sammler, und stellten das Bild auf; echte Venezianer, die Brüder.

Gestern habe ich Ihren Petrus in Zanipolo besucht.

Tizian schwieg.

Schrecklich, flüsterte ich.

Schrecklich was? Sein Blick ging an meinem rechten Ohr vorbei, in meinem Rücken lag die Fensterfront.

Schrecklich brutal.

Ist unsere Wirklichkeit das nicht? Zum ersten Mal sah er mir in die Augen. Ich hätte gedacht, dass gerade Sie das wissen.

Gut, er wusste Bescheid. Aretino hatte mal wieder sein Jenachdem praktiziert und ihm nicht den Kinderbrei aufgetischt, der *Trentuno* sei reine Satire. Falls Tizian mich als Modell beschäftigen würde, kaufte er die Katze nicht im Sack. Nur, wenn Mord und Totschlag Tizians Zukunft waren, hatte ich dort keinen Platz. Ich wollte nicht als Opfer verewigt werden, erstens sah es besser aus, wie Maria ohne äußere Verletzungen unsterblich zu werden, zweitens würde dann erst recht wieder jeder an den Trentuno denken. Ich musste das Bild korrigieren, das Venier von mir in Umlauf gebracht hatte.

Vor ein paar Jahren hatte Tizian eine Serie von drei Szenen für den Herzog Alfonso d'Este in Ferrara gemalt, vermittelt durch Aretino, irgendetwas Mythologisches.

Die letzte der drei sollte er vor Ort in Ferrara vollenden. Tizian hatte sich geweigert. Nur in Venedig stünde ihm mit den vielen Käuflichen eine ordentliche Auswahl an Aktmodellen zur Verfügung. Das hatte mir Aretino gestern noch als Proviant für den Besuch hier zugesteckt. Leider hatte er nicht verraten, ob die Modelle für die üblichen Vergewaltigungen durch Götter und Helden gebraucht worden waren. Das Thema beschäftigte Tizian, er wollte doch die Lucretia neu und anders malen, drastischer, vermutete Aretino.

Lucretia wäre auch nichts für mich, sagte ich zu laut.

Ich verstehe kein Wort. Wie, nichts für Sie?

... und Geschichten aus der Mythologie nur, wenn ...

Tizian stand auf.

Mythen sind abgestandene Gerüchte, die interessieren mich nicht mehr.

Der Flur war dunkel. Seine Werkstatt danach umso heller, und sie war geheizt, trotz Schaffenskrise. Man könnte ihm sogar in der kalten Jahreszeit nackt posieren.

Fünf Bilder lehnten dort an der Wand, von allen war nur die Rückseite zu sehen. Staubig war keine.

Tizian blieb stehen, umklammerte seine Oberarme und wurde im Stehen noch kleiner, als würde er versinken in seiner Untätigkeit. War der Tod seiner Frau schuld daran, oder waren es Selbstzweifel? Ist jemand ganz oben angekommen und erkennt, dass es nur noch abwärtsgehen kann, muss ihn frieren, bis er erstarrt, wenn ihn keiner erlöst; vielleicht war es schon so weit.

Woran denken Sie?

An meine Sägewerke daheim. Der Winter brach früh

ein. Die Flüsse sind vereist, wir bekommen das Holz nicht ins Tal. Schlecht fürs Geschäft.

Was ist mit den Bildern hier? Sind die alle abgeschlossen?

Ich schließe kein Bild ab. Ich verlasse es für eine Weile.

Und dann?

Kehre ich zurück und verändere es. Sprichwörter hasse ich, bis auf eins, das liebste meiner Mutter: Irren ist menschlich, darauf beharren ist teuflisch.

Kennen Sie Lorenzo Venier?, fragte ich.

Wir beide verstehen uns, sagte er.

Und nach einer Pause: Sie und ich.

Wieder Schweigen, dieses Mal fühlte ich mich darin wohl.

Er warf seinen nächsten Stein ganz ruhig ins Wasser: Korrekturen brauchen Zeit.

Mein dummer Onkel, der an das Gute im Menschen glaubte, konnte Steine so werfen, dass sie auf dem Wasser hüpften.

Ich sah den letzten Stein hüpfen.

Der Gestank wehte mir entgegen, als ich den Campo San Moisè überquerte. Es war nicht der nach faulen Eiern, wie er im Sommer oft aus den Kanälen stieg. Es war ein beißender Gestank, den ich mir nicht erklären konnte. Gestern war Mariä Himmelfahrt, und die Stadt hatte besser gerochen als sonst im August, die Festtagsküchen hatten über jeden Unrat gesiegt. Ich suchte nach einem Taschentuch und drückte es im Weitergehen auf Mund und Nase. Meine Augen fingen an zu tränen. Bei Santa Maria Zobenigo blieb mir nichts anderes übrig, als stehen zu bleiben. Rauch hing über dem Platz, trotzdem herrschte ein Gedränge früh am Freitagmorgen wie sonst nie, und das, nachdem es am Vorabend bei den meisten spät geworden war.

Alle schoben Richtung Kanal, blökend, blöd und blind, einer hinter dem anderen her, ich wurde mitgeschleppt, kein Ausweg. Mein Taschentuch war zu dünn für den Gestank, er schmeckte scharf auf der Zunge, bloß nicht tief einatmen.

Dann sah ich es. Schwaden stiegen auf von dem schwarzen Steinhaufen in einem riesigen schwarzen Geviert, die Außenmauern nur noch kindshoch. Gestern hatte dort noch der schönste Palast Venedigs gestanden, der Palazzo Malombra. Jetzt ging der Blick ungehindert durch bis zum Canal Grande, wo direkt an der Uferkante vier

Marmorsäulen aus dem Schutt ragten. Sie waren weiß gewesen. Der Brandgeruch schien schwer zu sein von dem Reichtum, den die Flammen aufgefressen hatten. Die Zuschauer schwiegen, aus Mitleid bestimmt nicht. Die Corner, die den Palast der Familie Malombra abgekauft und angeblich mit Luxus gemästet hatten, gehörten zu den vier Evangelisten, den vier ältesten Familien in Venedig, und taten viel für den Neid. Vier Paläste allein am Canal Grande, Villen mit Landschaften und Landwirtschaften auf dem Festland, keiner wusste genau, wie viele, Kapital, das sie bei verschiedenen Banken noch feister werden ließen, die Thermen in Abano und ein Hafen voller Schiffe, die aus Ägypten, Flandern und Zypern Baumwolle, Stoffe, Zucker, Mais, Gewürze und Wein herbrachten, Textilbetriebe in der italienischen Provinz, irgendwelche Niederlassungen in der Türkei und in der Levante. Aretino kannte die Verhältnisse der Corner von innen. Weil sie nicht wussten, wohin mit dem Geld, schlossen sie hohe Wetten ab, wer welchen Krieg gewinnen, wer der nächste Papst oder Nuntius in Venedig werden würde, auch darauf, ob die Zaffetta die Syphilis eingefangen hatte beim Trentuno.

Weil er abseits stand, fiel er mir auf, Sanudo. Ich rangelte mich zu ihm durch.

Ja, schon die ganze Nacht. Ich bin alarmiert worden, da müssen Sie dabei sein, Sanudo, laufen Sie, laufen Sie. Aus Zypern ist Zuckerrohr angeliefert worden, das unterwegs Nässe abgekriegt hat. Damit es nicht zu schimmeln anfängt, haben es die Arbeiter im Dachboden des Palastes zum Trocknen ausgelegt. Corner schlägt sich seit

Jahren mit Gicht herum, die Ärzte haben ihm dagegen Hitzekuren verordnet. Um ihn herum werden, egal wo er sitzt oder liegt oder steht, Becken mit glühender Kohle aufgestellt. Er selbst ist auf die Idee verfallen, diese Dinger auf den Speicher zu tragen.

Ach, die, die können sich so einen Brand leisten, sagte eine Frau hinter mir.

Ich wollte wissen, ob jemand verbrannt war.

Sanudo hatte bereits den Aufseher von Corner gefragt. Nein, kein Mensch.

Aber es würden Arbeiter vermisst, die oben löschen sollten, hatte Sanudo gehört.

Ich sage ja, kein Mensch.

Mit solchen wie denen sollte man nicht in Berührung kommen, sagte die Frau hinter mir. Sonst wird man innen drin verschmutzt, wo es kaum mehr wegzukriegen ist. Wie bei den Flaschen.

Lorenzo Venier, sagte Sanudo, hatte heute Nacht einen Vorzugsplatz, direkt gegenüber vom Spektakel. Die Venier sind wie die Corner Kolonialherren, den einen gehört Kythera, den anderen Zypern, so was verbindet. Vermutlich hat Venier geheult.

Ich war auf Wohnungssuche unterwegs. Die deutschen Kunden konnten schlagartig heimgeschasst oder gar nicht mehr hereingelassen werden, es war erst fünf Jahre her, dass die Deutschen Rom ausgeweidet hatten. Auch wenn uns jetzt Kaiser Karl als Freund verkauft wurde, nur Spekulanten bauten auf diesen wankenden Boden. Meine früheren Stammkunden machten noch immer einen Bogen um mich, und Aretino hatte mir auseinandergesetzt, wo es klemmte. Jeder von denen hält sich für einzigartig, aber sie sind Herdentiere wie die meisten Menschen, nur ist die Herde klein. Wenn du den einen wichtigen Namen aus diesem Verein für dich verbuchen kannst, kommen sie alle wieder. Dafür, für den ersten, brauchst du die richtige Adresse, die wäscht Gerüchte ab, so funktioniert diese Stadt.

Vermögensnachweis, Gesundheitsnachweis, Bürgen, es war mühsam, als Alleinstehende in meinem Beruf etwas in der ersten Reihe am Kanal zu ergattern, und die zweite, warnte Aretino, sei nichts wert.

Die erste gehörte fast nur solchen wie denen aus dem Verein.

Der Hausverwalter, der mir die Wohnung zeigte, hatte eine lilafarbene Nase, verschwollene Lider und ließ den Hausschlüssel, lang wie ein Fisch, zwischen den Beinen baumeln. Ich wohne ein Stockwerk tiefer, nicht mal ein Drittel so groß wie das, hintenraus, ein dunkles Loch, und laut ist es auch.

Ich sah mich um, es gefiel mir.

Tut mir gut, ab und zu hier raufzukommen, sagte er und lächelte.

Wozu?

Wegen der Miete.

Die zahle ich gleich bei Vertragsabschluss.

Ich komme, um sie abzuholen. Naturalienaustausch rechnet sich doch für beide Seiten. Zweimal die Woche, dachte ich.

Ich wurde starr bis in die Augen.

Musst keine Angst haben, Mädchen, ich schlage das bei einer anderen Mietpartei drauf, das merkt keiner.

Der Nächste wollte die Miete für zwei Jahre im Voraus und eine Unterschrift meines Vaters, dass er für eventuelle Schäden am Bau aufkomme. Ich unterhielt mich kurz mit dem Schwamm in den Wänden und sagte Danke.

Der Dritte musste ein unerkannter Zwilling des Ersten sein, nur hatte er an dreimal die Woche gedacht.

Ich spürte das Bedürfnis, mich gründlich zu waschen.

Ein Hausbesitzer, der früher mein Kunde gewesen war, beantwortete immerhin meinen Brief. Leider nein, bei ihm nicht, aber er kenne da einen.

Lage ganz vorn am Kanal, Wohnung hell, ich spazierte in meinem künftigen Glück herum, kümmerte mich nicht darum, dass sein Blick an meinem Hintern klebte, lobte die Wohnung, das komme gut an, hatte Aretino mir eingeschärft, und fragte, wie viel.

Suchen Sie sich besser etwas in Chioggia, sagte er. Ich wollte Sie nur mal aus der Nähe sehen. Die aus der Gosse überstehen offenbar alles.

Der nächste Anlauf galt einer Frau, sie hatte gerade geerbt, das ganze Haus, erste Reihe. Schade um ihn, sagte Aretino, zu früh gestorben, er hätte das Zeug zum Dogen gehabt, an die achtzig war er, sah aus wie neunzig und konnte nicht mehr laufen. Beim alten Loredan, der hörbar klapperte, haben sie es geübt, den Dogen überall hinzutragen.

Ihr Parfum war vor ihr an der Tür. Es war die Sorte, die Anfängerinnen in zu großer Menge benutzen, weil es als unwiderstehlich gilt. Unwiderstehlich lässt sich nicht steigern.

Die Witwe war gerade noch im Heiratsalter, um die achtzehn, neunzehn, und so gut gelaunt, wie man es nur nach besonders großen Glücksfällen sein kann.

Was, so jung schon, fragte sie, noch jünger als ich?

Ist hier nicht unüblich, sagte ich.

Mir wurde versichert, dass Sie über ausreichend Mittel verfügen.

Plötzlich war ihre Stimme wie eine Katze, die um die Beine strich. Ob es schon einen neuen Mann gebe.

Witwen unter sich? Von meinem Beruf hatte sie offenbar keine Ahnung.

Mehrere, sagte ich, mehrere Männer.

Sie machte zwei Schritte zurück. Auswahl sei immer gut. Bei ihrer Verheiratung habe es nur einen gegeben, jedenfalls laut ihrem Vater; sei froh und dankbar, hatte er gesagt. Aber zu viel Herrenbesuch sei hier nicht erwünscht.

Wenn ich es mir leisten kann, würde ich gerne auf zwei pro Woche reduzieren.

Sie brauchte so lang, dass ich an ihrem Verstand zweifelte.

Mein Gott, davon hat er kein Wort gesagt. Sie verkaufen Ihre Seele, sagte sie und bekreuzigte sich.

Das kann nicht sein, dafür hat mir noch keiner etwas geboten, und ich habe sie nach wie vor.

Sie fing an zu weinen. Was meine Mutter dazu gesagt habe, meine arme, arme Mutter.

Die hat mich immer beschworen: Kind, verschenk dich nicht. Daran habe ich mich gehalten.

Sich für Geld herzugeben an … wie viele – vier, fünf die Woche? Tiefer, sagte die Witwe, kann eine Frau nicht fallen.

Doch sagte ich, kann sie, wenn sie sich nur an einen Einzigen verkauft, teuer verkauft, dafür lebenslänglich, sie hat ihre Freiheit mitverkauft.

Sie weinte noch immer. Ich wurde verkauft, sagte sie. Mir wäre sonst nur das Kloster geblieben.

… oder mein Beruf, sagte ich.

Mit dem Weinen hatte die Witwe aufgehört. Es konnte Wut sein, es konnte Schmerz sein, vielleicht sogar Neid, ihr Gesichtsausdruck schmiss mich raus.

Er war eingeschlafen, auf dem Bauch liegend, und ich studierte seinen Rücken. Zwei Narben, eine am linken Schulterblatt, eine am Hintern. Die untere sah aus wie eine hellrosafarbene Raupe, die sich auf den Schlitz zubewegte, als wollte sie darin verschwinden. Was ist damals passiert?, würde ich fragen, wenn er aufwachte. Die Geschichten der Narben erzählte jeder gern, die meisten erzählten sie zum ersten Mal und brauchten danach ein zweites Glas Wein. Ich fuhr der Länge nach über die rosa Raupe, sie war weicher und feuchter als die Haut drum herum, noch ziemlich jung vermutlich. Trotzdem, ein Schmetterling konnte sie nicht werden, sich verwandeln und wegfliegen, damit würde es nichts.

Der Gedanke machte mich traurig.

Er redete aus dem Dickicht seiner Träume heraus, zu verstehen war er nicht, ich stand auf, geräuschlos, das hatte ich geübt.

Auf meinem neuen Tisch lag noch die Laute, daneben Noten zu Frottole. Etwas anderes sang ich nie, das waren meine Lieder, sie drehten sich ausschließlich um die Liebe. Es gab welche nach Gedichten von Petrarca, von Bembo, Dante oder anderen Größen, die knacksten vor Belesenheit, als hätten sie starre Gelenke; mir waren solche lieber, in denen geredet wurde, wie uns der Schnabel gewachsen war. Geschrieben waren sie ausnahmslos von Männern, manche waren an die abwesende Geliebte gerichtet, manche waren Selbstgespräche über die Begehrte und die Liebe an sich. Wenn ich sie sang, musste ich ein Mann werden und die Frauen mit Männeraugen sehen. Die Dichter klagten durch die Bank über das Gleiche: Sie wüssten nicht, woran sie sind. *Die, die ich liebe wie mich selber, hat bis jetzt Nein gesagt, nein, nein, jetzt sagt sie Ja.* Da gab es Strophen, in denen viermal untereinander zu lesen war: *Ach ja, ach nein, ach ja.* Ein Lied fing an mit den Worten *Vielleicht ja, vielleicht nein.* Sie gestanden ungeniert, eine Höllenangst zu haben. Der Apfel könnte giftig sein, unter der warmen Haut könnte ewiges Eis liegen. Die Liebe war für sie offenbar ein Erdbebengebiet.

Ich wankte mit ihnen und spürte, wie ich beim Gedanken, eine Frau zu erobern, mal wütend wurde und mal starr oder zuerst wütend und dann starr.

Als Kind gehörte es für mich zu den Wundern, wenn meine Mutter Baccalà mantecato kochte, wie aus diesem weißen Brett, das der Fischhändler vom Haken nahm, eine geschmeidige Delikatesse wurde. Sechsunddreißig Stunden musste der Stockfisch eingeweicht werden, bevor sie ihn mit Olivenöl, einem hölzernen Löffel und Geduld bearbeiten konnte.

Mit den Frottole gelang es schneller, stocksteife Männer in Liebhaber zu verwandeln.

Sie hörten zu und wurden zutraulich.

Meine Kolleginnen schworen alle darauf, man müsse Leidenschaft aufführen, vor Lust stöhnen, vor Lust schreien, umso mehr, je weniger davon da war. Die Gefahr, dass einer das Theater durchschaut, sagten sie, ist gering, jeder will dran glauben. Echte Gefühle, körperlich wenigstens? Komische Vorstellung, fanden sie. Die Kerle hätten keine Ahnung und gar kein Bedürfnis, eine zu bekommen. Ihre Berührungen seien so erregend wie das Krabbeln einer Stubenfliege. Nein, keine von ihnen sagte etwas, sie fragten bestenfalls, was sie denn wollen sollten.

Einige mogelten im Bett ein Tuch unter den Hintern, für sie hatte der Beruf anscheinend etwas Schmutziges, für mich nie.

Ich schwor auf die Frottole und verriet jedem Mann meine Wünsche. Die meisten Männer verstanden mich: Ich wollte ihnen nichts nehmen, aber nicht nur genommen werden.

Auf dem Tisch lag neben der Laute noch aufgeschlagen, was ich vorher gesungen hatte: *Werde ich lieben, werde ich nicht lieben?*

Will ich lieben, oder will ich's lassen?

Die Traurigkeit schwappte heftiger an mein Innerstes.

Warum, verdammt! Was die Witwe von sich gegeben hatte, konnte nicht der Grund sein, abgestandenes Zeug, ich hatte mir kurz zuvor bei Aretino von einem noch nicht entjungferten Vierzigjährigen Argumente angehört, die frischer waren.

Sie behaupten: Ich verkaufe meinen Körper, nicht mich, hatte er mich quer über den Tisch angeschossen.

Ja, das behaupte ich.

Kann nicht funktionieren, sagte er. Wenn Sie Holz verkaufen, bleibt es Holz, ob daraus ein Bett gebaut wird oder ein Boot oder ein Galgen.

Soll heißen?

Sie leben in der Einbildung, sich aufteilen zu können in die eine, die Geld nimmt für einen Geschlechtsakt, der mit Liebe nichts zu tun hat, und in die andere, die liebt.

Unsinn, dann müsste ich auch zwei Geschlechtsorgane haben, einmal für privat, einmal für den Beruf. Ich spalte mich nicht.

Er wurde laut. Aber was bieten Sie denn an? Echte Liebe kann es nicht sein. Eine Dienstleistung wie Putzen oder Transportieren? Das nenne ich abspalten.

Ich biete Aufmerksamkeit an und Phantasie.

Jetzt, zwei Nächte später, lag er in meinem Bett.

Nur, warum war ich traurig?

Werde ich lieben, werde ich nicht lieben?

Will ich lieben, will ich's lassen?

Der Mann mit der Raupennarbe hatte sich umgedreht und aufgehört zu reden. Nach dem Aufwachen würde er vermutlich loswerden wollen, wo er in seinem Leben Mist gebaut hatte, und ich sollte mir den Misthaufen ansehen, den er vor allen anderen versteckte. Er würde denken, er sei der Einzige, der mir so etwas gestand, und ich würde ihm das Gefühl geben, er sei der Einzige. Dass ich traurig war und warum, interessierte nur mich.

Es war schrecklich einfach.

Ich hatte mich noch nie verliebt.

Die Wohnungssuche lenkte mich ab. Dass es in der ersten Reihe nur über Beziehungen lief, hatte ich eingesehen – bei meinem Beruf. Leute aus alten Familien kennen Leute aus alten Familien, dachte ich; Sanudo lachte mich so müde aus, dass er mir leidtat. Ich kenne nur welche in den hinteren Reihen. Es hilft Ihnen nichts außer Aretinos Einfluss, dessen Geheimnis aus drei Wörtern besteht: Wer mit wem. Er weiß, wer mit wem wie verwandt ist, wer mit wem Grundbesitz teilt oder Bankgeschäfte, wer mit wem schläft und wer mit wem Leichen im selben Keller hat, auch wer mit wem wettet, glücksspielt, säuft oder Überzeugungen auslebt, verbotene Überzeugungen.

Also wieder zu Aretino. Ein paar Tage danach bekam ich eine Mietwohnung im Piano nobile der Ca' Loredan. Die Loredan, sagte Aretino, standen unter Beobachtung, seit ein protestantischer Prediger vom Balkon ihres Hauses bei Santo Stefano zum Volk geredet hatte. Aretino wusste mehr über die Sympathien der Loredan als die Beobachter.

Acht Fenster zum Kanal und ein Balkon, fast doppelt so groß wie der von Aretino, die anderen im Haus ebenfalls nur Mieter, keine Eigentümer, also keine Rangordnung.

Der Oktober brachte schon den Novemberregen. Manchmal rannte ich mitten in der Nacht vors Haus, bis ich bis auf die Haut durchnässt war. Die letzten Wochen, sogar Monate hatte ich fast durchgearbeitet, Miete im Voraus, Mobiliar mit Intarsien, orientalische Teppiche, Samtdecken für die Tische und Konsolen, Gemälde mit Nymphen, ohne Götter, ein Himmelbett aus Eisen mit Schubfächern unten drin, wie es jetzt Mode war, Spiegel, so groß wie möglich, Majoliken, silberne Leuchter, Ledertapeten.

Jeden Tag zwei Kunden, das hatte mein Körper nicht übel genommen. Mein Kopf aber, der war nur noch ein schwach gefüllter Brunnen, und es floss nichts nach. Es strengte mich an, den Kunden Fragen zu stellen, ich hantierte wie ein Handwerker mit zwanzig Jahren Berufserfahrung auf einer Baustelle. Dann war der Brunnen leer und ausgetrocknet. Meine Gedanken huschten davon aus dem Hier und waren ganz woanders unterwegs als meine Hände. Die wollten so schnell wie möglich das Ziel erreichen, ihren Zweck erfüllen und Geld spüren. Nicht die oft gesungenen Lieder klangen in meinen Ohren, nur ein Satz trommelte dort: Das nenne ich abspalten.

So ähnlich müssen Verbrecher arbeiten, sagte ich aus dem Nichts. Der Mann in meinem Bett fragte: Hast du schlecht geträumt?

Aretino füllte die Türöffnung fast aus.

Es ist so weit: Ich habe ihn.

Wen?

Den, der dich wieder ganz nach oben bringt, er hat alles, Macht, Geld, Beziehungen und einen Namen, der jeden, der dich hat fallen lassen, eifersüchtig macht. Eifersucht ist der beste Kundenfänger. Ich werde ihm klarmachen, dass er sich von Tizian porträtieren lassen muss. Du willst wissen, wer es ist?

Nein.

Sein Name, seine Familie, interessiert dich das nicht?

Mit denen schlafe ich nicht.

Sein Schweigen erklärte mich für verrückt oder undankbar, oder beides.

Erzähle mir etwas von ihm, sagte ich.

Er sieht aus …

Das sollten wir Tizian überlassen.

Sein Onkel ist …

Von ihm, wiederholte ich.

Aretino setzte sich auf mein neues Bett.

Als kleines Kind – seine Mutter war bei der Entbindung gestorben, und sein Vater wollte sich nicht mit einem Bastard zeigen – wollte ihn jeder adoptieren, weil er so …

Aretino stand auf, schaute aus dem Fenster, kam zurück.

… weil er so …

Als wäre es ihm peinlich, sagte er endlich: … schon so bezaubernd war.

Die Welt ist wie eine Treppe gemacht, der eine geht sie hinunter, der andere geht sie hinauf, hatte meine Mutter gesagt, und meine Großmutter und viele Mütter und Großmütter hier sagten das nach wie vor.

Sie waren entweder dumm oder blind.

Die Welt kam nicht ohne Frauen aus, das offizielle Venedig schon, und das wurde bei den üblichen Staatsspektakeln vorgeführt – auf der wichtigsten Treppe der Republik, dreieinhalb Meter breit, weder besonders hoch noch steil. Immer nur Männer drauf, und die gingen sie hinunter. Früher hatte man auf der obersten Stufe auch die Gattin des Dogen gekrönt, im Durchschnitt war also einmal in zwanzig Jahren eine Frau vorgekommen, das war längst abgeschafft worden. Hinauf sah man selten jemanden gehen, dafür gab es eine Innentreppe, es kam aufs Hinabschreiten in den Hof des Dogenpalasts an, wo sich die Schaulustigen auf die Füße traten.

Mich ohne Not quetschen zu lassen, wäre mir nicht eingefallen, Aretino hatte mich angespitzt: Mein neuer Kunde sei als Staatsgast bei dieser Zeremonie anwesend, allerdings nur als Zuschauer, das habe er sich selbst zuzuschreiben. Dass ich ihn ausfindig machen wollte, war verrückt, ich hatte kaum Anhaltspunkte.

Drei Monate lang war er als Gesandter mit irgendeinem gewaltigen politischen Auftrag im Gepäck unterwegs, Ziel war Ungarn. Dort sammelt der Bruder des Kaisers Geld, sagte Aretino, Geld für seinen Türkenkrieg, auch der Papst soll löhnen. Jetzt ist der Gesandte auf dem Rückweg nach Rom. Das mit der Reise ist bekannt, hier wird er inkognito auftreten. Auf eigenen Wunsch.

Was das brachte, wusste in einer Stadt, in der das halbe Jahr Masken getragen wurden, jeder: Unerkannt konnte man sich alles erlauben, wer sollte einen zur Rechenschaft ziehen.

Neu war die Methode nicht, so viel Mythologie hatte ich gelernt; Zeus hatte serienweise inkognito Frauen vergewaltigt und geschwängert mit der Ausrede, sie hätten vor einem Mann in seiner Position Angst gehabt und ihn nicht rangelassen. Dass sie ihren eigenen Mann liebten oder auf einen gewohnheitsmäßigen Ehebrecher nicht scharf waren, kam Zeus nicht in den Sinn. Mich erstaunte das nicht. Macht macht unempfindlich für die Machtlosen.

Also inkognito unterwegs, mein Kunde, nicht staatstragend gekleidet, bedeutete das.

Wollte er unerkannt mich und sonst wen besuchen, oder hatte er keine Lust auf dieses Affentheater von Staatsempfang? Sich stundenlang oder ein Leben lang verstellen heißt, sich selbst langsam vergiften; kein Wunder, dass die meisten auf der Treppe vorgealtert aussahen und viele meiner Kolleginnen mit fünfundzwanzig bereits verbraucht waren.

Ich hatte mich ziemlich weit nach vorn gedrängelt.

Die üblichen Figuren rollten bleischwer vor Wichtigkeit treppab, mittendrin der Doge, noch keine achtzig, aber unsicher auf den Beinen. Er wurde rechts und links gestützt, damit er nicht nur auf seine Füße starrte. Ich starrte auf seinen Kopf. Der war auf eine Gruppe am Fuß der Treppe gerichtet, nah an der Absperrung, vier Männer, gut angezogen.

Zwei kamen vom Alter her infrage als Gesandte auf Fernreise, einer war dafür zu alt, einer für so viel Bedeutung entschieden zu jung, nur welcher von den beiden Enddreißigern war es?

Mit seiner exotischen Kappe war er einen Kopf größer als ich.

Giulia, Giulia del Moro, sagte er. Er sagte es langsam, mit fast geschlossenen Lidern, als würde auf seiner Zunge Erdbeereis schmelzen.

Mein Name.

Ich hörte ihn zum ersten Mal in meinem Leben komplett, nur vom Lesen kannte ich ihn so. Die Eltern hatten mich anfangs Giulia, dann, wie von mir befohlen, Angela gerufen, die Verwandten sagten Mädchen, sie mussten sich schon genug Namen der eigenen Familie merken, für die anderen war ich die Zaffetta.

Giulia del Moro, sagte er noch einmal.

Meine Knie erfuhren zum ersten Mal, dass sie weich werden konnten.

Alle fünf Vokale, perfekt komponiert, das geht ins Ohr, sagte er. Man könnte neidisch werden. Mein Name ist eine Gemeinheit, viermal i, grausam.

Es war der zu Junge.

Kaum saß er, fing er schon wieder mit dem Namen an.

Vermutlich sollte mich der Name vorwarnen, sagte er.

Mit noch nicht einmal achtzehn bin ich zu einer Freiheitsstrafe verurteilt worden, von einem Familienangehörigen.

Er hatte sich mir genau gegenübergesetzt. In seinen Augen lag gerade so viel Traurigkeit, wie sie ein gutes Gedicht hatte. Sein Bart war kurz geschnitten, der Mund lag rosig und verletzlich inmitten des dunklen Gestrüpps, als sollte ihn das schützen. Die linke Braue war deutlich höher als die rechte und oben geknickt, seine Nase war in Form und Größe schön, aber sie stand etwas schief. Das freute mich. Makellose Gesichter flutschten mir aus dem Kopf wie die Namen von folgsamen Leuten. Sein Gesicht blieb sofort hängen.

Wozu? Zu wie viel Jahren verurteilt?

Lebenslänglich. Keine Minute hatte ich Theologie studiert, aber mein Onkel ernannte mich zum Kardinal. Dass ich dafür nach dem Gesetz zu jung war, scherte ihn nicht.

Aber wie konnte er das?

Er ist Papst.

Dann schwieg er, und ich auch.

Großer Name, hatte Aretino gesagt. Hier durfte er ihn verschweigen. Anonym zu sein gehörte für manchen Kunden dazu, wenn er alles ablegen wollte und zu einem werden, der er sonst nicht war.

Noch nie hatte ich einen Kunden so lang angeschwiegen, und noch nie hatte einer so lang zurückgeschwiegen. Oder umgekehrt. Ein Fenster hatte ich geöffnet, es war still wie weit draußen in der Lagune. Der 20. Oktober war ein Sonntag, und am Sonntagabend verwandelte sich Venedig in eine vollgefressen dösende Katze.

Wie soll ich denn sagen?, fragte ich endlich.

Er sah geradeaus, dorthin, wo mein Gesicht war, trotzdem ging sein Blick nach innen.

Am 19. April 1511, sagte er, das war ein Karsamstag, wurde in der Kirche Santa Chiara in Urbino ein Säugling entdeckt und sofort getauft auf den Namen Pasqualino, wegen Ostern. Drei Tage später wurde er einem Mann in der Nähe ausgehändigt, dessen Frau gerade erst entbunden hatte und stillen konnte. Dann übernahm der wichtigste Notar vor Ort das Findelkind, er ahnte wohl etwas. Monate später erst meldete sich bei ihm ein Herr namens Medici, erklärte, das sei sein Sohn und der heiße ab sofort Ippolito. Ippolito Medici. Von einer Mutter erfuhr das Kind nichts, vom Vater hatte es nichts, außer finanzieller Versorgung und diesem Namen. Also lieber: Pasqualino.

Auf dem Tisch wartete eine silberne Platte mit Arsenale-Austern, daneben die Karaffe mit Zypernwein. Das wirkte so zuverlässig wie Hühnersuppe gegen Winterkrankheiten.

Entschuldigung, sagte Pasqualino und rückte mit seinem Stuhl zurück. Ich esse nichts, was lebt.

Ich trug die Platte hinaus, zurück kam ich mit leeren Händen.

Aber jetzt, sagte ich …

Ich habe keinen Hunger, sagte er und knöpfte seine pelzgefütterte Jacke auf.

So hatte noch keiner geschaut, der etwas von mir wollte. Nur aus Erzählungen kannte ich einen Ausdruck wie seinen. Vor allem, wenn Lodovico Dolce da war, der Kunsterklärer, ging es bei Aretino oft um diese schönen jungen Männer, an die kaum einer herankam, sie waren unter Verschluss, streng privat. Die wenigen, die sie gesehen hatten, erzählten alle das Gleiche: außergewöhnlich angezogen, modische Kappen, luxuriöse Mäntel, eng anliegende Oberteile mit extravaganten Ärmeln, Pelzbesätze vom Teuersten. Aber keine Gockel, im Gegenteil: Traumverloren, hieß es, sehnsüchtig, auch melancholisch wirkten die, trotzdem begehrlich. Was sie begehrten, darüber gingen die Meinungen auseinander. Giorgiones Porträts von jungen Männern waren, erst recht seit seinem frühen Tod, eine Legende. Unsereins bekam dagegen nichts als Heiligenbilder zu sehen.

Den Zypernwein mochte Pasqualino, er trank langsam, atmete, die Nase nah überm Glas, vor jedem Schluck ein und leckte nach jeden Schluck seine Lippen ab. Seine Zunge war lang, glatt, vorne schmal, und sie bewegte sich geübt.

Aretino verkehrte bei Sammlern und kannte ein paar von Giorgiones Bildnissen. Bei jeder Gelegenheit fiel er darüber her. Schwuchteln, sagte er, den Heiligen von Lorenzo Lotto verdächtig ähnlich. Als Männer so unglaubhaft wie Lottos Buben als Märtyrer, die würden doch flennend davonlaufen.

Aretino passte nach Venedig. Für Sodomie, so nannten sie die Männerliebe, weil die männlichen Bewohner von Sodom laut Bibel zwei als Männer eingeschleuste Engel vergewaltigen wollten, war bei uns der Rat der Zehn zuständig, wie auch für Hochverrat, Verschwörung, Spionage oder Geldfälschung, das alles galt als politisches Verbrechen. Ohne Zustimmung der Übrigen durften die Capi, die drei Obersten aus dem Rat der Zehn, Sodomiten verhaften, und nur die. Mir kam es so vor, als verrieten die Strafen, wodurch sich diejenigen, die sie verhängten, selbst am meisten gefährdet fühlten, Verrat und Männerliebe. Da wurden die Delinquenten geköpft und danach noch verbrannt, um zu zeigen: Ihr seid Kranke, Aussätzige, und dürft niemanden anstecken. War als Drohung gedacht, wirkte nur nicht. Die Zahl der Sodomiten nahm ständig zu, vor allem unter den Fremden; wunschgemäß bedient wurden sie nicht. Käufliche Frauen verkleideten sich als Männer und fischten diesen Kundenstamm ab, um die armen Verirrten auf den rechten Weg zu bringen, hieß es. Konnten sie einen, den sie reingelegt hatten, befriedigen, gab es keinen Ärger mit der Bezahlung. Die Spitzel der Nacht fanden solche Betrugsmanöver ehrenwert, die Kirche auch, nur die sagte es nicht.

Bezaubernd hatte Aretino meinen Kunden genannt. Vielleicht nur, um ihn mir anzudrehen?

Aretino selbst verbreitete, ich sei gerade bei heiklen Fällen einzigartig. Für sein Netz war ein blutjunger Medici-Kardinal wichtig, er hatte beste Aufstiegschancen; der jetzige Papst war ebenfalls ein Medici und ebenfalls unehelich geboren.

Unter der Jacke trug Pasqualino ein eng anliegendes Oberteil mit extravaganten Ärmeln. Er hatte sich vor das einzige meiner neu erworbenen Bilder gestellt, das schlecht gemalt war.

Ein junger nackter Mann mit einem idealen Körper, sah man von der kleinen Kopfwunde ab, der leider käseweiß war und halb tot aussah, und ein anderer, nicht ganz so junger nackter Mann, sonnengebräunt, der fassungslos auf den Halbtoten starrte und dabei zu schreien schien. Die Geschichte vom Ende des Hyazinth, den sein Liebhaber Apoll aus Versehen mit seinem Diskus getroffen hatte, interessierte mich nicht, Pasqualino offenbar sehr. Schlecht gemalt, sagte er, aber hübsche Kerle.

Deswegen habe ich es gekauft, sagte ich. Für mich.

Pasqualino wandte sich um. Ich war neugierig auf seinen Körper, egal was dieser Körper verlangte.

Er nahm die Kappe ab. Das kurz geschnittene Haar war voll und wollig.

Von der Tonsur hat mich der Onkel befreit, von anderem Unsinn …

Sein Lächeln ging so unerwartet hell auf, dass ich die Augen zukniff.

… befreie ich mich selbst. Der Zölibat macht den Körper des Manns zu einem Gefangenen. Früher oder später revoltiert der Körper und benimmt sich skrupellos. So weit wollte ich es nicht kommen lassen.

Er fing an, mich auszuziehen. Das war mir noch nie passiert. Seine Hände waren kalt, aber im Ausziehen geübt.

Ich lag schon, er besichtigte mein neues Eisenbett. Zog die Schubladen unten ein Stück weit auf und schloss sie wieder, sie liefen geräuschlos, drückte gegen die Zarge, prüfte das Gestänge, rüttelte daran, dann riss er seine Kleider herunter und warf sich auf die Matratze.

Gut, da müssen sie nicht leiden.

Wer muss nicht leiden?

Meine Ohren. Das Geräusch eines quietschenden Bettgestells verwandelt mich in einen Versager.

Er drehte sich auf den Bauch und schien abzuwarten. Sein Rücken erinnerte mich an den eines Schwimmers, der hier in Venedig für seine Rekorde gefeiert wurde. Als ich anfing, den Rücken zu kneten, bis hinauf zum Nacken, spürte ich, wie verhärtet der war.

Du musst etwas loswerden, sagte ich.

Deine Hände verstehen mehr als zehn studierte Angeber.

Und was?

Meine Kardinalswürde.

Ich knetete Schultern und Nacken gleichmäßig weiter – Hefeteig war eine gute Schule –, er ächzte; hier war sein wunder Punkt.

Was machst du dafür, sie loszuwerden?, fragte ich.

Er setzte sich auf.

Schulden, sagte er leise und leuchtend, Schulden, so viel ich kann. Ich habe Berber eingestellt, von ihnen lerne ich, ein exzellenter Reiter zu werden, Inder, die mich zum besten Ringer ausbilden, Tataren, die mir beibringen, ein Meister im Bogenschießen zu werden, Türken als Leibwächter, weil die am schnellsten ihre Waffe ziehen. Ich veranstalte Feste, gegen die königliche Hochzeiten wie armselige Beerdigungen wirken. Ich zahle fünf Literaten ein festes Gehalt und beschäftige zehn Tierpfleger für meinen Zoo. Mein Haushalt ist ein Irrsinn.

Und wer finanziert das?, fragte ich.

Der Papst, obwohl ihm schier der Kragen platzt. Aber leider platzt er nicht. Er hat sich die Liste meiner Angestellten kommen lassen und eigenhändig ein Drittel durchgestrichen. Du brauchst nicht so viele Leute, hat er geschrien. Sie brauchen mich, habe ich gesagt und keinen einzigen entlassen.

Er war bezaubernd.

Mit einem Seufzer drehte er sich wieder auf den Bauch.

Meine Finger wanderten abwärts, immer das Rückgrat entlang. Als zerrte ein Zehnkilofisch an der Angelschnur, so angespannt fühlte sich dort alles an. Der Beste, der Meister, der Schnellste, kein Wunder. Das Delta oberhalb des Hinterns, in dem der Backenschlitz mündete, war bei jedem Mann eine Stelle, die wie das Drücken des richtigen Knopfs ein Geheimfach öffnete.

Alessandro, stöhnte er. Mein Zeigefinger und mein Mittelfinger kreisten weiter auf dem Delta, zum Reden brachte das Pasqualino nicht. Das Stöhnen klang nach etwas, das ihn drückte, aber Papst Clemens kam nicht infrage; früher, als er viele Frauen mit dem wertvollen Medici-Samen bedacht und eine unbekannte Zahl an ihm unbekannten Kindern in die Welt gesetzt hatte, hieß er Giulio, nicht etwa Alessandro, das gehörte für jeden aus dem Aretino-Kreis zum Basiswissen. Aber wer war Alessandro?

Männer, die verstrickt waren in Familienangelegenheiten oder in riskante Macht- und Geldgeschäfte, kamen zu mir, weil sie einmal durch nichts abgelenkt werden wollten von ihrer Lust. Auch mich durfte von ihrer Lust nichts ablenken. Ich stopfte Alessandro im obersten Fach meines Kopfs ganz nach hinten, versammelte meine Gedanken in Zeigefinger und Mittelfinger und ließ sie weiter kreisen.

Pasqualino fing wie fast alle anderen auch erst hinterdrein an auszupacken.

Der Papst zahlte, weil er seinen Neffen mit dem Kardinalsposten in Rom aus Florenz wegsperren konnte. Dort hätte, nachdem sich die Medici vor zwei Jahren wieder die Macht erkriegt hatten, Pasqualino Anspruch gehabt auf den Posten des Herzogs. Den aber hatte Alessandro bekommen, Pasqualinos Cousin, gleich alt wie er und wie er ein unehelicher Sohn. Er hatte wenig Talente, wenig gelernt und den Nachteil, dass man ihm seine schwarzafrikanische Mutter ansah; Dienerin, sagte man, Sklavin, alles klar, in Florenz unerwünscht, aber er hatte einen Vorteil: Sein Vater war der Papst. Das wusste man und merkte man, auch wenn offiziell Lorenzo Medici den Vater markierte, von dem Alessandro nur eines hatte, die Begeisterung für Machiavelli.

Ich habe zu spät angefangen, ihn zu lesen, sagte Pasqualino. Sonst hätte mir geschwant, was der Heilige Vater von Alessandro mir vorführen würde: Macht macht erst Spaß, wenn man sie missbraucht.

Über die Fingerkuppen eines Kunden erfuhr mein Körper normalerweise nichts. Die von Pasqualinos linker Hand, seiner geschickteren, waren fein, aber verhornt, das hatte seinen Reiz. Auch ob meine Kunden musikalisch waren, konnte ich nicht sagen, nur, dass sie meine Lieder mochten. Er nahm mir die Laute aus der Hand, spielte besser als jeder Lautenist in San Marco und sang dazu besser als jeder Sänger in San Marco. Die Melodie war die eines alten Liebeslieds, der Text war mir neu.

Ich schreibe ihn dir auf, er ist für dich.

Er war bezaubernd.

Am Montagabend hatte er Termine, keine Zeit, schade, das war's dann.

Gegen zehn stand er vor der Tür, ich hatte ihn erwartet.

Ob ich seinen Überfall als Belästigung oder aufdringlich empfinde, fragte er.

Was eine Frau als Belästigung oder aufdringlich empfindet, hat vor allem mit der Person zu tun, sagte ich.

Ich war unter meinem Leinenkleid bereits nackt.

Diesmal fragte er, als er danach aus dem Dämmer aufwachte, was ich nicht vergessen könne. Von Chioggia wollte ich nicht anfangen.

Wenn ich ausgelacht worden bin.

Er küsste meinen Bauch und sagte: Als ich vier war, hieß es, dein Vater fährt nach Turin und wird mit seiner Frau heimkommen. Er holt Mama, habe ich jedem erzählt, und jeder lachte mich aus. Seine Ehefrau lachte noch lauter, als ich Mama zu ihr sagte. Sie wollte mich nicht.

Wo du doch ein Sonntagskind bist, sagte ich.

Endlich, flüsterte er.

Dann legte er seinen Kopf auf die rechte Schulter, rollte ihn über den Nacken zur linken und wieder zur rechten, wobei sein Kinn die Haut an der Brust berührte.

Er nahm mein Gesicht in beide Hände und sagte: Danke, Giulia.

Längst war er gegangen, ich stand noch immer an der Tür und lauschte ins Treppenhaus. Als ich mich schließlich umdrehte, fiel mein Blick auf die Marmorschale auf dem Konsolentisch, in die meine Kunden das Honorar einzahlten. Die Schale machte mich glücklich: Sie war leer.

Ich lüftete jeden Morgen die Wohnung durch. An dem Morgen nach seinem Abschied lüftete ich nicht.

Ja, Träumer und poetische Geister kommen gut an, sagte Aretino. Besonders hier, wo die Männer besser rechnen als schreiben können. Dabei kennst du vermutlich gar nicht seinen größten Traum.

Ich wartete ab.

Sein größter Traum ist, Alessandro ermorden zu lassen, sagte Aretino.

Vernünftig, bevor der ihn ermordet, sagte ich.

Aretino legte seinen Arm um mich, als müsste er jemanden festhalten, der gerade ohnmächtig wird. Es hat dich erwischt. Aber ich darf dich trösten: Du bist ihm ebenfalls viel wert, enorm viel. Der Umschlag für dich war offen, ich hab es gezählt.

Sie lag in einem gemauerten Sarg, kaum breiter als das Bett und nicht viel länger, versteckt hinter einer Tapetentür zwischen den Regalen. Das Fenster zu hoch, um es zu öffnen. Süßlich faulig roch es, auf der Bettwäsche braunrote Flecken.

Ich stand auf der Leiter dummerweise ziemlich weit oben, sagte die Fedele, als mir schwindlig wurde. Es ist das rechte Bein, unter dem Knie. Sonst fehlt mir nichts, gar nichts, nur das Geld für einen Arzt.

Erst vor drei, vier Jahren hatten sie großmächtig ein Armutsgesetz erlassen, damit die Protestanten keine Gläubigen abwarben. Darin wurden die Strafen für Bettler und Betrüger festgelegt, als wären die verwandt, und es wurde gefordert, künftig jedem Armen, Kranken oder Hungrigen aus dem Elend zu helfen. Wir fordern, wir wollen, wir werden: In Absichtserklärungen waren die Venezianer immer ganz vorn, und wenn sie Gutes taten, dann mit Stil. Die Reichsten in der Stadt ließen Kapellen und Eingangshallen der Spitäler, Siechenhäuser, Waisenhäuser von berühmten Künstlern ausmalen – wie es in den Schlafsälen aussah, interessierte keinen –, und vor Ostern und Weihnachten investierten sie in ihr Seelenheil. Belohnt wurden die Gottgefälligen schon im Diesseits: Ihr Vermögen wuchs gleich schnell wie die Zahl der Bettelarmen, die vorsichtshalber nicht mehr bettelten.

Sie habe sich längst ans Verlieren gewöhnt, sagte die Fedele gut gelaunt, nur das Bein wolle sie ungern verlieren. Die Wunde heile nicht zu.

Ich kam mit einem Arzt zurück.

Er war noch nicht draußen, als sie fragte: Und was hast du verloren, dass du zu mir kommst?

Den Abstand.

Zu wem oder wozu?

Zu einem Kunden.

Geld schafft Abstand. Hat er nicht gezahlt?

Doch, und wie, aber im Grunde hat der Papst mich bezahlt.

Dieser Kunde interessierte die Fedele. Für sie wollte der Papst nach wie vor nicht einmal den Posten als Waisenhausvorsteherin finanzieren.

Dass Ippolito Medici jetzt, ein halbes Jahr später, wieder in Venedig aufgetaucht sein sollte, ohne mir ein Wort zu sagen, wuchs sich zu einem Berufsrisiko aus. Meine Gedanken gingen fremd, und mein Körper drohte das meinen Kunden zu verraten. Dem Sänger, der bei einem Begräbnis singt, dürfen nicht die Tränen kommen, ein Narr, der für seine Späße bezahlt wird, darf nie über sich selber lachen. Eine verliebte Käufliche wurde unverkäuflich.

Ich wusste es nicht von Aretino selbst, der trieb sich derzeit in Mantua herum; Lodovico Dolce hatte mir eine kurze Nachricht geschickt, Aretino dröhne vor Stolz über sein Vermittlungsgenie, Ippolito sei nun endlich über den Umweg Bologna bei Tizian angekommen. Aretino ließ mir ausrichten, ich müsse unbedingt bei Tizian vorbeischauen, er habe da einen Plan mit uns, mit uns dreien.

Warum willst du nicht hingehen?, fragte die Fedele.

Das raubt mir die Unabhängigkeit.

Woran wirst du denken, wenn du nicht hingehst?

An ihn.

Bist du dann nicht abhängig?

Er stand an der Wand, das Gesicht, vom Nachmittagslicht beschienen, war zu mir gewendet. Sein Blick traf mich ins Herz, das bei mir offenbar im Bauch lag oder noch etwas tiefer. Die durchgeknöpfte lange Jacke mit dem fledermausartigen Kragen, vermutlich Samt, passte überhaupt nicht zu ihm, und bei der Mütze hatte er übertrieben. Federn auf dem Kopf machten einen Mann lächerlich.

Ungarisch, sagte Tizian, er wollte es so. Aber ich bin ja noch lange nicht fertig mit ihm.

Tizians Lächeln war sparsam, als wollte er möglichst viel auf die hohe Kante legen.

Er hatte in Bologna den Kaiser porträtiert; Ippolito war als Vizekanzler des Vatikans ebenfalls dort, er sollte dem Kaiser beibiegen, dass der Vatikan kein Geld zum Türkenkrieg seines Bruders beisteuern würde. Das Geld wurde schließlich für Ippolitos Haushalt gebraucht. Dann saß er Tizian Modell.

Mein Agent hat das eingefädelt, Sie wissen, Aretino erledigt das alles. Er selbst sei nun einmal untauglich für diese Handarbeiten der Gesellschaft, Verbindungen knüpfen, Briefe stricken, Komplimente klöppeln, in den Dolomiten lerne man so was nicht.

Tizian sah nicht mich an, sondern Ippolito.

Er erzählte, wie man ein Märchen erzählt, und es hörte sich auch an wie eines.

Es war einmal, um genau zu sein vor sechs Jahren, ein gewisser Aretino. Er packte ein Überraschungspaket, adressiert an Federico Gonzaga, Herzog von Mantua. Es enthielt ein Porträt Aretinos, von Tizian gemalt, und einen Brief.

Ich schicke das Bild nur, weil Aretino wie ein Apostel das Lob Federico Gonzagas predigt, stand dort, unterzeichnet war der Brief von Tizian, verfasst hatte ihn Aretino. Federico Gonzaga, Herzog von Mantua, änderte daraufhin seinen Plan. Er hatte vorgehabt, Aretino vergiften oder erstechen zu lassen, weil sich Papst Clemens darüber gefreut hätte, und dem Papst eine Freude zu machen, zahlte sich normalerweise aus. Aber von einem Lobredner wie Aretino gefeiert zu werden, freute den Herzog persönlich und würde sich verzinsen. Er schrieb Aretino, als wäre er immer sein Freund gewesen, und erteilte Tizian einen Großauftrag. Von da an ging bei Federico Gonzaga nichts mehr ohne Tizian. Als eine Gazelle, die er aus Afrika einschiffen ließ, in Venedig ankam, musste Tizian auch die porträtieren.

Dass der Herzog von Mantua Aretino ins Netz gegangen war, lockte andere Prachtfische an: Nur weil ihm Tizians Bildnis des Herzogs so gut gefiel, wollte der Kaiser auch ein Tizian-Bildnis von sich haben. Und Ippolito wollte eines von sich haben, weil nun der Kaiser eines hatte.

So läuft das, seufzte Tizian erschöpft. Und?, fragte er.

Was und?

Aretino sagt, Sie kennen ihn, erkennen Sie ihn wieder?

Ganz so traurig schaut er nicht.

Er wollte, dass man ihm seinen Liebesschmerz anmerkt. Seine Giulia …

Aretino platzte herein. Um seinen Hals hing eine neue Goldkette. Wiegt so viel wie ein fetter Säugling, sagte er. Der französische König hat sie mir geschenkt. Auf den ersten Blick habe ich es für goldene Lorbeerblätter gehalten, aber die Kette besteht aus lauter goldenen Zungen.

So viel lässt er es sich kosten, dass ich ihn von meiner scharfen Zunge verschone. Das nenne ich Macht: bezahlt werden für das, was ich unterlasse.

Er baute sich vor Ippolitos Porträt auf und fuhr seinen ausgestreckten Zeigefinger hinauf zu dessen Mütze.

Was ist denn das da oben?

Ich hatte es übersehen, diesen weißen Wurm, dort, wo die Federn festgenäht waren.

Ein Zettel ist das, auf dem steht: *Inter omnes – unter allen*. Das war seine Idee, sagte Tizian. Er hat mir erklärt, das sei der Beginn eines Zitats, und er hat mir auch gesagt, wie das ganze lautet, ich habe es sofort wieder vergessen, nur eins blieb bei mir hängen: Es stammt von irgendeinem antiken Dichter, und es geht darin um Julius Cäsar, der unter allen Sternen am hellsten leuchtet. Das, hat dieser Medici mir gesagt, soll hinweisen auf seine Julia.

Beim Höhepunkt des Liebesakts macht niemand ein besonders kluges Gesicht, und ich befürchte, dass ich genauso dreinschaute.

Ach, diese Giulia. Aretino griff sich die Weinkaraffe

vom Beistelltisch, goss das Glas randvoll und schüttete es hinunter. Die Selbstquälerei muss Ippolito irgendeine Lust bescheren, sonst würde er es sich nicht derart viel kosten lassen, sie zu feiern, obwohl sie ihn nie ranlässt.

Er findet, dass der Schmerz ihm steht, sagte Tizian.

Die Decke des Zimmers war zu niedrig für Aretinos Gelächter.

Ein Kardinal, der jede Frau haben kann, leidet darunter, dass eine sich nicht von ihm vögeln lässt, weil sie fromm ist und daher keusch. Das ist Stoff für eine Komödie. Wir werden es noch erleben, dass Giulia Gonzaga heiliggesprochen wird. Besser hat keine Frau jemals ihre Geschäftstüchtigkeit verkauft. Als ihr Mann zwei Jahre nach der Hochzeit starb, dachte jeder: Wie rücksichtsvoll von ihm. Er war an die dreißig Jahre älter, hässlich, halb lahm und steinreich, die junge Witwe war erst fünfzehn und erbte alles, und sie hat eine Hand für Geld und Besitz. Der Haken an der Sache: Behalten darf sie das Zeug nur, wenn sie nie mehr heiratet. Sich einen Liebhaber zu gönnen, das wird in einem Kaff wie Fondi, wo sie jeder kennt, brenzlig. Aber ohne Bewunderer verwelkt Schönheit schnell. Da kam der umschwärmte Kardinal wie gerufen. Er hat sie zur berühmtesten Frau Italiens gemacht.

Ich war so stumm, dass keiner es überhören konnte. Schau nicht so sauer, meine Liebe, sagte Aretino, das steht dir nicht. Du wirst noch berühmter, warte nur. Ich habe da einen Plan.

Verdauen, langsam in Ruhe verdauen. Mehr wollte ich nicht, als ich mich frühmorgens nach Sant'Erasmo hinausfahren ließ, den Gemüsegarten von Venedig. Mir lag nicht nur gemein viel im Magen, mir stieß noch einiges auf, und das konnte ich nicht ausstehen. Milch trinken hatte in dem Fall nicht geholfen.

Der Nachmittag bei Tizian hatte sich bis in die Nacht ausgedehnt. Es war leichtes Essen serviert worden, klare Kuttelsuppe, herausgebackene Kürbisblüten und Perlhuhn mit Pfeffersauce. Tizian war hager, er hatte sich dran gewöhnt, als der gewichtigste Maler Venedigs zu gelten, wollte aber nicht, dass man ihm das ansah.

Ich glaube, er liebt mehr als sie, deswegen hat die Witwe den Kardinal in der Hand, sagte Tizian. Sie hat die Macht im Bett, weil sie ihn nicht ranlässt, sagte Tizians Neffe. Aretino wusste besser, was Ippolito am meisten erregte: nicht der Gedanke, irgendeine Frau zu erobern, sondern die Macht über Florenz. Keiner von denen hatte einen Dunst, mit welcher Macht ich mich seit heute herumschlug. Ein schwerer Brocken.

Die Bauern auf der Gemüseinsel wussten meistens nicht einmal den Namen des Dogen. Hier baute keiner höher als eine Etage, es gab keinen einzigen hohen Turm und keine bessere und keine schlechtere Wohngegend und keine Besserverdiener und Schlechterverdiener. Einziger Machthaber war hier die Natur. Sie gab vor, was am wichtigsten war und zuerst drankam, jetzt waren es die Castraure. Die jungen, lilafarbenen Knospen der Artischocken verkauften sich bestens auf den Märkten der Stadt. Das Bittere half verdauen, nicht nur denen, die an Ostern zu viel gefressen hatten.

In Venedig waren in den letzten Jahren fast alle Ufer

befestigt worden, der Doge wollte mit seinen Leistungen für den Straßen- und Kanalbau in die Geschichte eingehen, damit er auch nach seinem Tod noch etwas zu sagen hatte. Hier, zwischen den Feldern mit Erbsenstangen, Kohlköpfen und Artischockenfächern, spürte ich unter den Füßen das wankende Gelände.

Die Frau, die mir den Teller mit rohen halbierten, ölglänzenden Castraure auf den Tisch stellte, hatte saubere Hände, aber ihre Fingernägel waren schwarz, und auch ihr Lächeln war erdig. In der Stube hing nichts an der Wand, nicht einmal ein Crucifixus. Ich sah auf den nackten Wänden ein Bild, dieses Bild von Giulia Gonzaga, über das gestern ewig geredet worden war.

Mein Geschmack wäre sie nicht, lange dünne Nase, ziemlich schmale Lippen und vor allem eine Miene, bei der mir alles zusammenfällt, hatte Aretino gesagt. Er behauptete, Petrarca sei schuld an Ippolitos Krankheit, wie er das nannte. Ich hatte von Petrarca nicht mehr als ein paar vertonte Gedichte gelesen, und die sang ich nicht, ich wusste nur, was so gut wie jeder von ihm wusste: dass die Frau, die er nie bekam, anders als die Mutter seiner Kinder und alle anderen Frauen, die er bekommen hatte, unsterblich wurde. Vielleicht, hatte Aretino gesagt, bildet sich Ippolito ein, auf die Weise werde noch ein großer Dichter aus ihm, seine Sonette sollen nicht schlecht sein.

Allerdings ließ sich Ippolito die Liebe mehr kosten als selbst verfasste Gedichte. Aretino war bestens unterrichtet. Zuerst hatte er Spektakel für diese Witwe inszeniert, Feste, Bälle, Turniere, Jagdgesellschaften, Geschenke lehnte sie ab, dann hatte er einen Kollegen von Tizian, einen Venezianer, der in Rom Karriere gemacht hatte, beauftragt, die Angehimmelte zu porträtieren: Sebastiano. Seit Kurzem nannte er sich del Piombo, weil er Siegelbewahrer des Papstes geworden war, eine Beamtenstelle, wenig Arbeit und viel Geld. Aretino kannte ihn gut aus seiner Zeit in Rom, beide waren Stammgäste beim Bankier Chigi gewesen. Sebastiano war mittlerweile Ende vierzig und hatte mit Frauenporträts Erfahrung, die früheren gefielen Aretino ausgezeichnet, wegen der Frauen; vor allem die mit dem Parfumbrenner hatte es ihm so angetan, dass er sie kaufen wollte. Ein Gesicht, lobte er, an dem etwas dran ist, Backen, Kinn, Lippen, alles schön saftig, und volle dunkelblonde Haare. Die Gonzaga, sagte er, habe ein Entsagungsgesicht.

Anfang Juni des letzten Jahres war Sebastiano nach Fondi gereist, um den Porträtauftrag in zwei Wochen hinter sich zu bringen. Es wurden sechs Wochen, weil Giulia zickte. Sie ärgerte sich offenbar, überhaupt Ja gesagt zu haben, legte das Format fest, kleiner als geplant, bestand auf einem Kleid, in dem sie sofort als Nonne hätte auftreten können, weigerte sich, ihr Haar richtig zu zeigen, dabei war es eh nicht blond, sondern hatte ein stumpfes Braun, legte ein Kopftuch um und zwang den Maler ständig zu Korrekturen, weil er sie schöner gemalt hatte, als sie war. Danach schickte sie jeden, der sie porträtieren wollte, sofort wieder nach Hause. Ihren Verehrer Ippolito ließ sie weiter am ausgestreckten Arm verhungern, und er aß sich bei einer Frau wie mir satt.

Eifersucht – bisher hatte ich sie nur vom Hörensagen gekannt, gestern war sie bei mir eingezogen, und ich musste sie dringend loswerden. Ich hatte mir einen riskanten Beruf ausgesucht, nur der Freiheit zuliebe, und jetzt ließ ich sie mir von dieser verdammten Eifersucht stehlen.

Vom zweiten Teller mit Castraure, den die Frau mit den schwarzen Fingernägeln brachte, stieg der Geruch von Thymian auf und von dem Feuer, über dem sie gebraten worden waren.

Du wohnst in der Stadt, sagte sie. Kannst mir leidtun. Ich war einmal dort, mit fünfzehn, zweimal hab ich ihm gehört, dann hat er mich rausgeworfen, und ich kam zurück mit einem Kind im Bauch. Tust mir leid, sagte die Frau, während sie sich Richtung Küche bewegte, noch einmal.

Ich nehme ihr doch nichts weg, hatte ich jedem Kunden erklärt, wenn er über seine eifersüchtige Ehefrau klagte. Keiner gehört dem anderen.

Das ließ sich jeder gern sagen. Allerdings nur, wenn es um ihn ging.

Es war ein Stück Alltag bei uns in Venedig. Wer wie ich abends noch unterwegs war, bekam es aufgetischt, auf offener Straße:

Eine Frau, nur schnell, schnell angezogen, die Haare schlampig hochgesteckt, die rannte und schluchzte oder schrie, auf der Suche nach einem von der Nachtwache.

Ich bin vergewaltigt worden.

Wo?

Zu Hause.

Von wem?

Von meinem Ehemann.

Dann gehen Sie heim.

Mich konnte man mieten, nicht besitzen.

Ich kannte Frauen, nicht nur Kolleginnen, die sich freuten, wenn ein Mann über sie herfiel, er durfte auch grob und rücksichtslos sein. Ich bin so unwiderstehlich, dass er gar nicht anders kann, freuten sie sich. Meistens nicht lange.

Macht wollte ich nicht, aber sie interessierte mich, das war in meinem Beruf nicht zu vermeiden. Jeder Mann zeigte ganz kurz Angst, bevor er kam, und wirkte, als wollte er noch mal zurück, jetzt, wo es nicht mehr möglich war. Ich hatte lange gebraucht, bis ich verstand, wovor er Schiss hatte: die Macht aufzugeben, die geliebte Kontrolle.

Jetzt neidete ich einer anderen Frau, dass sie Macht über den Mann besaß, den ich liebte, indem sie ihm nicht gab, was er begehrte. Oder hatte Aretino recht, und Ippolito wollte es gar nicht haben, jedenfalls nicht von ihr? Trennte er die Frau zum Anbeten von der Frau zum Anfassen? In dem Fall war ich lieber die zum Anfassen.

Als ich nach der Rechnung rief, kam die Frau von vorher, sie hielt zwei Castraure am Stängel in der Hand, als wären es Blumen. Ich sollte daran riechen. Sie rochen nach Honig.

Und trotzdem, sagte sie, schmecken sie bitter, und das Bittere ist das Gesunde.

Warum schneidet ihr denn die Knospen ab, fragte ich auf dem Rückweg einen Bauern zwischen den grünen Fächern. Weil es Geld bringt?

Seine Augen sagten mir, wie dumm ich war. Die Pflanzen müssen kastriert werden, damit sie richtig wachsen und Ertrag bringen.

Ich ging weiter zur Bootsanlegestelle und schnitt im Weitergehen das ab, was neu erblüht war in mir, bittersüß war es ja. War es gewesen.

Ihr beide kommt auch drin vor, Joko und du.

Überall kriegte ich das zu hören, auf dem Markt, in den Läden, sogar im Bett.

Es ging um den neuesten Aretino, noch ofenwarm, gerade erst ausgeliefert. Kein Wort hatte er darüber verloren, kein einziges, mir gegenüber jedenfalls nicht.

Joko – die erste Begegnung mit Joko spürte ich noch immer.

Ich war bei Aretino die Treppe hinaufgegangen, hatte keine Schritte in meinem Rücken gehört, gar nichts, da schob sich von hinten eine Hand in meine Hand, eine heiße, trockene Hand. Sein zerknautschtes Gesicht, die Augen frisch poliert, schaute neugierig aus der Höhe des Knies zu mir hinauf. Aretino hatte sich einen Affen zugelegt.

Ich kam auch drin vor, ein ungemütliches Gefühl. Dass Aretino mich damit überrumpelt hatte, warnte mich: Warum sollte nicht auch er das Buch als Pranger entdeckt haben? Bloßstellen hatte er seit Jahren geübt, und wenn er nur damit drohte, hatte er am meisten daran verdient; käufliche Frauen auf dem Pranger waren fürs Publikum vielleicht noch interessanter als bestechliche Machthaber oder verlogene Geistliche. Niemand verfolgte so wach wie Aretino, was Leser erregte und Auflage machte. Vor genau drei Jahren hatte Venier seinen *Trentuno* veröffentlicht, kein riesiger Verkaufserfolg, aber dafür, dass Venier nicht schreiben konnte, beachtlich.

Angekündigt hatte mir Aretino etwas anderes, feierlich, wie er sonst nie war: Demnächst erscheint der erste Band einer Jesus-Biographie, romanhaft, das Ganze ist auf drei Bände angelegt. So etwas gab es noch nie.

Und wer schreibt so was?

Ich.

Es war gegen elf gewesen, vormittags, als er das sagte, er wirkte nüchtern, hatte auch keine Fahne. Dann musste er irgendetwas anderes geschluckt haben. Wer sollte einem Aretino Geistliches abkaufen! Aretino und Fremdgehen, ja, aber doch nicht mit Jesus.

Seine Stirn war scheckig, die Ringe unter den Augen waren weiß, ich erschrak. Angesichts des eigenen Endes wurden sogar Gotteslästerer fromm.

Nein, sagte er, ich bin nicht krank, todkrank schon gar nicht.

Sanudo hatte mir einmal erklärt, warum Aretino in Venedig eine derart steile Karriere gemacht hatte. Die Venezianer, sagte er, haben die doppelte Buchführung nicht erfunden, aber berühmt gemacht, sie passt perfekt zu ihnen. Aretino ist kein Venezianer, doch er ist venezianischer als alle, die hier geboren sind.

Dass er sich als geistlicher Autor Partenio Etiro nannte, war so schwer durchschaubar wie Spinnweben. Die Buchhändler legten beide Neuerscheinungen von Aretino nebeneinander aus. Vom Jesusleben nur ein, zwei Exemplare, vom anderen ein armhoher Stapel.

Sei giornate – sechs Tage. I. Teil stand darauf, und darunter: *Gespräch zwischen Nanna und Antonia.*

Ich zuckte zurück vor dem Buch. Ich hieß nicht Nanna, aber so plump, auch noch den Namen zu nennen, war Aretino fast nie, man kam auch so dahinter, wen er meinte.

Wer lesen konnte, erzählte es bereits herum, dass sich dort zwei Käufliche im Ruhestand über Betriebsgeheimnisse unterhielten, ausgiebig, drei der sechs Tage lang.

Spielt aber nicht in Venedig, sondern in Rom, hatte man mir gesagt. Das konnte ein Ablenkungsmanöver sein. Was mit Joko los war, wusste ich mittlerweile, ihm hatte Aretino das Gespräch gewidmet in einem Vorwort, das Joko als den schlauesten aller Köpfe feierte. Damit machte er Joko zu einem Herrn und die wichtigen Herren, denen üblicherweise solche Widmungen ums Maul geschmiert wurden, zu Affen. Mich hat keiner gekauft, behauptete Aretino damit, mich kann gar keiner kaufen.

Seit das Buch erschienen war, suchten Leute, mit denen ich kaum zu tun hatte, meine Nähe, als wollten sie mich anstecken. Ich trank mein kleines Zwölfuhrglas Garganega im Do Mori, als aus dem Nichts eine Kollegin neben mir stand, eine fernstehende.

Du hast viel von dieser Nanna, finde ich, sagte sie.

Ich trank und schwieg geradeaus, sie redete in mein Profil.

Die andere, Antonia, ist von der Seuche zerfressen, pleite und nur Stichwortgeberin. Nanna ist eine, die zugibt, dass nur wenige in ihrem Beruf schaffen, was sie geschafft hat, von der Franzosenkrankheit verschont, das viele verdiente Geld gut angelegt und im Ruhestand mit

Ende zwanzig noch immer Verehrer. Wird bei dir auch so sein, sagte die Kollegin.

Ich war bereits halb aus der Tür, als sie mir nachrief: Übrigens, es geht darin auch um einen Trentuno.

Mein Lieblingsbuchhändler hatte nur das Jesusleben auf dem Ladentisch liegen. Ich hörte zu, was er die Kunden fragte: Jesus mit? Ein Nicken genügte und sie bekamen ein vorbereitetes Paket, das Buch aus dem Unterleib des Ladentischs diskret verpackt, obendrauf geschnürt sichtbar das fromme.

Jesus mit?, fragte er mich.

Ohne, sagte ich, bitte ohne Jesus und ohne die diskrete Verpackung.

Dass der Buchhändler rot wurde, rührte mich, er meinte wohl, das müsste er für mich übernehmen.

Ich legte mich zum Lesen auf mein Bett, gegen das Umfallen.

Nanna hatte eine Ausdrucksweise, die Aretinos eigene prüde wirken ließ, und es ging ihr allein darum, wie sie die Kunden am besten abzocken konnte. Das einzig Sympathische an ihrer Geldgier war, dass sie keinen Hehl daraus machte. Schlechtes Gewissen kannte sie nur vom Hörensagen. Für Huren und Soldaten gelten andere Gesetze als für die übrigen Menschen, fand sie. Gut und Böse zu trennen, als wären es schwarze und blonde Kichererbsen, war aus Nannas Sicht schwachsinnig, das redeten die Machthaber den Machtlosen ein, damit sie parierten. Skrupel konnten sich Soldaten und Huren nicht leisten. Kurzfassung ihrer Erkenntnisse: Wer nicht zu betrügen versteht, versteht nicht zu leben.

Ich hatte nichts von Machiavelli gelesen, trotzdem schien mir das die Version für Frauen zu sein.

Nanna hatte bereits zwei Karrieren hinter sich, als sie in den Beruf als Käufliche einstieg, eine als Nonne und eine als Ehefrau. Hatte ich nicht. Das Gespräch der beiden drehte sich um die Berufswahl von Nannas Tochter Pippa. Eine Tochter hatte ich auch nicht.

Ich legte das Gespräch auf meinen Nachttisch, schenkte mir ein Glas Schaumwein ein und prostete Aretino aus der Ferne zu. Danke. Einwandfrei, dass diese Nanna nicht Zaffetta hieß.

Aber was war mit dem Trentuno? Auf der Suche danach blieb ich hängen. Hoppla, zum ersten Mal las ich hier etwas Nettes über eine Frau, erstaunlich, wie flüssig das Nanna über ihre Lästerzunge ging. Diese Kollegin, lobte sie, sei stramm, schön, ein Prachtweib und ein durch und durch guter Charakter, lustig, liebenswürdig, hilfsbereit. Nicht erstaunlich, dass sie groß eingeladen wurde von einer Herrenrunde auf eine Villa außerhalb. Festmahl mit Lamm und Kalb, mit Rind und Rebhuhn, Torten und jeder Menge Wein.

Trotzdem war's eine grausige Mahlzeit für die einzige Frau, sagte Nanna.

Da hielt es Pippa, die lernwillig zuhörte, nicht mehr aus. Aber sie haben sie doch nicht in Stücke gehackt?, fragte sie.

Das nicht, aber gevierteilt, sagte Nanna.

Aretino wusste Bescheid und ließ Nanna deutlich werden. Nichts wurde ausgespart. Nicht die Gier der besoffenen Gastgeber und ihrer Freunde, nicht der Gestank der Diener und Stallknechte, auch nicht, dass sie auf die junge Frau pissten, sie halb totpeitschten und das, was von ihr übrig blieb, auf eine alte Stute gebunden durch die Stadt jagten. Elender als ein totgeprügelter Hund sei sie gestorben, an den Wunden, an der Schande, wer könnte da noch unterscheiden.

Ich holte Luft. Aretino hatte für Klarheit gesorgt und Stellung bezogen: Ein Trentuno war keine Erfindung. Er war so wirklich wie jedes andere Schlachtfest.

Er hatte mit meinem Besuch gerechnet. Aretino empfing mich mit Joko statt Kette um den Hals. Seine Neuerwerbungen sollte ich begutachten, jetzt gleich, bevor wieder die Meute einfiel. In der Mitte eine Grablegung Christi mit verheulten Frauen, rechts daneben ein großer runder Wandteller aus Majolika, fein bemalt mit einem Männerkopf, zusammengesetzt aus – sah ich richtig? Ja, aus Schwänzen, sagte Aretino. Links daneben eine junge Frau, die Augen gen Himmel verdreht, also eine Heilige; sie trug nichts als ihr hinternlanges gewelltes rotgoldenes Haar, und das bedeckte ihre Brüste, schwere schöne Brüste, nur so weit, dass es nicht störte.

Ich habe sie ihm vermittelt, monatelang hat sie Tizian Modell für die büßende Magdalena gestanden, und was macht er? Händigt ihr das Honorar aus und lässt sie einfach heimgehen, sagte Aretino. Das Mädchen war enttäuscht. Immerhin, er versteht allmählich mehr vom Markt. Wir müssen dranbleiben an unserem Plan, das ist die Zukunft.

Ich hatte mich gewundert, warum sich Aretino derartig krummlegte, um auswärts Aufträge zu ergattern für Tizian, seit letztem Jahr Hofmaler des Papstes, was denn bitte noch? Die reichsten Venezianer dienten sich ihm an und versuchten, sich einen Platz an seiner Tafel zu erkaufen oder zu erschleimen, erfolglos. Es musste hier vor Ort doch mehr als genügend Sammler geben, die sich um einen Tizian rissen.

Du kennst deine eigenen Leute nicht, sagte Aretino. Ihre vergoldeten Ledertapeten wollen sie sich nicht mit Bildern zuhängen, und den Portego müssen sie mit ihren Ahnenbildnissen tapezieren. Außerdem: Gemälde sieht man nicht von außen, es erregt entschieden mehr Aufsehen, in eine Fassade zu investieren, und als Geldanlage setzen sie doch lieber auf Immobilien. In diesem Punkt war Aretino in Venedig ein Fremder geblieben, aber nur darin.

Tizian lebte seit mehr als fünfunddreißig Jahren hier, ein Venezianer war er nicht geworden, nur durch die Stechmücken, die er aus seinem heimischen Bergdorf nicht kannte, hatte er in Venedig etwas gelernt.

Man muss sich in den Schatten zurückziehen, damit sie einen nicht heimsuchen.

Mehr sagte er nicht zu seinem Leben abseits der großen Gesellschaft und der Bewunderer, die dann nichts kauften. Die Ruhe bei ihm hatte etwas Keusches. Aretino floh in Tizians abgelegenes Haus am Ende der Gasse, wenn ihm in seinem eigenen Haus die Wellen über dem Kopf zusammenschlugen.

Mit Aretinos Plan für uns beide tat Tizian sich schwer. Der Plan sprach Venezianisch.

Es war ein Montag, als ich ihn deswegen zum vierten oder fünften Mal besuchte, Tizians Lieblingstag. Sein jüngerer Sohn, Pomponio, vielleicht zehn, öffnete die Tür und sagte, sein Vater sei nicht da. Er lernt nichts, tut nichts, frisst zu viel und lügt fast immer, hatte Aretino gesagt. Tizian versucht, ihn irgendwo auf eine geistliche Laufbahn zu setzen.

Ich ging an Pomponio vorbei, dorthin, wo nichts zu hören war. Dort fand ich Tizian.

Er saß auf einem Hocker vor einer querformatigen Leinwand, ungefähr so breit, wie ich hoch war, um die hundertfünfundsechzig Zentimeter. Die Leinwand war weiß.

Wir schwiegen nebeneinanderher, nicht gemeinsam. Mein Kopf war noch voll mit den Bildern bei Aretino und denen, die das Gespräch von Nanna und Antonia hatte aufgehen lassen.

Er atmete angestrengt und konnte den Blick nicht wenden von der Leere im Keilrahmen.

Der Plan, ich trug einen Auftrag in mir herum, und ich glaubte dran, aus eigener Erfahrung. In einer Seitenkapelle im Markusdom besuchte ich öfter ein Altarbild, mit dem ich mich gut verstand, die Maria Nicopeia. Ein stilles Bild, keinen halben Meter hoch. Die Madonna mit dem kleinen Mund und der strengen Nase ähnelte der Fedele, sie fragte, sagte aber nichts. Leider hatte ich selten meine Ruhe. Das Bild war offiziell venezianische Staatsikone, ein Beutestück aus Byzanz, und Gläubige, auch Männer, führten sich vor ihr oft auf wie die Verrückten, warfen sich auf die Knie, reckten die Arme zu ihr und stöhnten, die Nicopeia solle ihnen helfen.

Die Kapelle war ziemlich dunkel, ich zog mich dorthin zurück, wo es am dunkelsten war, trotzdem konnte ich manche meiner Kunden einwandfrei erkennen.

Neue Bilder brauchte die Welt, schöne Frauen mit Körpertemperatur, die nicht jeden feuchten Traum verboten, namenlose Frauen, in die sich jeder alles hineindenken konnte wie in mein Gesicht. Aretino wusste, dass in Rom bereits einige Maler, auch Sebastiano gehörte dazu, den Markt bedienten.

Vom Marktbedienen reden, das wäre hier bei Tizian im Atelier gewesen wie in eine Kirche pinkeln.

Der erste Kunde, den Aretino anpeilte, war Ippolito; ein Sammler, wie man ihn sich wünscht, sagte er, Sinn für Qualität, quatscht keinem drein und zahlt, egal was verlangt wird. Und er kann Tizian einen römischen Kundenkreis eröffnen, als Mann der Kirche bei seinem Onkel mit den roten Schuhen und als Lebemann bei denen mit den teuersten Schuhen.

Die Vorstellung, auf diese Weise bei Ippolito einzuziehen und mit ihm die Nächte zu verbringen, die ihm die andere Giulia versagte, gefiel mir.

Ich schob mir einen Hocker neben den von Tizian und schaute wie er auf die weiße Leinwand.

Es dauerte. Unser Atmen wurde langsam ähnlich und unser Schweigen auch. Es dehnte sich und dehnte sich und entspannte sich dabei.

Mit Ihnen kann man sich gut unterhalten, sagte Tizian endlich, den Blick weiter aufs weiße Rechteck gerichtet.

Aretino hatte den Plan für die erste von vielen schönen Frauen, die Tizian malen sollte, durchdacht wie einen seiner Briefe, Erpresserbriefe, sagte die Fedele; sie wirkten offenbar zuverlässig. Weil er sich in jeden Empfänger hineinvertiefe, sagte Aretino, in jeden, ob das hieß, in eine Kloake zu tauchen oder in erfrischende Gewässer. Nun kannte er sich in Ippolito aus.

Auf ein Bild von mir würde er sofort anspringen, auf ein Aktbild schneller als sofort – der Mann. Nur was war mit dem Sammler?

Aretino hatte vom aktuellen Kunstmarkt gelernt. Wer nach Sebastiano versucht hatte, Giulia Gonzaga noch mal ein Porträt abzuringen, den hatte sie weggeschasst. Nie mehr im Leben! Seither wurde Sebastianos Gemälde rund um die Uhr abgemalt und als Kopie bis nach Spanien und Frankreich verschickt.

Wertvoll war das Unerreichbare. Ich war erreichbar.

Eine Jungfernhaut lässt sich nicht flicken, hatte Aretino erklärt, aber das lässt sich ändern. Tizian kann dich auf unerreichbar verkleiden. Ohne dass du etwas anziehst.

Aretino wusste, für welches Aktbild der Sammler Ippolito Medici alles zahlen würde: die schlummernde Venus von Giorgione. Kaum jemand hatte es gesehen, es gab nur Gerüchte, wo sich das Bild befinden könnte, aber jeder sagte: einzigartig, absolut einzigartig und absolut unerreichbar. Einer kannte dieses Bild mit Sicherheit: Tizian. Er hatte es alleine fertig gemalt, nachdem seinen Lehrer mit Anfang dreißig die Pest weggerafft hatte.

Du kannst Tizian dorthin bringen, wo wir ihn brauchen, hatte Aretino mir gesagt. Wird leider mühsam. Er ist so beweglich wie die Dolomiten.

Was sehen Sie?, fragte ich.

Eine Nebelwand, sagte Tizian. Dahinter verbirgt sich alles.

Ich setzte mich auf meine Hände, drückte die Zunge an den Gaumen und hörte Uhren ticken, die es nicht gab.

Das Format, sagte ich nach einer langen Pause und ließ das Wort stehen.

Manche Männer, die zu mir kamen, waren innerlich verkrustet, in langen Pausen löste sich das. Zeit weichte ein.

Die Uhren, die es nicht gab, tickten.

Jemanden im Liegen zu malen, ist schwierig, sagte Tizian schließlich. Ich brauche den Widerstand.

Auch das kannte ich von meinen Kunden. Jeder Mann wollte sich als Eroberer fühlen, doch zu viel Zärtlichkeit war zu viel Zucker, und der machte aus den stärksten Männern faule Säuglinge. Kampflos gab es kein Gipfelerlebnis, nur einen Spaziergang.

Eine nackte Frau im Liegen zu malen, ist noch schwieriger, sagte Tizian. Wie soll sie sich wehren?

Giorgiones Venus …

Auch das ließ ich stehen.

… war keine Venus, sie war seine Geliebte. Cecilia hieß sie, wie meine Frau. Als er tot war und sich ein Käufer meldete, weinte sie: So darf der mich nicht sehen. Ich bekam Panik, dass sie das Bild zerschneidet.

Haben Sie etwas über ihren Körper gemalt, eine Decke, ein Tuch?

Damit hätte ich meinen Lehrer verraten, ich habe zu ihren Füßen einen Cupido hingepinselt. Damit habe ich sie als Venus verkleidet.

Er beugte sich vor zu der leeren Leinwand und flüsterte: Warum weinte sie, warum?

Als ich leise die Tür hinter mir zumachte, blickte er noch immer auf die Nebelwand.

Es war Ende August, als ich es wieder bei Tizian versuchte, nicht blindlings, ich wusste nun, warum Cecilia geweint hatte.

Das verdankte ich dem Klatsch, der hier seit Wochen schäumte, und jeden Tag wurde der Schaum mehr.

Als Maria an Himmelfahrt gefeiert werden sollte, stahl ihr eine neue Heilige die Schau: Giulia Gonzaga. Die Heiligenlegende war perfekt, es gab einen Bösewicht und ein Wunder.

Der Bösewicht war wie maßgeschneidert, Chaireddin oder so ähnlich, Pirat, Türke, Muslim. Zum Lohn für seine erfolgreichen Raubzüge auf See hatte Sultan Süleyman ihn zum Oberbefehlshaber der osmanischen Marine im Mittelmeer ernannt, und dafür wollte sich nun Chaireddin bedanken. Er war durch den Verehrungszinnober auf Giulia Gonzaga aufmerksam geworden und hatte beschlossen, sie Sultan Süleyman zu schenken. In der Nacht vom 8. auf den 9. August wollte er dieses Geschenk in Fondi abholen und einpacken. Das Wunder: Giulia war es in letzter Minute gelungen, abzuhauen und sich zu retten.

Schnellschreiber warfen Hymnen auf den Markt. Die hat Ippolito bezahlt, behauptete Aretino.

Keiner redete mehr über Maria, jeder betete diese Giulia an. Durch Giulia Gonzaga hat das Christentum über den Islam gesiegt, tönten die Venezianer.

Aretino wusste mehr. Er thronte am großen Tisch und verteilte die neuesten Nachrichten als Hostie an seine Gemeinde, der Wein war allerdings besser als in der Messe.

Angeblich ist sie so gut wie nackt davongeritten.

Die Männer johlten.

Der Einzige, der sie in diesem Aufzug gesehen hat, soll ihr Fluchthelfer gewesen sein, ein altgedienter Angestellter.

Die Männer jaulten.

Kaum war sie in Sicherheit, ließ sie den Augenzeugen ermorden.

Es wurde sehr still.

Lucretia hat den Spieß umgedreht, grinste Aretino.

Es blieb still.

Finde ich weder lustig noch richtig, sagte ich. Sie hat einen Mann umgebracht, der ihr keine Gewalt angetan hatte, sondern sie vor Gewalt bewahrt.

Zum ersten Mal hörten mir in diesem Raum alle Männer zu.

Sein Vergehen war, dass er sie so gut wie nackt gesehen hatte.

Sie warteten ab, redselig wie ein Fischteich.

… und das ist nur ein Vergehen, weil sie es als Schande erlebte.

Das Raunen trug mich weiter.

Das ist ihr Problem, nicht seines. Gesiegt hat nicht das Christentum über den Islam, gesiegt hat die Dummheit über den Verstand.

Sag das bitte nicht so laut. Trink was, bitte.

Noch nie hatte ich Aretino so nervös erlebt.

Nüchtern berauscht kannte er mich nicht. Ich mich auch nicht.

Diese Frau schämt sich dafür, eine Frau zu sein. Das ist noch dümmer, als wenn ein Zwerg sich dafür schämt, ein Zwerg zu sein, oder ein Albaner, ein Albaner zu sein, oder ein Jude, ein Jude zu sein, oder ein Kranker, krank zu sein. Gibt es alles, ich weiß, schlimm genug, aber ich kenne keinen Mann, der sich schämt, ein Mann zu sein.

Siegesgeheul schwemmte mich ins Freie.

Der Gewitterregen nüchterte mich aus.

Zu Hause ließ ich den Zufall Aretinos *Gespräch zwischen Nanna und Antonia* aufschlagen, eine Stelle, an der ausnahmsweise Antonia redete und Nanna zuhörte.

Ich wollte dir schon länger was sagen, hab's aber immer wieder vergessen. Sprich doch frei von der Leber weg und sag Arsch und Schwanz und Möse und ficken. Sonst versteht dich höchstens das päpstliche Kolleg mit deinem Schlauch im Loch, Schlüssel im Schloss, Stempel im Mörser, Pfahl im Graben, Blasebalg vor dem Ofenloch … Nenn das Ja Ja und das Nein Nein, oder behalt es lieber gleich für dich.

Etwas sträubte sich in mir gegen Aretinos Wortwahl, schon weil auch Venier sich ihrer bedient hatte und es mir vorkam, als griffen diejenigen zu grobem Vokabular, denen viele Gefühle fehlten und der Blick fürs feine kleine Versteckte, eigentlich arm dran.

Es stimmte aber, dieses Drumherumreden war lächerlich, und bessere Wörter gab es nicht, noch nicht. Wie hätte ich nach dem Trentuno vor einem Gericht überhaupt genau sagen sollen, was mir wo passiert war?

Die Kerle waren weiter als wir. Sie nannten ihre Geschlechtsteile beim Namen und konnten sie leicht auseinanderhalten. Und sie schämten sich nicht.

Am nächsten Morgen rannte ich zu Tizian. Verschwitzt stand ich vor der Tür.

Zurzeit keine Besuche, sagte seine Schwester, bitte haben Sie Verständnis.

Ich weiß, warum Cecilia weinte, rief ich in die Diele.

Hinten, beim Atelier, ging die Tür auf.

Fleisch, auf einmal war es in meinem Kopf. Auf den beiden Fleischmärkten in San Marco und dem größeren bei San Cassian war ich seit meiner Kindheit selten zu Besuch. Bei uns zu Hause hatte es öfter Eintopf aus Milz, Lunge, Leber, Herz und Niere vom Schaf gegeben, Risotto mit Rinderlunge oder gemischten Innereien, mit dem, was andere wegwarfen. Das verkaufte der Metzger am Montag. Richtiges Fleisch war alltags etwas für die ganz Reichen, in halb reichen Familien etwas für den Hausherrn alleine, für die meisten war es, wenn überhaupt, etwas für die höchsten Feiertage. Ausgerechnet. Das hatte ich nie verstanden, dass Gott zu Ehren Fleisch gegessen wurde, angeblich liebte er Tiere doch genauso wie Menschen, sonst hätte er Noah nicht seine Arche mit ihnen vollpacken lassen, mit solchen, die bestimmt keiner aß. Auch das mit der Fleischeslust verstand ich nicht. Wenn sie schlecht war, warum priesen sie uns dann die Auferstehung des Fleisches als das wichtigste Ziel an? Damit wir es im Jenseits weiter treiben konnten?

Seit ich in Kreisen unterwegs war, wo fast jeden Tag Fleisch auf dem Teller lag, fiel mir auf, dass dort besonders gern Kinderfleisch gegessen wurde, Lamm statt Schaf, Zicklein statt Ziege, Kalb statt Rind, leicht zubereitet mit Pomeranzensaft oder Balsamessig. Das Fleisch ist fester, zarter, nicht so fett, hieß es, wenn junge Männer an Aretinos Tisch über die Vorzüge von noch jüngeren Frauen redeten. Eine Käufliche von dreißig Jahren nannten sie zäh und ungenießbar.

Fleisch, auf einmal dachte ich über Fleisch nach, über junges und über sehr junges Fleisch und ob ich meines zu Markte trug, wenn ich mich nackt malen ließ. Vielleicht hatte es auch mit dem zu tun, was mir Aretino aufgetischt hatte, wegen unseres Plans mit Tizian. Du musst alles wissen, was ihn angeht, alles.

Es hätte glattlaufen können. Tizian war nun überzeugt, und bei meinem nächsten Besuch sollte ich ihm zum ersten Mal Modell liegen. Als er mich begrüßte, zitterte er bis in den Bart. Hatte er Angst, mich nackt zu sehen?

Papa ist tot, sagte er.

Weiß ich doch.

Jeder wusste es, dass am 25. September der Papst gestorben war, die Glocken hatten es uns tagelang in den Schädel gedröhnt. Eine gute Nachricht für viele. Für Aretino zum Beispiel, der zu Lebzeiten des Papstes nie vor einem weiteren Mordanschlag sicher gewesen war, für die Fedele, die jetzt endlich eine neue Chance auf ihre Traumstelle als Waisenhausvorsteherin bekam, für Ippolito, weil der Papa seines Cousins jetzt nicht mehr Papa war, der Weg nach Florenz war freigeräumt. Es war aber auch für Tizian eine gute Nachricht. Bisher war nie ein Auftrag, den Papst zu porträtieren, herübergewachsen und auch sonst nichts vom Vatikan.

Leider lief es nicht glatt. Tizian hatte vom Tod seines eigenen Vaters gesprochen, er war unfähig, einen Pinsel zu halten. Ich schlich durch die Herbstnässe nach Hause.

Immerhin war der alte Vecellio droben in seinen Bergen hornalt eines natürlichen Todes gestorben; der Papst war angeblich vergiftet worden, ein Pilzgericht, hieß es.

Glaube ich sofort, sagte Aretino, Clemens musste aus dem Weg geschafft werden, wegen dieses Skandals in Urbino, den er nicht verhindert hatte.

Am 12. Oktober hatte der Herzog von Urbino seinen Sohn Guidobaldo mit einer Elfjährigen verheiratet, obwohl der Sohn die nicht wollte. Sie selbst, sagte Aretino, ist bestimmt nicht gefragt worden. Guidobaldo war zwanzig und in eine Frau seines Alters verliebt. Die verwitwete Mutter wollte ihre Elfjährige aus Sicherheitsgründen meistbietend verschachern, am meisten Schutz bot ihr der Herzog von nebenan. Die Elfjährige erbte das Herzogtum Camerino, und darauf spekulierte der Herzog von Urbino, es war das Nachbargrundstück. Für den Papst war die geplante Zusammenlegung eine Kampfansage, dieser Riegel mitten im Kirchenstaat trennte Rom von den übrigen Provinzen. Das störte vor allem bei der Ausübung seines zweiten Berufs, dem Kriegeführen.

Aber Papst Clemens steckte in der Klemme. Aretino wusste, wie die Klemme aussah, weil er Francesco della Rovere, den Herzog von Urbino, kannte. Seit über zwei Jahren war er Kunde bei Tizian und oft auf Geschäftsreise hier. Er war einer der erfolgreichsten Militärs in Italien, angestellt als General im Dienst der Venezianer, hoch bezahlt, und die Venezianer halfen dem Papst gegen die Türken. Außerdem hatte Francesco zum Kaiser eine gute Beziehung, und vor dem Kaiser hatte der Papst seit der Plünderung Roms vor sieben Jahren Schiss. Er war durch einen geheimen Gang in die Engelsburg geschleust worden und hatte dort das Ganze ausgesessen.

Am 13. Oktober wurde Alessandro Farnese Papst als Paul III. Er war schon zweite Hälfte sechzig und erledigte das Wichtigste sofort. Er ließ drei Söhne und eine Tochter, die er mit einer seiner vier Geliebten gezeugt hatte, päpstlich legitimieren und schickte einen Brandbrief nach Urbino, die Hochzeit sei vom Papst persönlich verboten. Nur wegen des Riegels.

Der Bote kam ein paar Stunden zu spät. Es war bereits passiert.

Als Aretino zu erzählen anfing, war mir der aufsässige Guidobaldo sympathisch gewesen. Sein Vater hatte vor zwei Jahren gedroht, ihn zugunsten eines jüngeren Sohnes zu enterben, bevor es den überhaupt gab, die Mutter war damals mit fast vierzig gerade schwanger. Guidobaldo bockte. Liebesheirat statt Vernunftheirat war etwas Neues in diesen Etagen. Letztes Jahr war wirklich ein jüngerer Bruder zur Welt gekommen, da war Guidobaldo eingeknickt. Nicht aus Appetit, ließ er verlauten, nur aus erpresstem Gehorsam dem Vater gegenüber. Am Tag nach der Hochzeit reiste er ab. Da die Ehe nur dann als rechtskräftig galt, wenn sie vollzogen worden war, durfte der Bräutigam nicht wie üblich bei solchen Hochzeiten mit kleinen Mädchen wenigstens die Geschlechtsreife abwarten. Das Risiko war zu hoch. Guidobaldo hatte seine Pflicht sofort getan und die Elfjährige in der Hochzeitsnacht entjungfert.

Es strengte mich an, mir alles zu merken. Wozu?

Denk an unser Vorhaben mit Tizian, sagte Aretino,

wenn Porträts von anonymen schönen Frauen Kasse machen und Furore, müssen Guidobaldo und sein Vater dabei sein. Der alte Herzog ist bereits Kunde von Tizian, seine Frau ist zum dreizehnten Mal schwanger mit über vierzig, von den zwölf bisher haben nur fünf überlebt. Er braucht dringend …

… ein Bild mit Frischfleisch, um seine müden Glieder aufzurichten, zumindest eines davon?, fragte ich und ging.

Der Fleischmarkt. Am nächsten Morgen spazierte ich dick eingepackt über den Markt bei San Cassian und fragte die Händler aus. Sie wussten von den Köchen, was wo gefragt war. Männer, sagten sie, wollen anderes Fleisch als Frauen, Männer wollen gern das Tier noch erkennen, Fleisch am Knochen, und wenn es auf dem Teller blutet, gefällt es ihnen. Frauen wollen Fleisch, das aussieht wie eine gekochte Sellerieknolle.

Ich fand das nicht sympathischer. War auch nicht netter, einen Menschen zu vergiften, als ihm das Messer in die Gurgel zu stechen. Die großen roten Stücke hüteten die Fleischhändler, als wären es heilige Reliquien, nicht nur wegen der Kontrollen, Anfassen streng untersagt. Das Blutige, wussten sie, mochten die Männer, weil sie glaubten, es gäbe ihnen selbst frischen Saft. Ich fragte weiter, so lange, bis mir etwas übel war.

Zu Hause fing ich an zu putzen, obwohl ich jemanden dafür bezahlte und alles blitzsauber war.

Kaum hörte ich auf, kam die Übelkeit wieder. Schuld war das geplante Bild mit mir, nackt. In meinem Beruf baute ich auch müde Männer auf, denen mein Fleisch Appetit machte. Nur konnte ich da entscheiden, wie weit der Mann gehen durfte; aufs Bild gebannt, konnte ich niemals Nein sagen. Wo ich hing, in welcher Umgebung, was der Besitzer mit mir trieb und wem er mich, angetrunken und durch Zoten erhitzt, vorführte, das würde sich mir entziehen. Trotzdem dachte ich nicht daran, den Plan mit Tizian aufzugeben. Ich wünschte mir, einmal aus dem herauszutreten, was mir die Wirklichkeit zugestand. Unsterblich werden ist ein saudummer Wunsch. Ich wollte nur einmal größer sein, als ich war. Vermutlich wünschte sich das jeder Mensch, wenn er sich zu wünschen traute.

Einen Besuch bei Tizian erlebte ich immer als Kanalreinigung. Danach floss es wieder, und das Wasser war klar, und ich sah bis auf den Grund.

Ich gönnte mir den Besuch am Anfang des Jahres zu meinem zwanzigsten Geburtstag, an dem Tag hatte ich mir freigegeben. Wie oft war es erst in der zweiten Januarhälfte richtig kalt geworden, das Pflaster war morgens seifig vom Reif. Ich zog mich so langsam wie möglich an; über das zweiteilige Kleid noch eine bodenlange Weste aus Zobel, in der Öffentlichkeit verboten. Ich schenkte mir noch mehr Verbotenes. Die einfache Perlenkette um den Hals war außerhalb des Hauses erlaubt, die Perlentropfen an den Ohren und der breite goldene Armreif waren es nicht, und die Perlen, die ich mir in meine Frisur hineinflocht, schon gar nicht. Luxus schafft Abstand, auch auf einem Bild, wer mich so sehen würde, grapschte nicht gleich nach dem Fleisch. Der alte Mantel meines Vaters verdeckte meine Verstöße, erinnerte mich aber daran, dass es welche waren. Mit dem Geruch war mein Vater doch noch nicht restlos verschwunden.

Die Nebelwand vor Tizian war kleiner geworden, keinen Meter hoch und nur etwas mehr als einen halben Meter breit. Hinten in der Ecke sah ich einen Wandschirm, höher als die Kaminschirme. Der hatte dort bisher nicht gestanden. Ein Möbel zum Liegen war nirgendwo zu entdecken. Mich erleichterte das; komisch, wo ich mich jeden Tag vor den Augen eines mehr oder weniger fremden Manns auszog und hinlegte oder in Ausnahmefällen ausgezogen wurde und hingelegt.

Hatte wohl mit dem Fleischmarkt zu tun.

Ich saß Tizian gegenüber, Hocker hier, Hocker da, zwischen uns nichts als die Erwartung.

Er betrachtete meine Perlenkette, die Perlentropfen an meinen Ohren, meinen Armreif, meine Perlen im Haar, aufmerksamer als ein Dieb.

Sie sind gerüstet, sagte er, und so etwas wie ein Lächeln huschte schnell über sein Gesicht. Aber gegen wen oder was?

Ich schwieg.

Gegen das Anfassen – bei mir?

Was sollte ich sagen.

Als Maler, nicht als Mann ziehe ich einen zarten Körper wie Ihren einem kräftigen vor.

Warum?, fragte ich.

Es ist schwieriger, das Fleischige, das Weiche, als das Knochige wiederzugeben. Beim Knochigen muss man nur zeichnen können, das ist Anatomie, es bleibt hart. Das Weiche spüren zu lassen, die Farbe des Fleisches zu finden, nicht nur die der Haut, das ist schwierig, man kann dran verzweifeln.

Mein Oberteil unter dem Pelz war hochgeschlossen.

Essen Sie Fleisch?, fragte ich.

Wenig, sehr wenig und bewusst. Es soll kostbar bleiben.

Ich bedankte mich für die Ansage.

Als ich hinter dem Schirm hervortrat, sah er mich an, als wäre ich zu hell, und rutschte, ohne aufzustehen, mit seinem Hocker ein Stück zurück.

Ab der Taille war ich bekleidet, mein Oberkörper war nackt, doch ich hatte über dem Rock die Fellweste anbehalten und klammerte sie mit der rechten Hand auf Höhe der Brustwarzen zusammen.

Angst?, fragte Tizian.

Wovor sollte ich Angst haben?

Vor dem Bild.

Sie meinen, weil ich die Macht über mich abgebe?

Tizian nickte, beide Hände, knochig und kalkig weiß, auf den Knien.

Erwischt, genau darüber hatte ich nachgedacht.

Jeder Mensch musste sofort dorthin sehen, wo auf einem Bild ein nackter Körper zu sehen war, auch wenn drum herum schöne Menschen in schönen Kleidern zu sehen waren. Das Nackte war stärker. Ich hatte vielen Gästen in Aretinos Haus beim Schauen zugeschaut. Trotzdem, nicht die nackte Frau oder der nackte Mann besaß die Macht, die Macht besaß das Bild.

Wer einen makellosen Körper besitzt, will ihn vorführen, der macht schließlich Arbeit und ist etwas Seltenes. Es ist nicht schwer, so jemanden aus der Reserve zu locken, die Reue kommt erst, wenn es zu spät ist, das Bild kannst du nicht mehr zurückholen.

Langsam ließ ich die Pelzweste über meine rechte Schulter nach unten rutschen, ganz langsam. Es gefiel mir, dass Tizian hungrige Augen machte, als bräche an einem verhangenen Tag unerwartet die Sonne durch, wo jeder wusste, sie kann gleich wieder weg sein. Die Augen könnten noch hungriger werden und so groß, dass ich mich drin spiegeln würde. Bewunderung von einem wie ihm, das ging runter wie der beste Likör.

Meine rechte Brust war jetzt im Freien.

Tizians Schwester trat ein, zwei Gläser Wasser auf einem Tablett.

Ich zeige nur, was ich zeigen will, sagte ich zu Tizian, das habe ich im Griff.

Ach so?, sagte sie.

Ich hielt meinen Pelz auf und hielt ihn fest, mit der linken Hand an der rechten Hüfte, mit der rechten Hand oben, an der linken Brust.

Tizian schien abzuwarten, ob das jetzt alles war. Ich bewegte mich nicht, bis ins Gesicht nicht. Es dauerte. Dann atmete er hörbar durch und begann, direkt auf die Leinwand zu malen.

Aretino hatte ihn angemeldet, mit genauer Uhrzeit, ohne Namen. Nicht mehr der Jüngste, Mitte vierzig, aber dafür, was er hinter sich habe, in guter Verfassung.

Wer wie ich ohne eine Zuhälterin arbeitete, Zuhälter

waren bei uns verboten, arbeitete zu hundert Prozent in die eigene Tasche, allerdings auf volles Risiko, und war auf Mund-zu-Mund-Empfehlungen angewiesen; kein Mund ergiebiger als der von Aretino.

Aufziehendes Gewitter war das Erste, was mir zu diesem Kunden einfiel. Die Augenhöhlen grau, die Augen fiebrig glänzend, der schwarze Bart mit grauen Fäden wucherte bis nah an die Wangenknochen, und darüber lag noch ein dunkler Bartschatten. Der Körper war geladen, sofort konnte etwas losbrechen.

Sag Maria zu mir, sagte er, mein zweiter Name, benutzt niemand.

Kein Wunder.

Er zog ein Taschentuch heraus und wischte damit mein Gesicht ab.

Ich bin nie mit einer hässlichen Frau ins Bett gegangen, sagte er, aber neben einigen aufgewacht.

Sogar nackt wirkte er bewaffnet. Und gierig. Gier konnte ich nicht befriedigen, die ist nimmersatt.

Ich bin mit einigen hässlichen Männern ins Bett, sagte ich, aber als ich aufwachte, fand ich sie ganz schön.

Er starrte mich an, bestieg mich vorsichtig, als wäre ich ein unberechenbares Reittier. Dann führte er Krieg, mehr gegen sich als gegen mich, und schrie zum Schluss Jawoll! Schlagartig fiel er hinterher schnarchend in tiefsten Schlaf. Als er daraus auftauchte, war seine Stimme verändert, sie hatte die Rüstung abgelegt.

Warst du, fragte er fast sanft, schon einmal mit einem Mörder im Bett?

Ich schüttelte den Kopf.

Du zuckst nicht zusammen, das gefällt mir. Ich war damals einundzwanzig, gerade zwei Jahre verheiratet. Auf offener Straße habe ich ihn erstochen. Meine Frau macht es seither mit mir nur, weil sie muss, und kneift die Augen zu.

Ich versuchte, seinen bretthарten Rücken zu kneten.

Warum muss sie?

Liebesheirat ist die Ausrede von weichen Eiern wie meinem Sohn. Das Glück ist ein Weib, und wer es unterkriegen will, muss es schlagen und treten, hat Machiavelli geschrieben. Die sogenannte Liebe ist ein Tauschgeschäft, und dafür gelten Regeln wie für alles Geschäftliche.

Und warum will sie nicht?, fragte ich, dabei verstand ich die Frau bereits bestens.

Sie vergisst nicht und lässt es mich spüren. Das hält meine Schuldgefühle wach wie Jagdhunde, sie würden alles Zarte zerfleischen.

Er drehte sich auf den Rücken, die Arme unterm Kopf, und sah mich an. Dein Anblick ist für mich Absolution. Hätte ich ihn jeden Tag, wäre ich ein anderer. Vielleicht.

Zwei Wochen später kaufte ich am Rialto ein druckfrisches Buch, ich wollte es nicht lesen, ich musste: der neueste Tarif meiner Branche. Aufgemacht war er als Unterhaltung eines Fremden mit einem Einheimischen, angeblich adlig. Die Inhaltsangabe versprach Preisangaben und ausführliche Kommentare zu den hundertneun Besserbezahlten und zu sechsundzwanzig Zuhälterinnen.

Gleich auf den ersten Seiten feierte der anonyme Verfasser Venier als sein großes Vorbild, ich war auf das

Schlimmste gefasst. Ganz vorne, als Nummer drei, kam ich dran. Es war eine Nachhilfestunde in Verleumdung: Das Schlimmste lässt sich steigern. Ich hätte die Franzosenkrankheit, keine Prise Charme und in Chioggia den Trentuno voll abgekriegt. Näheres sei dazu unbedingt nachzulesen in der Geschichte von Venier, die seinen Namen weltberühmt gemacht habe, in der begnadeten Geschichte von Venier, stand da. Morgens, hieß es, pisst die Zaffetta nicht in den Topf, sondern mit gespreizten Beinen mitten in die Küche. Mein Hintern schwitze ständig, ich furze ununterbrochen, und mein Geschlecht rieche schlechter als Rülpsen, Achselschweiß und Urin zusammen. Einer meiner Kunden habe hinterdrein gekotzt, und kein Liebesmittel könnte ihn dazu bringen, noch einmal in meine verseuchten Abgründe zurückzukehren.

Immerhin, der Fremde widersprach. Das könne er nicht glauben. Er kenne einen, der mich abgöttisch liebe, ein auffallend kluger Mensch und ein bewundernswerter Charakter. Das las sich wie von Aretino diktiert, zu meiner Ehrenrettung und seinem Eigenlob. Der Einheimische ging über zu Nummer vier.

Aretino erwartete mich. Es ist nicht Venier, rief er mir von oben entgegen, als ich die Treppe hinaufging, nur ein gelehriger Schüler.

Warum hatte er mir nichts gesagt? Wenn er ihn schon kannte, warum hatte er Veniers Schüler nicht mit einem Verriss seines Werks gedroht? Der wollte doch wie alle diese Kerle Schriftsteller werden. Tizian hatte mir von Schlammlawinen in den Bergen erzählt. Mit solchem Unflat wollte sich so einer nur den Weg bahnen.

Wenn du dich verteidigst, sagte Aretino und goss mir von seinem ältesten Malvasier ein, fährst du den Karren immer tiefer in den Dreck.

Wenn ich mich nicht verteidige, wird der Dreck immer tiefer, sagte ich. Vor Gericht …

Aretino schlug lachend auf die Tischplatte, die Kerzenleuchter schepperten. Kind, du kennst doch deine Stadt. Venedig ist steinreich und wird mit diesem Dreck nicht fertig, weil es nicht will. Schau, die Serenissima …

Er stand auf und zog mich vor einen Majolika-Teller mit einem nackten Mann, gewaltige Schultern, Schenkel wie Baumstämme. Vor ihm Fluten, hinter ihm Kühe.

… sie ist sich zu schade dafür. Wie König Augias. Der Mist von seinen dreitausend Rindern stank pestilenzisch, dreißig Jahre hatte keiner ihn weggeräumt. Herkules sollte die Drecksarbeit erledigen und die Ställe säubern, innerhalb eines Tages. Recht so, ein Mensch, der in die Scheiße fasst, ist kein Held mehr, sagten sich seine Feinde.

Und?

Herkules leitete zwei Flüsse um, ich weiß nicht mehr, wie sie hießen, und sie schwemmten den Mist von Jahrzehnten weg.

Ich als Herkules, eine gute Idee, und ich wusste, wie mein Fluss hieß.

Tizians älterer Sohn strich gerade Firnis auf das Gemälde, als ich hereinkam.

Ich lächelte die junge Frau mit dem Pelz an, aber sie lächelte nicht zurück. Es war, als stünde sie in meiner Garderobe beim Anziehen, und zufällig habe Tizian ihr dabei zugesehen. Warm und weich und verletzbar sah sie aus, gar nicht drauf aus, ihm oder sonst wem zu gefallen. Sie bot ihr Fleisch nicht an, sie war ganz bei sich und voll Vertrauen. Nichts schützte sie vor Übergriffen, offenbar fürchtete sie sich gar nicht davor. Nicht nur der Schmuck, auch der Blick hielt die Hände zurück. Unvorstellbar, dass sie stank und furzte und auf den Boden pisste.

Wann haben Sie es beendet?

Als ich mit dem Malen fertig war.

Und was können Sie mir dazu sagen?

Nichts. Meine Bilder wissen mehr über sich als ich.

Dieses Bild bei Aretino an der Wand, das war's, dort, wo Venier und seine gelehrigen Schüler verkehrten, eleganter ließ sich der Mist nicht beseitigen.

Großartig, sagte ich.

Fand er auch, sagte Tizian. Er hat bereits bezahlt und wird es abholen, wenn er mir zum ersten Mal für sein Porträt sitzt. Vermutlich das einzige Mal. Ständig ist er auf irgendeinem Kriegsschauplatz unterwegs.

Wer ist er?

Der Herzog von Urbino, Francesco Maria della Rovere. Übrigens, er hat Sie sofort wiedererkannt.

Auf Aretinos Tafel sah ich den Blödsinn zuerst, dann auch in anderen Häusern: unbrauchbare Weingläser, die männliche Gäste mit sich herumtrugen und umständlich auspackten. Manche hatten einen Becher, der im Stehen wackelte und umkippte, weil sein Boden abgerundet war, manche ein kegelförmiges Glas ohne Stiel und Fuß, an der Kegelspitze war nur eine silberne Kugel befestigt. Beide Modelle waren Renner bei den Glasbläsern auf Murano, es gab bereits Lieferprobleme. Die unpraktischen Becher und Gläser mussten in einem Zug geleert werden und standen nur mit der Öffnung auf der Tischplatte stabil. Keine Möglichkeit, unbemerkt etwas reinzuschütten.

In Aretinos Hand kannte ich so einen Becher nicht, obwohl bei ihm die Anschaffung sinnvoll gewesen wäre.

Ich lebe davon, dass ich mir Feinde mache, sagte er. Er konnte also auch dran sterben.

Diese misstrauischen Trinkgefäße passten zu dem neuen Modewort der Venezianer: vergiften. Es schien ansteckend zu sein. Durch die vielen Druckereien sei die Stadt mit fremdem Gedankengut vergiftet, jammerten Alteingesessene. Es gab Priester, die sagten, Protestanten vergifteten die Gläubigen in Venedig, und es gab Gelehrte, die sagten, Aretino habe mit seiner Direktheit die Sprache vergiftet. Viele Männer beschuldigten

Käufliche wie mich, ich hätte den Berufsstand vergiftet, trotz gestiegener Preise würde Unterwürfigkeit nicht mehr mitgeliefert. Das alles kümmerte mich nicht. Mich beschäftigte, wie schnell die Zahl der Männer zunahm, es waren größtenteils blutjunge, die behaupteten, wir Frauen hätten das Verhältnis zu ihrem Geschlecht vergiftet. Wir maßten uns an, ihnen ebenbürtig zu sein, und suchten uns die Männer aus, anstatt dankbar zu sein, wenn wir ausgesucht wurden. Wir hätten vergessen, was Frauen zusteht, Dienen und Bedienen. Wir benutzten unsere Geschlechtsorgane als Spardosen und Erpressungsmittel. Sie drohten ganz offen: Ihr habt die natürliche Ordnung zerstört, und dafür müsst ihr bestraft werden.

Kannte ich doch irgendwoher.

Ich wusste nicht, wer herumgeschwätzt hatte, vermutlich war es Aretino, dass Tizian bereits das zweite Bild mit mir in Arbeit habe. Die Zaffetta vergiftet die Kunst, hieß es prompt, indem sie nun unseren größten Maler vergiftet.

Fehlte gerade noch, dass sie ihn zu meinem Kunden erklärten. Ich wusste, dass Tizian in dieser Hinsicht das Zeug zum heiligenmäßigen Einsiedler besaß. Er hatte unten in seinem Haus zwei Räume vermietet, eine Kollegin von mir hatte er abgelehnt, einen öffentlich lauten Protestanten, den angeblich die Spitzel als Gefährder führten, hatte er einziehen lassen, war ihm lieber.

Mir kam es vor, als wäre Gift nur ein Wort für alles, wovor sie Angst hatten oder was sie hassten, oder beides. Das Andere, das Fremde, das Neue, das, was ihnen die gewohnten Rechte streitig machte oder ihre Macht infrage stellte, egal.

Es ging jedenfalls nicht um wirkliches Gift. Das wurde privat in Venedig selten verwendet, vielleicht wenn die Ehefrau nach dem Seitensprung beseitigt werden musste und die Kinder weiterschlafen sollten.

Sanudo hatte mir aber verraten, dass seit Langem besonders gute Chemiker, sogar einige aus dem Ghetto, offiziell als Vergiftungsexperten zugelassen waren und dem Dogen regelmäßig Preislisten für die besten und neuesten Gifte vorlegen mussten. Staatsfeinde auf diese Weise aus der Welt zu schaffen, erregte kein Aufsehen, machte keinen Dreck und keinen Lärm.

Von all den Männern, die ich vom Vergiften faseln hörte, war nicht einer wichtig genug für eine Staatsaktion. Vielleicht wollten sie mit den Bechern und Gläsern ablenken von ihren eigenen Giften aus der Gerüchteküche. Manche wirkten schnell, die heimtückischen wirkten schleichend. Waren sie einmal unterwegs in den Kanälen, schien es fast unmöglich, es dort wieder herauszukriegen.

Es gab Tage, immer wieder gab es die, da fing ein Kunde bei mir plötzlich an, vom Trentuno zu reden. Nein, er hatte nichts von Venier gelesen, nein, auch nicht den neuen Tarif, der das wieder aufwärmte; irgendwo gehört, hieß es, keine Ahnung, wo und von wem. Ob da was dran sei?

Im Nordosten der Lagune, hinter Murano, lag eine Insel, auf die sich kein Venezianer verirrte. Jeder Bootsmann hätte vermutlich einen Wucherpreis verlangt, wenn einer so krank war, dorthin zu wollen. Lazzaretto nuovo hieß sie, die Insel, auf der bei den beiden großen Pestkatastrophen die Kranken isoliert und in Massengräbern verscharrt worden waren. Der Insel ging es wie mir, sie wurde ihre Vergangenheit nicht los.

Gegengifte – Sanudo wusste, dass es auch davon eine Liste der Experten gab.

Tizians Kunst war mein Gegengift.

Seit einigen Wochen brütete er wieder vor der breitformatigen Nebelwand, die um einiges länger war als ich hoch. Ich floh oft zu Tizian, wenn das Vergiftungsgerede mir auf den Magen schlug.

Lebensgroß oder größer?, fragte ich.

Überlebensgroße Figuren sind tot, sagte er. Zu sehr Denkmal.

Dann eben lebensgroß.

Lebensgroße erschrecken einen, die sind zu direkt. Da ist jemand uneingeladen im Raum und mischt sich ein.

Also unterlebensgroß.

Ja, aber nur ein wenig, sonst ist es kein ebenbürtiges Gegenüber mehr.

Danke, sagte ich.

Aber er fing nicht an zu malen.

Mein neues Berufsziel war, Venus zu werden auf seinem Bild. Giorgiones Cecilia hatte es leichter gehabt, der Weg von der Geliebten des Malers zur von ihm gemalten Liebesgöttin war kürzer. Für mich als eine, die mit Liebe ihr Geld verdiente, war es eine unerwartete und steile Karriere, die ich nur durch Tizian machen konnte, der Weg war eher steinig. Tizian kam aus den Dolomiten. Außerdem wusste ich über Venus fast nichts, außer dass sie neben der Liebe auch noch für Fruchtbarkeit und Schönheit zuständig war und zu ihr Rosen, Myrten, Hasen und Tauben gehörten, Letztere nicht gebraten. Nur auf zwei von Aretinos Bildern kam Venus vor, anscheinend war sie nie vergewaltigt worden von anderen Göttern.

Auf einem kniete sie nackt am Boden neben einem nackten jungen Mann, der dort lag, leider tot. Das ist Adonis, in den sie sich verliebte, weil er so schön war, kam bei der Jagd um, sagte Aretino, vermutlich Auftragsmord, der Dauerliebhaber von Venus soll einen Eber auf ihn geschasst haben.

Auf dem anderen Bild wurde sie offenbar in flagranti erwischt, von einem äußerlich wenig geglückten grantigen alten Mann, ihr Ehemann, sagte Aretino, mit einem gut gebauten jungen Mann. Eine Frau, die kein Opfer war und nicht treu, die Rolle passte. In einen schönen jungen Mann hatte ich mich ebenfalls verliebt, gestorben war er allerdings nur für mich.

Es war Tizians Schwester, die mir flüsterte, warum er nicht anfing, mich als Venus zu malen: Giorgione ist schuld, sagte sie, sein Lehrer lähmt ihn.

Der ist doch ewig tot.

Aber seine Venus nicht. Das Vorbild, sagte sie, es ist so groß, und mein Bruder hat Angst, es könnte ihn erschlagen.

Tizian stand am geöffneten Fenster und kehrte mir den Rücken zu. Setzen Sie sich, sagte er, ohne sich umzudrehen.

Er wartete, bis an mir nichts mehr raschelte oder knisterte.

Stellen Sie sich vor, Sie liegen nackt auf einer Wiese, genau gesagt auf einem weißen Tuch auf der Wiese, unter dem Kopf haben Sie ein seidenbezogenes rotes Polster. Es ist helllichter Tag. Hundert, zweihundert Meter entfernt befindet sich auf einer Anhöhe ein großer Hof, viele Fenster gehen dorthinaus, wo Sie liegen, und …

Kann ich mir nicht vorstellen, sagte ich. Das ist in Venedig überhaupt nicht möglich, hier gäbe es nichts davon, nur das weiße Tuch und das rote Polster.

Aber so sieht es aus bei Giorgiones Venus. Seine Bilder sind Rätsel, und das macht sie begehrt. Die Lösungen hat er ins Grab mitgenommen.

Hat er sie denn gewusst?, fragte ich.

Nur am Zucken seiner Schultern merkte ich, dass er lachte.

Wissen Sie, Bilder ohne Rätsel sind nichts wert. Bewundert wird das Unverstandene, sprach er ins Freie und stöhnte dann, wie meine Großmutter während einer der langen lateinischen Festmessen.

Dort hinten sehe ich die Berge, meine Berge. Bei uns droben gilt nur das, was jeder versteht. Hier unten habe ich Bilder gemalt, die ich selbst nicht mehr verstanden habe. Andere haben sich mythologische Programme ausgedacht, ich habe mich nur gefragt, wie ich an die nackten Modelle komme und wie viel von welchen Pigmenten ich für die Menge Fleisch brauche.

Und dann?

Habe ich gemalt. Ich male gern.

Tizian wurde mir immer sympathischer. Nur meinen Aufstieg in den Götterhimmel konnte ich mir abschminken.

Er stand noch immer starr am Fenster, berühren verboten, sagte sein Rücken. Die heilige Magdalena, Schutzpatronin von uns Käuflichen, hatte Jesus nach Ostern anfassen wollen, weil sie nicht an die Auferstehung des Fleisches glauben konnte, kluge Frau; er wollte auf keinen Fall angefasst werden. Ob ihm Berührung zu diesseitig war, wo er schon ins Jenseits geguckt hatte, oder ob er nicht wollte, dass aufflog, was Sache war? Mich hatte das immer irritiert.

Egal, Tizian war kein Jesus.

Als er meine Hände auf seinen Schultern spürte, senkten sie sich. Sonst bewegte sich nichts an ihm.

Und Sie? Was denken Sie über Mythen?, fragte er.

Was ich davon aus Büchern und Bildern kenne, das kenne ich auch aus dem Alltag. Frauen, die wegen seines Geldes oder seiner Wichtigkeit einen Mann heiraten, den sie nicht ausstehen können, mächtige Männer, die hinter jungen oder minderjährigen Mädchen her sind und sie vergewaltigen, Fremdgeher, die ihrer Frau das Fremdgehen verbieten, Ehefrauen, die ihre Wut auf die Mädchen entladen, mit denen der Gatte sie bescheißt, Schönheiten, die stolz auf ihren Körper sind, aber sich brutal an Männern rächen, die sie zufällig nackt gesehen haben …

Tizian nahm die Arme nach vorn, anscheinend drückte er seine Hände auf die Leibesmitte.

Dolce redet mir immer ein, die Mythen seien wahr. Aber wenn ich Sie richtig verstehe, sind die Mythen wirklich.

Ich wusste, dass Tizian Mythen bisher abgetan hatte als abgestandene Gerüchte, und dachte an den letzten Abend bei Aretino. Stundenlang war über Wahrheit diskutiert worden, über die berühmte nackte Wahrheit, ausgerechnet in diesem Kreis, und ich war hinterdrein so leer wie das Wort Wahrheit.

Die nackte Wahrheit, sagte ich …

Tizian drehte sich ruckartig zu mir um, sein Blick hielt mich im Klammergriff. Ja?

Also, meine Lehrerin, die alte Fedele, sagt: Weil die Wahrheit weiblich ist und nackt, kann man sie so leicht missbrauchen.

Er beugte sich zum Boden hinunter, als klaubte er etwas von dort auf, zu sehen war gar nichts. Wo liegen Sie, wenn Sie ganz nackt sind?, fragte er, den Kopf nach unten.

Auf dem Bett, wo sonst, sagte ich.

Zack, war der Kopf oben, Tizian scherte an mir vorbei, rutschte mit ein paar schnellen Schritten übers Parkett und öffnete die Tür zum Nebenzimmer.

Mittendrin stand ein Bett mit zwei roten Matratzen, darübergeworfen ein weißes Laken, an zwei, drei Stellen zwischen die Matratzen gestopft. Ein großes, stabiles Bett für zwei.

Vor dem Bett stand die querformatige Nebelwand auf der Staffelei. Tizian nahm Platz.

Schaumwein vertrug ich immer bestens, meine Knie vertrugen ihn schlechter. Tizian hatte mein Ja feiern wollen zu seinem Plan: Keine Venus, keine Ausflüchte. Nichts als eine nackte Frau.

Ich wankte gegen die Mauer und wäre beinahe gestürzt, als er mir ein paar Meter von Tizians Haustür entfernt aus einem Hofeingang in den Weg sprang.

Verpiss dich, Vergifterin, schrie er, stinkende Vergifterin. Die Gewinner lässt du noch drüber, wenn sie nach Gruft riechen. Wir Verlierer müssen unseren Samen auf den Boden spritzen.

Er spuckte aufs Pflaster.

Müsst ihr nicht, nur etwas netter müsst ihr sein, sagte ich.

Er versperrte mir den Ausweg aus der Sackgasse und packte sein Geschlecht aus.

Ist doch ganz ordentlich, sagte ich.

Und war an ihm vorbei.

Ich traf ihn wenige Tage danach wieder, besser gesagt, ich hätte ihn beinahe getroffen, er kam neben Venier aus Aretinos Haus, als ich darauf zuging, und bog ab, bevor ich dort war.

Wer war das?, fragte ich statt Begrüßung.

Von wem redest du?

Der Unscheinbare, der dich gerade mit meinem speziellen Freund verlassen hat, irgendwie farblos meliert.

Ein Student aus Padua, schreibt mir seit einiger Zeit.

Und?

Aretino festzunageln war schwieriger, als eine Motte zu fangen.

Nichts und. Antonio Cavallino heißt er, hilft dir nicht weiter. Er ist öfters für Nachforschungen in Venedig.

Hat er auch etwas anderes als Briefe geschrieben?

Warum?

Zum Beispiel den neuesten Tarif?

Du wirst erwartet von Tizian, Sansovino und dem besten Refosco der Republik Venedig. Willst du uns die Stimmung vergiften?, fragte er.

Aretinos Arm um meine Schultern wirkte normalerweise zuverlässig. Ich schob ihn nach hinten hinunter.

Am 22. Juli, dem Feiertag der heiligen Magdalena, hatte ich mir wie alle Kolleginnen einen Tag Urlaub verordnet. Es war Ausflugswetter, aber ich lag schon zum dritten Mal auf den beiden roten Matratzen, teure Matratzen, sagte mein Rücken. Die Kissen, die am Kopfende aufgehäuft waren, hatte er sich ebenfalls so viel kosten lassen wie eine Käufliche oberster Preisklasse, da pikste kein einziger Federkiel. Hinter dem Bett hing jetzt mitten im Raum ein dunkelgrüner Vorhang. Tizians Schwester hatte ihn an einem Deckenbalken festgenagelt. Selbst wenn jemand draußen hochkletterte und durchs Fenster glotzte, sah er nichts von mir.

Von Tizian aus lag ich den Kopf links, die Füße rechts.

Liegt die Venus von Giorgione auch so herum?

Er überhörte meine Frage.

Strecken Sie bitte den rechten Arm nach oben und winkeln ihn hinter dem Kopf ab.

Ich streckte den rechten Arm nach oben und winkelte ihn hinter dem Kopf ab.

Jetzt schließen Sie die Augen.

Ich schloss die Augen.

Könnten Sie so schlafen?

Keine Minute, kann kein Mensch, das ist völlig verkrampft.

Danke, sagte er. Giorgiones Cecilia musste nur so tun.

Ich verstehe schon, warum. Wie wäre es für Sie am besten, ich meine, welche Position?

Diese Frage war mir noch nie gestellt worden, das gehörte zu meinem Beruf. Wollte ich etwas, musste ich es mir nehmen und dem Kunden das Gefühl geben, dass er dadurch mehr bekam. Das hatte ich heraus.

Flach auf dem Rücken wirkt ein nackter Körper so lebendig wie ein Fisch in der Pfanne. Ich rückte vor zum äußersten Rand des Betts, stopfte die Kissen unter meinen Oberkörper, stützte mich mit dem rechten Arm auf, den Nacken lehnte ich bequem an. Ich kippte meinen Unterleib nach vorn auf die rechte Hüfte und bog das rechte Bein ab, das gab mir Halt. Den linken Unterarm legte ich auf den Bauch.

Ist es so gut für Sie?, fragte Tizian.

Als Maler war er der beste Liebhaber.

Linker Ellenbogen runter und die linke Hand tiefer, tiefer, noch tiefer, sagte er.

Erst als die Fingerspitzen zwischen den Oberschenkeln verschwanden, war er zufrieden.

Wegen der Linie, Wangehalsbrusthüfte, sie soll nicht unterbrochen werden.

Meine linke Hand tat mir gut. Seine rechte, die Malhand, tat nichts.

Ich sah ihn an, er sah mich an.

Als Kinder hatten wir gespielt, wer dem Blick des anderen länger standhalten konnte. Es war das einzige Spiel, das ich immer gewonnen hatte.

Wartete er darauf, dass ich meine Lider senkte oder dass ich in eine Ferne blickte, die es nicht gab?

Er sah mich an, ich sah ihn an. Nur ein einziger Mann hatte mich nackt jemals so gerade und wach und klar angesehen, und nur ein einziger hatte meinen Bauch geküsst.

Die Luft zwischen Tizian und mir war bisher reglos geblieben, absolute Windstille. Bisher.

Dieser Ippolito Medici, sagte er.

Wie kommen Sie auf ihn?

Für ihn ist das Bild doch bestimmt. Als Werbegeschenk, sagt Aretino. Kennen Sie ihn näher?

Betriebsgeheimnis, sagte ich.

Ich sah ihn an, er sah mich an.

Aretino hat mir erzählt, sagte Tizian, dass er vor Kurzem einen Sohn bekommen hat von dieser Frau, die angeblich keinen ranlässt.

Ich brauchte keinen Spiegel, Tizians Gesicht sagte mir, dass etwas passiert war, womit ich niemals gerechnet hätte: Ich war zum ersten Mal in meinem Leben rot geworden.

Gut, dass Sie kein Rouge benutzen, sagte Tizian.

Er nahm einen großen weichen Pinsel und fing an zu malen, von mir aus gesehen etwas rechts von der Mitte auf halber Höhe. Dort, wo mein Bauch sein musste.

An Mariä Himmelfahrt saß ich am Fuß der Leiter. Ich war froh, dass es bei der Fedele wie immer ziemlich düster war. Das schöne Wetter draußen fand ich geschmacklos.

Dabei hatte der Tag gut angefangen gegen zehn.

Statt Gottesdienst, Tizian und ich waren uns einig gewesen. Bei ihm in Biri Grande draußen waren wir verschont vom Getöse der Prozessionen. Keiner von uns hatte bemerkt, wie tief wir im Schweigen steckten, bis Aretino die Tür aufriss. Sein Gesicht sah verheult aus, seine Stimme klang heiser.

Er war auf dem Weg nach Tunis, zum Kaiser, der sollte Alessandro zum Abdanken zwingen, nie hatte er bessere Chancen. Aber er kam nur bis Itri. Es heißt, es war einer seiner Angestellten, aber der Dümmste kann erraten, wer dahintersteckt.

Ippolito war tot.

Was macht dich traurig?, fragte die Fedele.

Wie er gestorben ist. Sie haben ihn im Auftrag seines Vetters vergiftet.

Warum?

Weil sein Vetter ihn gehasst hat.

Und warum hat er ihn gehasst?

Weil Ippolito mithilfe des Kaisers seine Stelle einnehmen wollte.

Und warum wollte er das?

Er wollte wieder an die Macht.

Die Fedele gab mir ihr Taschentuch.

Ist er dann nicht an seinem Machthunger gestorben?

Als ich fast zu Hause war, fiel mir auf, dass ich noch immer das Taschentuch der Fedele in der Hand hielt, es war zerknittert.

Wäre es nass gewesen, hätte ich nichts von ihr gelernt. Und von mir auch nicht.

Die Phantasie der Venezianer war in vielem beachtlich, was die Überwachungsmöglichkeiten betraf, überflüssige Gesetze oder zusätzliche Strafzölle, aber manches konnten sie sich nicht vorstellen: dass es mit Venedig einmal wirtschaftlich abwärtsgehen würde und die Türken sie kleinkriegen könnten. Dabei war die Serenissima abhängig von den Handelsprivilegien bei ihren Lieblingsfeinden. Wenn die Verluste in zwei Türkenkriegen sie nicht zur Vernunft bringen konnten, wer soll es dann schaffen?, sagte Sanudo.

Zwei neue Großbaustellen gab es zurzeit, Architekt hier wie dort natürlich Sansovino. Auf der von San Francesco della Vigna in der Nähe des Arsenale hatten die Bauarbeiter ihre Ruhe, eine Franziskanerkirche interessierte die meisten nicht mehr als das Wetter von gestern. Die andere, direkt an der Piazzetta, war umlagert: Dort entstand ein Palast für die Zecca, die Münze. Wo Geld produziert wurde, roch es nach Gewinn, und das war bekanntlich das Lieblingsparfum der Männer hier.

Mein letzter Kunde, noch keine zwanzig, hatte mehr Goldmünzen dagelassen als erwartet, dabei war es ganz einfach gewesen, ihm zu beweisen, dass er nicht impotent war. Wie die meisten hatte er Angst vor dem, was sich zwischen unseren Schenkeln versteckt. Kein Wunder, das Unsichtbare ist nun mal unberechenbar und unheimlich.

Ich nahm eine Münze zwischen zwei Finger. Sie war kaum abgerieben und glänzte wie poliert, nur die Ränder waren dünn. Auf der Rückseite war Jesus in einer mandelförmigen Glorie zu sehen. Ich fragte mich immer, was der dort zu suchen hatte. Mit Besitz und Geldverleihern hatte er doch angeblich nie etwas im Sinn gehabt, eher noch mit meiner Branche und den Kindern.

Mit einem Verdienstausfall musste ich jederzeit rechnen, und Jesus war der Letzte, auf dessen finanziellen Beistand ich mich verlassen hätte. Ich kannte einige, die pleitegegangen waren, obwohl ihre Frauen sich die Knie wund gebetet hatten.

Unberührt stand das Bild von mir auf den roten Matratzen seit letztem August auf dem Boden, immerhin nicht mit der Vorderseite zur Wand.

Sogar im Atelier roch es bei Tizian nur nach Linsensuppe und Speck. Es war schlecht beheizt und mörderisch aufgeräumt.

Mich lähmt das, sagte Tizian. Ohne Auftrag, ohne Abnehmer und ohne Honorar kann ich nicht weitermachen.

Kapierte ich voll und ganz. Auf gut Glück zu arbeiten war für uns waghalsig. In meinem Beruf wie in seinem gab es keine offiziellen Tarife, wir mussten selbst kalkulieren, was ein Kunde für unsere Leistung zu zahlen bereit war. Dass wir einen Namen hatten, nützte uns, eine Versicherung war es nicht.

Verarmungswahn, höhnte Aretino gern über Tizian und mich. Er hatte sich soeben eine lebenslange Luxusrente erschleimt mit einem einzigen Brief. Weil er damals die Plünderung Roms vorhergesagt hatte, nicht genau, aber so ähnlich, feierte er sich selbst als astrologisches Genie und hatte nun dem Kaiser prophezeit, er werde den Machtkampf gegen Frankreichs König gewinnen. Der Kaiser wies Aretino umgehend eine Jahrespension von zweihundert Dukaten auf Lebenszeit an. Tizian hatte vor zehn Jahren für die Pesaro-Madonna, immerhin fünf Meter hoch und sieben Monate Arbeit lang, nur ungefähr die Hälfte bekommen.

Ich könnte emigrieren, wohin ich will, Schönredner wie mich braucht es überall, sagte Aretino. Die Mächtigen blechen umso williger, je hässlicher ist, was sie vorhaben. Und ich kassiere als Schönredner besonders viel, weil ich als Schlechtredner unschlagbar bin. Sockel oder Pranger, das liegt bei mir. Vertiefen war gestern, die Zukunft gehört dem Verbreiten.

Was ich nicht verstand, war, warum Tizian mich herbestellt hatte. Wenn er nicht malen konnte, brauchte ich nicht in diesem nasskalten Februar nackt in seinem Atelier herumzuliegen.

Schon mal ums Honorar betrogen worden oder im Preis gedrückt?, fragte Tizian. Er klopfte Walnüsse auf und pulte sie aus der Schale.

Selten, sagte ich und pulte ebenfalls. Verschwiegenheit gehörte zu meinem Beruf; vergessen hatte ich es nicht, wie dreckig es mir danach gegangen war. Spinnst du komplett, deinen Wert daran zu bemessen, was einer zahlt?, hatte mein Verstand gesagt. Aber das Gefühl war stärker gewesen.

Und Sie?, fragte ich.

Auch, sagte er, ich auch, und schlug die nächste Walnuss mit einem kleinen Hammer zu Brei. Konnte hinterher wochenlang keinen Pinsel halten.

Meine Zechpreller taten sich leichter, ich lieferte keine Ware ab, er eine heiß begehrte.

Wie konnte Ihnen das passieren?, fragte ich.

Er sagte nichts mehr, das aber so laut, dass ich aufstand.

Als ich an der Tür war, holte mich seine Stimme ein, leise und verschwommen.

Ich hörte etwas heraus wie: Der Papst und der Kaiser und Sie zusammen.

Tizian war niemals betrunken. Ich setzte mich wieder.

Vor zwei Tagen hatte Francesco della Rovere, der Herzog von Urbino, ihn hier besucht, jetzt wollte auch seine Frau sich von Tizian porträtieren lassen; dazu sollte er nach Pesaro reisen, wo sie meistens wohnte, und Reisen hasste er. Von ihm hatte Tizian bereits den Kopf gemalt, für den Rest hatte della Rovere seine Rüstung ins Atelier gestellt; dort hatte er mich auf den roten Matratzen liegen sehen.

Der klebte an der Leinwand, sagte Tizian, aber das Bild kann er unmöglich nach Hause bringen. Er lässt sich als treuen Ehemann feiern, weil er ihr noch mal ein Kind gemacht hat, als sie schon weit über vierzig war.

Aretino sagte: Reines Druckmittel, dieses Kind, wie Kinder oft.

Von dem Mädchen im Pelz hatte der alte Rovere zu Hause vermutlich behauptet: Eine Unbekannte, die posiert für Tizian, wie viele.

Was er sofort für viel Geld erwerben würde, sagte Tizian, ist ein Bild von Ihnen, aufgemacht als … Dame.

Mich wunderte es nicht, dass della Rovere, anstatt es sich auf einem seiner Schlösser gemütlich zu machen, als Berufssoldat für die Venezianer an jede Front rannte. Er war nicht nur im Bett gierig, Provinzfürst sein war ihm zu wenig, er hungerte nach Anerkennung, auch als Kriegsheld. Drohte ihm allerdings, aus Altersgründen aussortiert zu werden. Also plante er, mit seiner Sammlung in Pesaro Aufsehen zu erregen, da kamen mehr Leute von auswärts hin als nach Urbino. Möglichst viel von Tizian, das stand fest, aber della Rovere legte noch was drauf. Er wollte Porträts mächtiger Männer zeigen: der Kaiser, der Papst, der türkische Sultan, ein, zwei Könige und Kardinäle, vielleicht noch ein Doge, natürlich er selbst, und zwischendrin die Porträts von anonymen Schönheiten. Ich im Pelz sollte auch dabei sein und noch ein paar andere Halbnackte. Womit diese Modelle ihr Geld verdienten, war bekannt. Nun sollte ich auch noch angezogen auftreten. Wenn ich halb nackt im Pelz nur ein paar Meter weiter neben irgendeinem Würdenträger hing, würde mich jeder wiedererkennen. Der nächste Herr, dieselbe Dame.

Mir gefiel die Idee. Tizian hatte sich erst vor Kurzem wieder beschwert, dass mächtige Auftraggeber ihn zum Lügner machten. Der Kaiser bestellte ein deutlich kleineres Kinn, dem alten Rovere hatte er noch Haare auf die Stirnglatze zaubern müssen. Und Isabella d'Este, die er vor sieben Jahren in einem feuerroten Kleid so gemalt hatte, wie sie aussah, nicht hässlich, aber übergewichtig, schwammig, spitznasig und leicht schielend, hatte nun, mit zweiundsechzig, ein neues Porträt in Auftrag gegeben; nicht nach der Natur, nur nach schriftlichen Lobeshymnen auf sie aus ihrer Jugend.

Dieses Mal, sagte Tizian, hat sie die Rechnung ohne Feilschen sofort beglichen.

Tizian tat sich schwer mit dem Lügen, das band ihn so fest an Aretino als Agenten.

In Pesaro würden die Bilder zusammen die Wahrheit sagen: Die Welt der Macht war ein Luxusbordell.

Ich als Dame, das war nur eine Frage der Garderobe.

Worin der Kitzel für Francesco della Rovere lag, konnte ich erraten. Richtig kostümiert sah die echte Zaffetta nicht weniger schön und nobel aus als die gefälschte Isabella d'Este. Er kannte uns beide im Original, mich aus dem Bett, Isabella aus der Familie, sie war seine Schwiegermutter.

Den Spaß wollte sich Tizians Auftraggeber gönnen, eine große Hure so malen zu lassen, wie die große Isabella d'Este gerne aussähe, aber niemals ausgesehen hatte.

Ich fühlte mich sofort wohl in dieser Rolle.

Mein neues Kleid ließ ich mich einiges kosten, das Fünffache von einem normalen Ausgehkleid. Blau, hatte Tizian gesagt, ich will Sie in einem blauen Kleid malen. Endlich stand ich darin vor meinem größten Spiegel. Die Taille saß zwar eng, und der Ausschnitt war ziemlich groß, trotzdem verdeckte es mehr, als es zeigte. Keiner ahnte, wie die Arme aussahen unter diesen üppig gepufften auberginefarbenen Ärmeln, dekoriert wie eine Torte. Ich konnte vornehm, darauf kam es an, mir zumindest.

Hier, in meiner Wohnung im Palazzo Loredan, sollte Tizian mich malen. Deine Salons sind nicht schlechter ausstaffiert als die von Isabella d'Este, behauptete Aretino, im Gegenteil. Vergoldete Ledertapeten hat sie keine, und von nichts hat sie mehr, weder mehr Majoliken noch Figuren noch Silbervasen noch Teppiche, höchstens mehr Mottenlöcher in den Vorhängen.

Das Jugendbildnis mit der zweiundsechzigjährigen Isabella war bereits verpackt gewesen, für mich hatte Tizian es wieder aus der Kiste geholt.

Um ihren Hals hing eine lange Goldkette, ich hatte mir ebenfalls eine lange Goldkette um den Hals gehängt; statt des Hermelins, den sie über der linken Schulter trug, hatte ich mir einen Marder über den rechten Unterarm gelegt. Die Haare hatte ich genauso hochgesteckt, nur eine blond schimmernde gewellte Strähne herausgezupft, die über meine rechte Schulter fiel; so etwas durfte sie nicht zeigen, zu verführerisch.

Es war perfekt.

Blau war teuer, jedenfalls das Ultramarin, das Tizian bevorzugte. Sein Farbenhändler beschaffte es nur auf Vorbestellung. Hergestellt wurde es aus Lapislazuli, und der kam aus Minen in Afghanistan über die Türkei zu uns. Die Venezianer spuckten große Töne, was ihre Unabhängigkeit betraf, dabei war Venedig abhängig wie ein Säufer. Nicht nur, wenn es um Pigmente oder Gewürze ging, ohne die verhungerte keiner; der Löwenanteil dessen, was hier Tag für Tag gegessen und getrunken wurde, stammte von der Terraferma oder weiter her. Bei uns wurde Geld gemacht mit Immobilien und Handel, abbeißen konnte davon keiner. Die Wirtschaft stand nicht auf einem Bein, sie stand auf einer kleinen Zehe.

Die lügen es sich weg, schimpfte Sanudo, wie sie von den Türken vorgeführt werden. Für ihre Handelsprivilegien bei denen haben sie im ersten und im zweiten Türkenkrieg ihre stärksten Stützpunkte in Griechenland aufgegeben, und der dritte Türkenkrieg steht vor der Tür. Den Feind zu unterschätzen ist die Dummheit des Westens.

Tizian geizte nicht mit kostspieligen Pigmenten. Sein teuerstes Material sei die Zeit, erklärte er.

Das Bild war in Rekordzeit fertig. Jeder konnte feststellen, dass ich nicht schlechter zur Ehefrau eines Hochadligen taugte als seine hochadlige. Fast so triumphal wie einheiraten.

Bevor Tizians älterer Sohn, der erfreuliche, den Firnis auftrug, sollte ich die Schöne in Blau noch einmal begutachten.

Erst auf den dritten Blick sah ich es, Tizian hatte etwas verändert. Jetzt war die Strähne über meiner Schulter hauchdünn gelb verschleiert. Es war das Gelb eines kleinen Schleiers, den ich im Freien trug. Jede Käufliche und jeder Jude mussten auf der Straße etwas Gelbes tragen, damit man wusste, das ist eine Käufliche, das ist ein Jude. Als besonders gefährlich galten die, denen man es sonst gar nicht angesehen hätte. Ausgrenzen schenkt denen, die drin sind, offenbar ein Gefühl von Sicherheit, sie hatten es anscheinend nötig.

Tizian wartete neben mir ab, den Blick starr auf den gelben Schleier gerichtet.

Ich brauchte eine Weile. Nichts zum Heiraten, sagte das gelbe Ding. Es war wie ein Brandzeichen. Aber da war die Sache mit der Wahrheit. Der Kaiser wollte sein Kinn kleiner, jeder Kardinal seinen fetten Hals schlanker, della Rovere wollte mehr Haar, Isabella vierzig Jahre weniger. Wenigstens die Käuflichen sollten unbestechlich sein und unabhängig.

Danke, sagte ich.

Er ließ hörbar Luft ab.

Drei Tage später war der Firnis durchgetrocknet.

Und was sagt Aretino dazu?, fragte ich.

Nichts, sagte Tizian. Kein Interesse. Er wird Vater. Seine Haushälterin ist schwanger.

Ich wusste nicht, warum mich das traurig machte.

San Domenico lag im Abseits, ganz im Osten von Castello, von mir aus eine halbe Stunde zu Fuß. Drum herum niedrige Häuser, Schuppen, Hütten, in denen jemand hauste, sogar unbebautes Gelände. Gepflastert war nichts. Wer sich auf den Weg dorthinaus machte, stellte keine Ansprüche.

Mit über siebzig hatte die Fedele endlich ihre Traumstelle als Vorsteherin des Waisenhauses bei den Dominikanerinnen bekommen.

Die Fassade der Kirche sah aus wie hautkrank, die herausgefallenen Mauer- und Mörtelbrocken hatte keiner weggekehrt, neben dem Portal ein Haufen halb verfaulter Kränze. Ich kannte die Kirche nicht. Tür auf, Blick ins Innere, nichts versäumt, Tür zu. An der Südseite lag das Kloster, ein geduckter Bau mit engen Fenstern, und erst hinter dem Kreuzgang des Klosters das Waisenhaus, davor ein Nutzgarten, den die Waisenmädchen beackerten.

Das Zimmer der Fedele war niedriger als ihr altes, dafür hell und trocken. Trotz des Modergeruchs, sagte sie, die Bücher von zu Hause haben ihn mitgebracht.

Ihre Haut war rosig geworden und feucht, wie frisch gegossen, sie bewegte sich schneller als früher und redete lauter. Ihr Waisenhaus sei das ärmste von allen Waisenhäusern in Venedig. Die Väter unbekannt, die Mütter Kolleginnen von mir, an der Franzosenkrankheit gestorben oder an der Armut. Es gab auch hier Kinder, die jemand auf der Schwelle abgelegt hatte, aber das waren keine Töchter, die aussortiert worden waren, weil die Eltern Mitgift sparen wollten und dann das schlechte Gewissen in Bargeld beilegten wie beim Ospedale della Pietà.

Das waren halb verhungerte dreckige Würmer, sagte die Fedele, kaum eins gesund.

Musikunterricht? Nein, kein Geld für Instrumente. Chor? Keine Zeit, zu viel Gartenarbeit.

Als sie hörte, dass ich als Dame gemalt worden war, wollte sie wissen, was ich von Tizian hielt.

Er ist ein ganz Großer.

Was macht ihn groß?

... sogar so gut wie unsterblich, sagte ich. Sein Sinn für Schönheit.

Und was noch?

Wie er jeden Menschen als einmalig würdigt. Aretino sagt, dafür wird unsere Epoche einmal gefeiert.

Für Humanität, Individualität und Schönheit?

Ja.

Ist das die Wirklichkeit, die du kennst?

Nein.

Was wird dann mit seiner Hilfe gefeiert?

Ein Gong ersparte mir die Antwort.

Aretinos Haushälterin trug feierlich, als wäre sie die erste Frau der Welt, die ein Kind bekam, ihre Melone vor sich her, ihr Hefeteiggesicht glänzte im Triumph, sie hatte ihn verdient. Seit Jahren schuftete sie hier, erst der Bauch hatte sie aus Küche, Keller und Personalzimmern hinauf in den Salon befördert. Aretino rannte hinter ihr drein, schob ihr einen Sessel hin, holte einen Schemel, auf dem sie ihre geschwollenen Füße abstellen konnte, fächelte ihr Luft mit Manuskriptseiten zu, damit sie weniger schwitzte. Stöhnte sie, entschuldigte er sich.

Er ist völlig abhängig von ihrer Laune, sagte einer der Jungdichter, für die Aretino zurzeit weder guten Rat noch Witze oder Wein ausschenkte. Erbärmlich fand der ausgesetzte Jungdichter das.

Wenn ich nicht arbeitete, war ich ebenfalls alleine.

Als die rosa Made dick und dampfend in der Wiege lag, getauft auf den Namen Adria, war Aretino zu gar nichts mehr zu gebrauchen. Adria brauchte ihn.

Kein Hahn krähte danach, dass ich mich verlassen fühlte, bisher war es nie genügend still gewesen, um das zu bemerken. Auf andere wirkte ich so, als bräuchte ich niemanden; das war vorteilhaft für meinen Ruf, tat aber weh. Nichts macht einsamer, als ständig mit einem anderen Menschen ins Bett zu gehen. Haremsfürsten waren wahrscheinlich nur außen bunt angemalt, aber innen schwarz.

Jammerte eine meiner Kolleginnen, wie gemein schwer es sei, Lustschreie auszustoßen, wenn der Kunde widerwärtig war, sagte ich immer dasselbe: Unabhängigkeit muss man sich etwas kosten lassen, auch mal auf einen Karrierevorteil und auf Geld verzichten.

Manchmal stank mir, wenn einer hereinkam, sein Charakter entgegen. Das Nein lüftete sofort durch.

Ich hatte für ein Nein die Höchstsumme bezahlt und war stolz, Einzelkämpferin zu sein; mein Erfolg war selbst gemacht. Jetzt bekam ich unerwartet eine andere Rechnung für meine Unabhängigkeit serviert.

Nur einfach so zählte ich an einem öden Sonntagmorgen meine Spiegel durch, es waren zwölf. Ging ich an einem vorbei, lächelte ich mich an, prüfend. Charme war mein Betriebskapital, und er wollte gefüttert werden mit Bewunderung. War ich davon etwa nicht abhängig? Fesseln gehörte zu meinem Beruf, mich zu binden vermied ich sorgfältig wie Ansteckung oder Schwangerschaft. Nur keinem etwas schuldig sein, hatte ich mir vorgenommen, aber vielleicht war es genau das, was Menschen zusammenleimte.

In den Kirchen hier lebten auf vielen Altarbildern Einsiedler. Ich besuchte sie, wenn mir die ganze Stadt an die Wäsche ging, und fragte mich, ob die etwas richtig machten. Beneidenswert fand ich diese Wüstenheiligen nie, nur in Gesellschaft konnte ich spüren und zeigen, dass ich frei war. Ich fand es nicht einmal bewundernswert, nur rücksichtslos, wenn jemand alle Verbindungen mit der Wirklichkeit abschüttelte, da lässt sich leicht heiligenmäßig leben.

Dass ich in meiner wunderbaren Unabhängigkeit unfreiwillig zum Einsiedler werden konnte, zog mir den Boden weg.

Bei Absturz ins Ratlose hatte ich meine Apotheke.

Die Fedele war beschäftigt, als ich bei ihr einfiel. Sie sortierte Kinderhemden aus, während ich erzählte.

Also Sinn suchst du?, fragte sie schließlich.

Ja.

Und wo schaust du danach?

Ich sehe mich um in meiner Umgebung.

Warum schaust du nicht nach unten?

Sie zog Stiefel an und ging hinaus in den schlammigen Garten, ich ihr nach; sie jätete, dick verpackt in Stummheit.

Draußen, beim Seitenausgang, der vom Garten direkt auf die Gasse führte, lungerte eine Frau in meinem Alter herum.

Haben Sie eins gesehen, das dicke Lippen hat, wie jemand aus Afrika?

Ich habe gar keins gesehen, sagte ich, sie sind beim Mittagessen.

Was gibt's?

Weiß ich nicht, es riecht nach Minestrone.

Ich hätte nicht sagen können, ob ihr Mund wirklich lächelte oder ob sie kurz vor dem Weinen war.

Drei Schritte weiter sprach mich eine an, die bestenfalls siebzehn war, eingesperrt in einen steingrauen Kittel und eine hässliche Haube, trotzdem verlockender als die meisten Frauen nackt.

Ich bin draußen im Haus von den Konvertierten auf der Giudecca. Ein Freier hat mich hochschwanger zusammengedroschen. Die Nonnen haben mich verbunden, das Kind haben sie mir gleich weggenommen. Mich haben sie behalten. Heut hab ich mich rausgestohlen, muss schnell zurück. Ne Woche Keller und Hungern krieg ich eh verpasst. Wie ist es dort drin?

Den Konvent der angeblich freiwillig zum braven Leben Übergetretenen kannte ich von außen, hart an die Fondamenta hingeklotzt, das scheußlichste Gebäude auf der ganzen Insel; unsere Gefängnisse waren einladend dagegen. Die Benediktinerinnen dort nahmen nur junge Käufliche auf, die sich in Freiheit noch bestens verkauft hätten, wo also ein Rückfall jederzeit möglich war. Sie lebten gratis im Kloster und bezahlten mit ihrer Freiheit. An denen, die nur Falten und Krankheiten hatten, wenige Zähne und wenig Haare auf dem Kopf, bestand kein Interesse, für deren Liebesdienste zahlte eh keiner mehr.

Die Frau, die sich hier drin um alle kümmert, ist die beste in Venedig, sagte ich. Wann kommst du raus?

Erst wenn ich so alt und schief bin, dass bestimmt keiner mehr auf mich steht, sagte sie. Dann ist meine Kleine schon eine erwachsene Frau mit einem Kind oder vielen Kindern, und ich erkenn sie nicht, wenn ich sie seh.

Man braucht keine Kinder, um erwachsen zu werden, murmelte ich vor mich hin, als ich zurückwanderte, und hoffte auf Arbeit, viel, besser zu viel Arbeit.

Den neuen Kunden hatte mir Aretino nur auf einem Fetzen Papier mit Datum und Uhrzeit als Besucher aus den Marken angekündigt, für Nachfragen keine Zeit.

Pünktlich stand er in der Tür zu meinem intimen Salon, ungefähr mein Alter, höchstens Mitte zwanzig. Seine Haut hatte die Farbe eines Fischs an der Unterseite, sein Gesicht zuckte, als hinge er bereits am Haken. In seinem Vollbart räudige Stellen; ich kannte einige Männer, die sich Barthaare herausrissen, um nichts Schlimmeres zu tun. Er starrte mich an, dass es stach.

Ich wich einen Schritt zurück. An irgendwen erinnerte er mich.

Er rührte sich nicht.

Das – das hätte ich ihm nicht zugetraut, sagte er endlich.

Die Erkenntnis strengte ihn offenbar an. Mit ausgestreckten Beinen, den Kopf im Nacken, hing er im Sessel und kippte einen Likör nach dem anderen. Kann nicht zu süß sein, hatte er gesagt, sonst nichts.

Der seidene offene Hausmantel über meinem bodenlangen Leinenhemd war normalerweise das, was müde Männer mochten, man sah, das würde schnell gehen.

Er brachte seinen Kopf in die Senkrechte, als wäre der mit Blei gefüllt.

Könnest du den Pelzmantel anziehen?

Nicht *einen* Pelzmantel, sagte er, *den*.

Ich besaß zwei, einen mit Ärmeln und einen, der eine bodenlange Weste war.

Den auf dem Bild, sagte er.

Als ich wieder hereinkam mit nichts darunter, klammerte ich die Pelzweste über den Brüsten zusammen. Langsam ließ ich sie über meine rechte Schulter nach unten rutschen, ganz langsam. Meine rechte Brust war jetzt im Freien. Ich hielt den Pelz fest, mit der linken Hand an der rechten Hüfte, mit der rechten Hand oben, an der linken Brust.

Er wollte nicht abwarten. Krachend sprang er auf seine Stiefelsohlen, schnaubte und bebte und schüttelte den Kopf, wie ein Trinker, der das angebotene Glas ablehnt. Dann drehte er ab.

Ich hörte das Klirren der Münzen draußen in der Schale, die Tür fiel zu.

Zwei Tage später ließ mich Tizian schon am Morgen von seinem jüngeren, dem faulen Sohn abholen. Er roch noch nach Bett, kratzte sich auf dem Kopf und rotzte. Als er seine schweißige Hand in meine schieben wollte, zog ich sie zurück. Ohne mich anzuschauen, sagte er: Es graust einem nur vor fremden Kindern.

Tizians Schwester öffnete, neben ihrer rechten Wade kläffte einer dieser kleinen spanischen Tyrannen, weißes Fell, braun gefleckt mit Hängeohren, die vor allem von eitlen reichen Ehefrauen gehätschelt wurden; sie passten in eine Tasche, zu jeder Garderobe und hatten einen Blick drauf, totale Ergebenheit, den diesen Frauen sonst niemand schenkte.

Das mit dem Schoßhund verstehe ich nicht, sagte ich zu ihr beim Hineingehen. Passt überhaupt nicht zu Tizian.

Zu mir aber. Werden Sie erst mal so alt, dass Sie keine Kinder mehr kriegen können, sagte Tizians Schwester mild.

Tizian wartete schon im Flur und zerrte mich in sein Atelier. Ich lag auf der Staffelei.

Wir haben einen Käufer, sagte er. Gestern war er hier, will von mir porträtiert werden. Er sah dieses Bild und redete krauses Zeug. Der Alte hatte sie zuerst, ich werde sie für immer besitzen, oder so ähnlich. Als würde er Sie kennen. Jedenfalls, er zahlt, was ich will.

Wer zahlt?

Der Sohn, Guidobaldo della Rovere.

Die ersten Sitzungen oder besser Liegungen waren anstrengend. Tizian und ich fremdelten. Ich überlegte dauernd, wo und wem der junge Rovere mich darbieten wollte. Ich war offenbar die Trophäe, mit der er seinem Vater vorführte: Endlich habe ich dich überholt.

Tizian saß verkrampft da, und wenn er meinte, ich sei in Gedanken woanders, stierte er auf meinen Venushügel. Als er sich dabei ertappt fühlte, stotterte er: Aber warum das?

Ich hatte die Haare dort wegrasiert.

Weniger Tier, mehr Kind, sagte ich, das heißt bei vielen Männern weniger Angst.

Wir sind doch keine verkappten Kinderschänder, flüsterte er.

Nein, seid ihr nicht, aber ihr seht nicht, was sich zwischen unseren Schenkeln verbirgt, und vor einer Höhle, in der alles auf einen lauern kann, fürchtet sich fast jeder. Ich auch.

Er nuschelte irgendwas von da sei er froh und mischte Farben auf der Palette.

Geschlechtsorgane sind besser als Hände und Füße und Münder: Sie schlagen nicht, sie treten nicht, sie lügen nicht, hatte Aretino geschrieben. Der beste Satz in der Unterhaltung von Nanna und Antonia, er wurde wohl von den meisten überlesen.

Außerdem, sagte ich, möchte ich gern alles an mir genau kennen.

Tizian malte stumm an meiner Mitte herum, vermutlich am Venushügel.

Was ist mit diesem Guidobaldo?, fragte ich ihn.

Tizian schwieg und malte. Sein Schweigen blies die Frage auf, die Blase zwischen uns wurde immer größer.

Aretino kam herein und ließ sie platzen. Er fiel auf die

Bank an der gegenüberliegenden Wand wie ein Mehlsack. Tizians Pinsel war von meinem Venushügel nach oben gewandert, Höhe auf der Leinwand hieß Raumtiefe, also malte er irgendetwas hinter mir, vielleicht die Truhen unterm Fenster.

Armer Hund, dieser Guidobaldo, sagte Aretino, hat seine Frau entjungfert, als sie elf war, jetzt ist sie an die vierzehn, und er soll sie schwängern, da würde ich keinen hochkriegen.

Bei ihr sieht man's nicht, sagte ich, doch Aretino redete einfach weiter.

Die *Modi*, damit er in Stimmung kommt, Malvasier vornedraus und das neueste Potenzmittel, habe ich ihm empfohlen. Hilft nichts, er hat seine Geliebte im Kopf.

Oder seinen Vater, sagte ich.

Übernächtigt schaute Aretino mich aus glasigen Augen an, vom Hals bis runter zu den Füßen.

Gelöst siehst du nicht aus, sagte er. Wäre aber wünschenswert. Nein, lass die Hand dort zwischen den Schenkeln, das ist gut.

Gut für wen, ist das Bild als Anleitung für seine Frau gedacht, oder soll es ihn aufrichten?

Aretino hörte mich nicht mehr, er schnarchte.

Als ich das nächste Mal bei Tizian auf den Matratzen lag, setzte er den kleinen Kläffer neben meine Füße. Ungefähr dort, sagte er, habe ich bei der Nackten meines Lehrers den Cupido hingepinselt.

Nackte Frau, keine Venus, das hatten wir abgemacht. Keine mythologische Verkleidung.

Was blieb?

Angezogener Mann malt ausgezogene Frau, einseitige Bewaffnung, sagte ich.

Dann bewaffnen Sie sich, grinste er.

Als er zu malen anfing, blickte ich ihn direkt an, wie einen Liebhaber, der sich meinem Bett näherte.

Tizian ließ die Malhand sinken, als müsste ich ihm die Erlaubnis zum Weitermalen geben. Im Pelz hatte ich ihn auch direkt angesehen, aber ich spürte es selbst: Dass mein Körper ganz nackt war und ich jetzt im Liegen so schaute, gab dem Blick etwas anderes. Von einer, die schon liegt, erwartet jeder, dass sie willig schaut. Mein Blick machte aus der begehrten Frau die Frau, die begehrte. Sogar wenn ich in Pesaro gegenüber vom Kaiser landen würde, der die Käuflichen lausig entlohnte, oder bei einem der übergriffigen Kardinäle, mir konnte nichts mehr passieren. Schamlos, hörte ich Leute sich lauthals erregen, schamlos!

Ich lächelte diese Unsichtbaren an, die sich empörten. Sie verstanden mich.

Sie wissen, es ist auch Guidobaldo, den Sie so vielsagend ansehen, sagte Tizian.

Ja.

Oder seine Frau.

Ja.

Was wollen Sie ihr sagen?

Einen Höhepunkt kannst du vortäuschen, Freiheit nicht.

Und ihm?

Das Bild gehört dir, ich gehöre dir nicht.

Das Bild, sagte Tizian, gehört ihm noch lange nicht. Ich befürchte, der junge Mann ist bankrott. Er hat seine Mutter vorbeigeschickt, damit sie beide Bilder bezahlt, sein Porträt und das hier. Sie denkt gar nicht dran, sich die Käufliche, die sie einmal halb nackt im Pelz kennt und einmal als Dame verkleidet, auch noch splitternackt ins Haus zu holen.

Sie will doch Enkel, sagte ich, vielleicht kann Aretino es ihr andrehen als Sinnbild der Fruchtbarkeit.

Tizians Blick glitt nach rechts auf meinen Bauch und blieb dort hängen, wo er sich wölbte.

Wer?, fragte er.

Werden wir sehen, sagte ich.

Jetzt, da alles zu Ende erzählt ist, werde ich zu Hause aufräumen und ausmisten.

Es gibt für mich nur zwei Gründe, etwas aufzubewahren: dass es schön ist oder nützlich.

Mit Geschichten ist es genauso.

Veniers Geschichte wurde bereits mehrfach aufgelegt. Ob meine jemanden findet, der sie druckt, bezweifle ich. Vielleicht in ein paar Hundert Jahren. Da forscht irgendwer über unsere grandiose Epoche, stößt auf Veniers Geschichte, sucht und findet meine und stellt fest: Die kann man noch brauchen. Ich wette, weder der Pranger noch die Veniers dieser Welt werden bis dahin ausgestorben sein.

Dass ich meine Geschichte erst jetzt aufgeschrieben habe, sieben Jahre nach dem Trentuno, werden mir einige vorwerfen. Warum hast du das nicht früher getan? Dann hätte man Zeugen vorladen und vielleicht aufhalten können, dass in den Jahren danach der Trentuno weiter praktiziert wurde.

Hätte man nicht. Mir hätte damals gar keiner zugehört.

Mitleid will ich übrigens keins, Mitempfinden schon, und der beste Weg, es zu bekommen, ist, seine Geschichte zu erzählen.

Meine ist ein Gesprächsangebot.

Ich habe in meinem Salon einen Tag im Monat einge-

führt, an dem sich alle Gäste Argumente anhören, die sie nie anhören wollten. Ich habe Venier eingeladen. Bisher kam er nicht.

Übrigens habe ich einen Sohn bekommen. Freut mich. Mütter erziehen die Ehemänner von morgen.

Zum historischen Hintergrund

Lorenzo Veniers Werk *Il Trentuno della Zaffetta* erschien 1531 in Venedig. 1861 wurde es in einer Liebhaberausgabe in Paris veröffentlicht, im Vorwort als »satirisches Gedicht« bezeichnet. Erst knapp vierhundert Jahre nach der Erstausgabe erschien eine kritische Ausgabe (Catania 1929). In der Einleitung schreibt Herausgeber Gino Raya, auch wenn keine Gerichtsakten erhalten seien, habe die Gruppenvergewaltigung Zeitgenossen von Venier zufolge tatsächlich zu diesem Zeitpunkt in Chioggia stattgefunden; auch spätere Recherchen gehen davon aus, so die von Rita Casagrande di Villaviera (*Le cortigiane veneziane nel Cinquecento*, Mailand 1968). Der amerikanische Historiker Guido Ruggiero (*The Boundaries of Eros. Sex Crime and Sexuality in Renaissance Venice*, Oxford 1989) schreibt, Dokumente in venezianischen Archiven bezeugten, dass Gruppenvergewaltigungen im Venedig der Renaissance üblich waren, ebenso alltägliche Gewalt gegen Kurtisanen, jedoch nie zur Anzeige kamen. In der jüngsten Forschung wird sowohl die Geschichte von Veniers *Trentuno* als auch die Identität der Zaffetta als Modell Tizians für die *Venus von Urbino*, das *Mädchen im Pelz* und *La Bella* für gesichert gehalten (u. a. Sheila Hale: *Titian*, London 2012).

An zwei Stellen wurde der Erzählung zuliebe auf historische Genauigkeit verzichtet: Aretino schrieb erst 1545 den Brief, in dem er nahelegt, Michelangelo unterhalte homosexuelle Beziehungen, worauf damals die Todesstrafe stand.

Die inhaltlichen Angaben zu diesem Brief sind korrekt. Der zweite Teil von Aretinos *Sei giornate* mit dem fingierten Druckort Turin erschien als *Dialogo nel quale la Nanna insegna la Pippa* nicht 1534, wie der erste, sondern 1536. Darin kommt Nannas Tochter Pippa selbst zu Wort und äußert sich, wie dargestellt, entsetzt über den Trentuno.

Ausführlicher Kommentar zu weiteren historischen Details samt Abbildungen der erwähnten Gemälde und Quellenverzeichnis auf www.kampaverlag.ch/lea-singer.

Kurzer Kommentar zu meiner Lektorin Cornelia Künne: kostbar und unersetzlich.